给心灵安个家

徐宜业 著

中国言实出版社

图书在版编目（CIP）数据

给心灵安个家 / 徐宜业著 .-- 北京：中国言实出版社，
2022.1

ISBN 978-7-5171-4017-7

Ⅰ.①给… Ⅱ.①徐… Ⅲ.①散文集－中国－当代
Ⅳ.① I267

中国版本图书馆 CIP 数据核字 (2022) 第 012506 号

给心灵安个家

总 监 制：朱艳华
责任编辑：宫媛媛
责任校对：张国旗

出版发行：中国言实出版社
　　地　址：北京市朝阳区北苑路 180 号加利大厦 5 号楼 105 室
　　邮　编：100101
　　编辑部：北京市海淀区花园路 6 号院 B 座 6 层
　　邮　编：100088
　　电　话：64924853（总编室）　64924716（发行部）
　　网　址：www.zgyscbs.cn　E-mail：zgyscbs@263.net

经　　销：新华书店
印　　刷：阳谷毕升印务有限公司
版　　次：2022 年 4 月第 1 版　2022 年 4 月第 1 次印刷
规　　格：880 毫米 ×1230 毫米　1/32　10.125 印张
字　　数：209 千字

定　　价：58.00 元
书　　号：ISBN 978-7-5171-4017-7

梦回南徐庄（代序）

文／徐宜业

1966年12月的一天，我出生在江苏省泗洪县龙集公社金圩大队南徐庄一个徐姓的农民家庭。此后，这个叫"南徐庄"的小村子，成了我的故乡，有了我的印记。从牙牙学语，到念小学，读初中，我在这个小村子摸爬滚打了十几年。后来，我到外地读师范，再后来，我在外地工作。一晃，四十多年过去了，我从毛头小子，变成了年过半百的老人。离开南徐庄的日子，我饱受思念的痛苦，常常想到南徐庄的乡亲，想到南徐庄的大柳树、老巷子，想到南徐庄的小水塘……南徐庄常常出现在我的梦境中。

"文学是指引国民精神的灯火。"鲁迅这句话是我的座右铭。这盏"灯火",不仅指引着我在漫漫人生中前行的方向,也护佑着我的心灯长明不熄。

小时候,有个算命先生说我将来会有出息。我的父母高兴得像孩子似的,逢人就说:"我们家二子将来有出息。"

年长的大爷爷摸着我的脑袋瓜子说:"有出息就是将来不种地呀,像当干部的、写书的,都有出息。"

扫盲班小田老师说:"写书的是最好的,能光宗耀祖。写书的,叫作家。有个叫鲁迅的人,他是个大作家。"听了小田老师的话,我暗暗地下了决心,我将来一定要做一个比鲁迅还要大的作家。

一次口语交际课上,老师出的题目是——我的理想。轮到我的时候,老师问我:"二子,你的理想是什么?"

我脱口而出:"我将来要当作家,当一个像鲁迅那样的大作家。"老师笑了,轻轻扭着我的耳朵说:"当大作家可不容易,那你现在就得好好念书噢。"我重重地点了点头。

一天,我放学回家。有"金圩大才子"美誉的顺兴叔恰巧迎面而来,远远地叫道:"哟,这不是二子吗?哎呀,我们南徐庄的大作家呀。二子,等将来你真成了作家,一定要好好写写我们的南徐庄啊。"我不好意思地低着头,加快脚步朝家里跑去。

从那以后,我就一直把当作家这个梦想揣在心里。在学校,一向顽皮的我,仿佛一下子懂事了许多。上课时,我不再开小差了,竖起小耳朵专心听课。原来做作业马虎的我,开始一笔一画地写字了;原来上课时不爱发言的我,现在也滔滔不绝了。

放学后，我不再去小树林打鸟，不再到学校后面的黄豆地抓蝈蝈，不再到草地上看蚂蚁搬家……

回到家里，我就趴在饭桌上，一字一板地做作业。黑蛋他们在窗户外面喊我去捉迷藏，我向他们摆摆手；三丫她们逗我去跳"工程"，我向她们摇摇头。

晚上，夜幕降临，月亮出来了，星星也出来了，我还趴在桌子上做作业。到了夜里，煤油灯的捻儿短了，油少了，上弦月也下去了，我还在埋头看书。坐在一旁的母亲，放下手中的针线活儿，为我倒了一杯热茶。学习累了，母亲带我去望银河，望繁星，教我认牛郎星、织女星，给我讲这对有情人的浪漫故事。

我成了学霸，成了校会领奖台上的常客。一分耕耘，一分收获，我考取了龙集中学统招班，又考取了淮阴师范学校，后来我做了一名乡村教师。

不过，无论在哪里，无论干什么，我都没有放弃过我的作家梦。学习之余，我去买书，去借书，去图书馆，去阅览室，去阅读优秀的文学作品。我请老师指导我写作。我聆听文学大家的讲座，参加各类文学函授辅导班，学习文学写作技法。

日本教育家木村久一说："所谓天才人物，指的就是具有毅力的人、勤奋的人、入迷的人和忘我的人。"风雨过后，终见彩虹。我尝试性地参加了一些文学赛事，开始崭露头角，一百多篇散文相继在各个文学平台、刊物上发表。

十三年前中秋，顺兴叔患癌去世。住院期间，我去看望他，病房里，顺兴叔睁开他那无力的眼睛，望着我说："二子，将来你有出息了，做了作家，你还记得小时候，我给你说的话吗？你以后要多写写南徐庄，让更多人知道我们南徐庄。"

这是一个老人向我提出的最后要求。我想答应他，可我最多只能算一个文学写手，怎能称作家呢？但我又不能拒绝一个临终之人最后的一点要求，于是我为难地点了点头。顺兴叔咧开嘴笑了笑。这时，我的眼角噙满了泪水。

"问渠那得清如许？为有源头活水来。"写作离不了生活。离了生活的写作就像无水之鱼，缺乏活力。作为一个文学爱好者，要想写好文章，就必须走进生活。

我纯粹是个土包子，在农村出生，在农村长大，在农村工作。农村是我人生的起点，农村是我生命的栖息地，农村也将是我人生的终点。我一生情系乡土。

为了圆我的作家梦，为了顺兴叔的遗愿，我负重前行。周末，假期，我经常抽空回老家南徐庄，看看曾经生活的老屋，看看庄头的小池塘、庄前的大柳树、庄里的大巷口，看看故乡的洪泽湖、成子湖，去寻找木匠伯、老队长、孙瘸子的足迹，追忆儿时与父母一起割麦栽稻、喂猪喂鸡的情景。我情不自禁哼起童年的歌谣："月亮茫，赶豆茫。这头冲，那头拿。拿大的，拿小的，还是拿你这个会跑的……"

时光不可倒流，但南徐庄的路可以重走。我回到南徐庄，看望了南徐庄的老人们。豆腐西施，四五十年前南徐庄的大美人，如今瘫痪在床。年近八十的许剃头，为了生活，现在还在剃头，不过他剃头的动作与四十年前相比，显然迟缓了许多。毛胡子队长满腮浓黑的毛胡子，已被岁月染白……

夜深人静的时候，我静下心来，提笔写下《豆腐西施》《割麦子》《许剃头》等散文。这一篇篇散文像一点点"灯火"，照亮我前行的路。

"羁鸟恋旧林，池鱼思故渊。"故乡是我心灵的家。每当想起故乡，我的眼角就满含泪水。为什么我的眼里常含泪水？因为我对这片土地爱得深沉。

目 录
Contents

童年的南徐庄

童年已离我越来越远，南徐庄渐渐淡出我的记忆。我打开记忆的闸门，努力把它找寻。

我的老家南徐庄，是金圩最南面的一个小庄子。小时候，庄子上只有二三十户人家，百十来口人，一排草房从东向西一字排开。门前长着大槐树，树上搭有喜鹊窝的那家，就是我家。

这个小庄子叫南徐庄，有点名不副实，其实庄上人家不全是徐姓，也有杂姓：有姓苗的，有姓高的，有姓李的。庄邻之间关系融洽，和和睦睦，很少有拌嘴的，更不用说打架了。一家有难大家帮忙，一家有乐大家分享。庄上哪家有事，大家凑份子聚会，图个人气。

庄子四围都是树，房屋被高树所隐藏，从树隙间隐约可见几间茅屋。庄子中间有一棵大柳树，树高十几米，树冠所荫蔽之处有几十平方米。行人从三四百米远的大路上就能清楚望见南徐庄的大柳树。

大柳树什么时候栽的，没有人知道，即使庄上年长的大爷爷也不知道。它的树干凹凸不平，满身斑斑点点，显然饱经沧桑，蚂蚁呀、甲壳虫呀，已经在它身上安家落户了。

春天，大柳树柔软的枝条上冒出嫩黄的叶片，就像美女的披发上缀满一朵朵黄绿的花瓣。小小子、小丫头折下柳条，编成柳帽、柳环，戴在头上、挂在耳间。

盛夏，大柳树枝繁叶茂，宛如一柄巨伞。正午，小伙子穿着短裤，套着背心，坐在凳子上下棋打牌。老头子袒胸露乳，光着脊背，穿着大裤衩子，编着柳筐，拉着家常。可女人们文雅得多，老婆婆穿着长裤长褂，扣子扣得严严实实的，簸箕摊在腿上，一边剥着大芦（玉米）棒子，一边聊着家长里短。小媳妇们一边给孩子喂奶，一边纳着鞋底。小小子、小丫头，光着屁股，赤着脚，坐在地上走着羊窝，拾着瓦蛋。

离大柳树最近的木匠伯，把饭桌搬到树下，不紧不慢地吃着饭，看着热闹。老疤叔在大树底下招待亲戚，一边划着拳，一边喝着酒。年近七旬的大爷爷，躺在睡椅上，眨巴眨巴老眼，张着掉光了牙齿的瘪嘴，竖着耳朵努力地听别人讲话，偶然也会插上两句。

毛胡子把大柳树当作会场了。他敞开大嗓门："静一静，静一静，明天上午栓子到东河底锄地，柱子到西河底砍草……"

农活安排完了，毛胡子又带大家学习……

大柳树不仅是南徐庄人的避暑胜地，还是南徐庄的小农贸市场。卖豆腐的、卖豆芽的、卖青菜的，拿小凳子坐在树下不停地吆喝；炸花老头的炸花机不断"嘭嘭"直响；卖货汉子担子里的货物，五花八门……老奶奶、小媳妇、大姑娘拎着破盆破桶来换东西。

庄上各家之间都有山墙，可是大爷爷与歪嘴伯两家却留了一个三四米宽、七八米长的大巷子。这个大巷子成了南徐庄人的乐园。

暮春，小麦秀穗，油菜结荚，槐香飘进小巷深处。卖麦芽糖的，铲刀磨剪子的，在巷子里吆喝；卖小鸡的把箩筐挑进巷子："卖小鸡喽，卖小鸡喽！"夏天到了，红蜻蜓儿、蓝蜻蜓儿栖在菜园里，云雀在蓝天下歌唱，楝树的花紫盈盈的，嫩汪汪的。毛胡子队长、夜摸哥聚在巷子里，一边扇着扇子，一边侃着大山。木匠伯剥着大芦棒子，蛮奶奶在编大蒜瓣。仲秋，木槿开得正旺，斑鸠叫得正欢。大巷子送走了秋老虎，迎来了凉爽。我和丑蛋、三丫他们玩"过家家""拉大锯"游戏。"拉大锯，扯大锯，锯木头，盖房子……"我们一边做着游戏，一边唱着儿歌。寒冬来了，茅檐下挂着尺把长的冻铃铛。身穿单薄棉衣的我们在巷子里挤暖、斗鸡（一种游戏）……

庄子西头有个小水塘，东西长，南北窄，面积有三四亩，水也不太深。它的东南两面是菜地，西面是一条砂礓公路，北边是一条连接村庄与公路的烂泥路。那时候没有自来水，小水塘承载着延续南徐庄生命的重任。人需要它，小动物需要它，庄上的田地需要它。

初春，垂柳的芽苞宛如一条条金项链垂挂着，小小子套着柳镯，吊着柳坠，戴着柳帽，腰间别着木头枪，排着整齐的队伍在塘畔巡逻。

夏日是孩子们的。我们脱得一丝不挂，从塘岸的歪脖子树上，一个一个地跳进水里，"咕咚咕咚""咕咚咕咚"，赛扎猛子、赛踩水、赛狗刨……我们爬上树丫，碰"吊死鬼"，让它一伸一缩地动，轻捏蝉的薄翼让它唱歌，拽天牛的长角让它"吱嘎吱嘎"叫，按推磨虫的后背让它推磨……暴雨后，塘水爆满，塘畔泥泞，我们用烂泥捏泥人、造泥房子，用脚踩大泥奶子。

秋雨霖霖，小水塘灌满了水。我和小伙伴们拎着水笼，背着鱼篓去逮鱼。我们把水笼安在小水塘豁口处。鱼儿随着水流钻进水笼里。一会儿工夫，我们逮了好多罗非鱼、泥鳅、黄鳝。晚上，家家喝上新鲜的鱼汤。

秋天的月夜，是另一番景致。女人们一字排开，蹲在塘畔青砖上洗衣服。"长安一片月，万户捣衣声。""嗒嗒嗒嗒"的浣洗声，和着女人欢笑声，在寂静的夜空中飘荡。

随后小水塘换上了冬装。塘面蒙上了一层墨绿色的大冰镜。脚穿毛窝子的我们，"刺溜"，在冰面上任意滑行。有时，我们缠着父亲去砸冻鱼。砸破的冰面微微颤动，憋闷在冰层下的鱼儿，趁机浮出水面透透气。这时，守冰待鱼的我们就顺手牵鱼了。

南徐庄的住房是纯一色的茅草房，房檐底下有许多麻雀窝。我们结伴掏麻雀窝。白天我们"侦察敌情"，晚上我们扛着小梯子去掏麻雀窝。我们把梯子靠在山墙上，有人扶梯子，有人打手电筒照亮，有人爬梯子掏麻雀。我们掏到的麻雀大家平分，拿到家里，塞进锅底烧吃。

20 世纪 70 年代中期，南徐庄家家户户开始搞起了副业。农闲时候，家家忙活起来。三叔买了两个猪秧子养起猪来，豆腐西施又做起了豆腐，老夜摸子扎起了筲子，木匠伯的木匠铺又拾掇起来了，大叔的皮匠箱子摆到了街头，二疤叔背起弹弓走起街串起巷来，卖大郎货的高个儿叔跑他个山南海北……他们成了南徐庄的名人。当他们都在庄上做活儿的时候，"嘣！砰！嘣！砰！嘣嘣！砰砰""咔咔咔""嚓嚓嚓""咯吱咯吱"……响成一片，宛如演奏一首协奏曲。

木匠伯是南徐庄的名人，也是金圩大队的名人。他家是庄子上唯一的青砖草房，正对着那棵大柳树。这是一座四合院，主房四间，砖山到底，上顶缮草。在当时，这四间房子可以说是南徐庄最好的。主房两侧各盖两间土房子，作为厢房。厢房前面用土坯子拉了一个大院子。木匠伯的主屋四间，两头做卧室，中间两间当木匠铺。

木匠伯不是此地人，他的老家在泗阳县屠园乡徐庄村。20 世纪 30 年代，他父亲徐世昌带着一家人逃荒到南徐庄，落下了户。他的父母到南徐庄不久就病死了。木匠伯凭着自己的好木活，娶妻生子。他唯一的弟弟，参加了中国人民志愿军，牺牲在朝鲜的战场上。木匠伯成了烈属。小时候，每年国家民政部门都会上门慰问，并赠送"光荣人家"的匾额。

说起他的弟弟徐顺，那可是泗洪远近闻名的大英雄。他生于1927年，少年时代要过饭，给地主放过牛。他1942年加入八路军，参加抗日战争。解放战争期间，他又参加了淮海、渡江等战役，作战勇敢，两次荣立过三等功。1950年10月，他随部队赴朝参战。1953年1月29日，他用轻机枪击落一架美军战斗机，荣获志愿军二等功。但在一次坚守高地的战斗中，不幸中弹牺牲，年仅26岁。他的遗体安葬在朝鲜民主主义人民共和国江原道平安郡安长洞。他成为一名伟大的国际主义战士。他是中国人民的骄傲，也是我们南徐庄的骄傲。

经常待在大柳树下乘凉的大爷爷，最会讲故事。我小时候经常缠他讲故事，什么牛郎织女呀、许仙与白娘子呀，有时也讲他自己的故事。他家的菜园子特别大，菜园子外围种着一圈木槿做成的篱笆。盛夏季节，木槿花开得旺旺的，红扑扑的，木槿上缠着蓝的红的牵牛花。牵牛花上栖着小头的红蜻蜓和大头的黄蜻蜓。我常常跑去捏蜻蜓，踩坏了大爷爷的木槿篱笆。

你不要小看大爷爷这个糟老头子，父亲告诉我，大爷爷年轻时可是响当当的人物。他念过私塾，读过洋书，打过仗，当过国民革命军连长，腰间挎着双盒子。

他随军驻扎盱眙时剿过匪。盱眙一带山多，林密，路窄，土匪多。这儿的土匪头子叫大疤脸，他原是国民党部队里的一个少尉排长。他的部队被打散了，于是又纠集散兵游勇，在盱眙一带流窜，专干打家劫舍、拦路抢劫的勾当。大爷爷带领部队，在当地政府的协助下剿灭了这股土匪。

匪患铲除了，日本鬼子又过来了。大爷爷受命率领部队奔赴抗日前线。他参加了很多场战斗，每次都让日军遭受了不少伤亡。大爷爷成了闻名乡里的抗日英雄。解放战争期间，大爷爷暗地里为解放军送过情报，救过不少共产党人。他为中国革命做出了正确的选择。

时光在悄悄地溜走，南徐庄也在不断地变。大柳树没了，小池塘没了，南徐庄的老人们没了，童年的小伙伴们都到城里打工、买房，孩子们都到城里读书。现在的南徐庄只留下毛胡子、豆腐西施几个老人在坚守。上次我回老家时，毛胡子告诉我，南徐庄要拆迁了。听到这话，我的眼角湿润了。

是呀，南徐庄要没了，不过，南徐庄的故事还在。

老家 老树 老人

夕阳把余晖洒在屋顶上，洒在树梢上，洒在农人朝天的脊背上……一切的一切都沐浴在夕阳的光芒中。老家门前的老槐树也被夕阳染得通红。老槐树下的老父亲、老母亲笑呵呵地聊着天，鸡们、狗们快乐地跑来跑去……一切都是那么祥和。

这儿就是我的家。我家坐落在金圩村南徐庄后排的小庄子里，四围被高树所环抱，高高的树梢上有喜鹊安窝。喜鹊整天"喳喳喳"，傻呵呵地叫着。母亲说："喜鹊是报喜之鸟，这是拿钱也买不到的，象征家庭喜事不断。"小庄中间的那家红砖墙草房，就是我家。我的父母都是老农民，一生都与土地打交道。七十几岁的人了，还整天湖里湖外去干活。每逢见到熟人，他们都乐呵呵地絮絮叨叨说不完。我和哥哥叫他老两口不要种地了，享几年清福。可是老两口好说歹说就是不同意，说干活干惯了，乍蹲下来，不习惯，会蹲出病的。

开春，老两口在菜园地里挖地，整地，施肥，浇水，撒上菜籽。一个月后，就能吃上新鲜的小白菜。吃完了小白菜，再点上菜豇，种上黄瓜、西红柿、丝瓜。菜园一年四季都有菜吃。即使冬天过寒菜也长得旺旺的，大蒜、大葱绿绿的。

执拗的两个老人，不和我们一起过。每到周末，我和妻子只好带着女儿来看看他们。在盛夏，我们每次走到菜园前面的小泥路上，家里的大黑狗就好像嗅到熟人味了，摇头摆尾地跑来迎接我们。孩子习惯地用小手摸了摸大黑狗的毛，大黑狗习惯地亲热地舔了舔女儿的小手，带着我们往家去。家里的芦花母鸡领着一群小鸡啄食菜园边小路上的小蚂蚱，刨草堆里的土粮食吃，"叽叽""咕咕"地叫着。老父亲又安闲地坐在门口老槐树下，手里拿着随身听，一边听着泗州戏，一边眯着眼睛晒太阳。大花猫卧在他的大腿上，舐着老人的手。老母亲又在侍弄着门前的菜园。

女儿一回到南徐庄，远远地就喊开了："爷爷、爷爷，奶奶、奶奶！"父亲冲着我们笑了笑，算是打招呼吧，又继续听他的泗州戏。女儿跑进菜园里，扑到奶奶的怀里，叫声"奶奶"。母亲乐开了花，把沾满泥土的双手往自己的褂子上擦了擦，抱起孩子亲了又亲。女儿扑完奶奶，又直奔爷爷而来。父亲放下随身听，站了起来。他迎着孙女走上前去，俯下身子，抱起孙女，用长满胡须的嘴亲了亲孙女的额头，亲切地说："我的大毛来了，爷爷给大毛拿糖去。"女儿的双腿骑在爷爷的脖子上,父亲大喊道:"我们骑大马喽!"

我和妻子陪老母亲说说话。拉了一会儿家常,母亲说:"我们去摘些菜准备做饭。"她拿起镰刀到菜园里割了一排韭菜,又挖了一小块芹菜。我和妻子一起理菜。妻子又提着柳篮陪同母亲绕着菜园的四周从拖满眉豆、茶豆的架子上,摘了满满一篮子豆角。母亲又拿了一个高凳子,让我站在上面,摘下从晾衣绳上、锅屋房顶上吊着的丝瓜。南瓜的黄花一朵挨着一朵在草堆顶上开着,大大小小的冬瓜在草堆上无忧无虑地躺着,好惹人爱。

院子里摆放的蔬菜都是刚才我们摘取的,一堆一堆的。母亲哪里像在准备做饭,倒像在搞农产品展销会。她拿了一些菜,分送给庄子两头的邻居,又送一部分到我哥哥家,家里还留下一堆。母亲送完菜,看到邻居们和哥哥嫂嫂的一张张笑脸,自己脸上的皱纹都舒展开了。"赠人玫瑰,手有余香"吗?你一定可以想象出此时母亲的心情。母亲笑着对我和妻子说:"地就是个好东西,就这一点菜园,你一种,收的菜就吃不了。菜多了,大家分着吃。"母亲的脸上洋溢着笑容。

妻子对我说:"走,做饭去。"她转过头对母亲说:"妈,围裙、护袖找给我,我去做饭。"母亲望了望妻子,又望了望我,微笑着说:"算了吧,家里的土灶可犯生哦,不比你家的电饭煲、电炒锅好使。"她向屋外的父亲吆喝一声:"他大(父亲),还是我们俩配合。"父亲脆脆地应了一句:"好了,老将出马,一个顶俩。"母亲自己围上围裙,戴上护袖站到灶台前执铲掌勺，父亲自然地坐到灶台后烧火。我和妻子不好意思地站立在锅台前观看老两口的表演，铲勺交替，叮叮当当。老两口说着笑着，不到一会儿，几个菜就端上桌了。热菜有大椒炒韭菜、芹菜炒鸡蛋、豆角炒肉丝等，还有两个冷菜，醋调黄瓜、糖拌西红柿，最拿手的要数小鱼锅贴，灰黄的小鱼，绿色的葱蒜，红色的椒丝，色味俱全，鱼肉鲜嫩细腻。刚刚出炉的大芦面锅塌，色泽金黄，喷香扑鼻，又酥又脆。

吃饭时，母亲把哥嫂叫来，一大家子围在桌旁。父亲拿了瓶双沟大曲，他和母亲高兴地喝了两杯，我和哥也喝了一杯，妻子、嫂子和女儿以茶代酒。全家人吃着喝着，其乐融融。饭后，父亲微红着脸，高兴地唱着拉魂腔，女儿和着爷爷唱起："太阳当空照，花儿对我笑……"

大家又聊了一会儿，不知不觉太阳西下了，我和妻子带着女儿又回龙集了。走时，母亲又给我们一包菜带回家吃。女儿给了爷爷奶奶一人一个飞吻话别。

工作日里，我们因为课务忙，抽不出时间去看望两位老人。可是老人们隔三岔五趁赶集的时候来学校的家里吃顿饭，看看儿子媳妇，看看孙女。他们来时带些蔬菜，回去带些肉呀鱼呀，小日子过得悠哉游哉的。

他们老两口的生活像一杯陈年老酒，越喝越醇。这不正应了李义山的那句"夕阳无限好"吗？

一晃，十几年过去了，我的女儿已经去湖南读大学了，当年的黄毛丫头，现在成了大姑娘。当年的老父老母都已经走完了自己的人生，离我们而去。物是人非，睹物思人，我每次回老家看到家门前的老槐树、老园子，眼前就会呈现那幅永恒的画面：夕阳下，两位老人坐在老槐树下，笑呵呵地聊着天，鸡们、狗们快乐地跑来跑去……

饲养员父亲

"饲养员"就是饲养员,"父亲"就是父亲,"饲养员父亲"是我对父亲的称呼。

我父亲是生产队的老饲养员。队里的男男女女、老老少少,无论长辈,还是晚辈,一见父亲就喊"饲养员",很少有人喊他的名字。"饲养员"就是我父亲,我父亲就是"饲养员","饲养员"成了我父亲的代名词了。父亲在队里是饲养员,在家里是父亲,我在家里都称他"饲养员父亲"。

父亲中等的身材胖墩墩的,古铜色的脸蛋胖乎乎的,发亮的额头下面有一道道皱纹,两条淡淡的眉毛,一双细长的眼睛,稀稀疏疏的几根短胡须。他腆着大肚子,面带微笑,整天笑嘻嘻的,宛如一尊弥勒佛,活像《乡村爱情》中象牙山的刘能。父亲平时很随和,可是犟脾气上来了,就是山也挡不住，怎么说都不行；脾气下去了，就成了一摊泥，怎说怎好。母亲说："你大（爸）呀，人是好人，就是母猪头性子。"

父亲一年到头都干着脏活儿累活儿，母亲说他穿不了干净衣裳。他常常穿深蓝色的大腰裤子和对襟褂子，用蓝布条带系起来做裤带，很耐脏。脚上穿着一双黄绿色的解放鞋，很耐穿。他整天跟牛们打交道，身上不是染上草屑，就是溅上牛尿，沾上牛屎。

我们生产队的牛屋靠近孙庄大队张马小队的果园，有草房十间。牛屋前后都有窗户，每个窗户上都有木条支撑着。天暖和的时候，窗户就打开；天冷了，窗户就用塑料布钉起来。

牛屋的最东边和最西边两间是草料室，里面堆放麦穰、稻草、豆秸、花生藤等；两头紧靠草料室的两间是两个饲养员的卧室；中间那六间才是名副其实的牛屋，是拴牛的地方。每间牛屋之间都有山门相通，出入很方便。牛屋里，紧贴南北两面墙沿，用碌碡横卧着，围成两排牛槽，里面放着牛草。槽壁上楔着一根根木橛，拴着大牛小牛二十几头。牛屋东西两边山墙边放着粪箕和木桶，这是等牛屎牛尿用的。墙角堆着麦糠，当牛儿拉屎尿尿太急，地面弄脏时，父亲就用木锨打荡，然后铺上麦糠。每间牛屋房顶的二路桁条上分别吊着绳子，系着马灯。屋内光线昏暗时，父亲就会把马灯点亮。

我沾着父亲的光，整个冬天都是在牛屋里睡的。父亲的床是用土坯框子做的，里面填满了稻草麦穰，软软的，暖暖的，真有点像今天的席梦思。

父亲是个急性子，平时是蹲不住的，很少能坐下来谈闲，躺下来歇息。他有时用铁耙子从草垛上扯下了牛草，捆成个儿，挑到草料室，用铡刀铡细铡碎。"嚓、嚓、嚓"的铡草的声音，恰似渔妇刀刮鱼鳞，又似蚕儿咀嚼桑叶。他有时去水渠挑水，一担一担的，直到把水缸挑满为止。他有时去烧牛食，有时去添牛草，有时拎着尿桶去等牛尿，有时提着粪箕去等牛屎……整天忙得不亦乐乎。

父亲长期养牛，逐渐摸出一些道道儿。牛饿了，就喂料；牛渴了，就饮水。什么时候牛有屎了，什么时候有尿了，他都知道。牛被他调教得像听话的孩子，他只要提尿桶放到牛鼻子上一闻，牛就尿尿。他把粪箕朝牛嘴边一放，牛一会儿就拉屎了。但并不是所有的牛儿都能够循规蹈矩的，适逢小牛犊子调皮捣蛋，不守规矩，或者老油条牯牛耍大牌，随意拉屎尿尿，故意把地面弄脏了。父亲就会责怪自己的疏忽大意，立即拿起木锨，把地面打扫干净。我小时候跟父亲在牛屋睡，目睹父亲喂牛的全过程。父亲每夜睡觉都要醒好几遍，睡上一阵，就起来给牛儿添草喂料、等尿、等屎。不管你什么时间去牛屋，总会看见地面干干净净的。

父亲常说，喂牛像养孩子，要知热知冷的。夏天，天气特别热，牛在牛屋里是待不下去的，父亲就把牛牵到队场上，或者牵到大路上的风口地乘凉。如果气温太高了，父亲会用凉水，为牛儿冲个凉水澡降温。适逢蚊子多的时候，父亲就燃起青草或麦糠，炕起浓烟来驱赶蚊子。

　　那时的冬天比现在的冬天冷得多，雪下得特别大，经常一下就是好几天，屋檐上挂的冻铃铛都有尺把长。气温下降，父亲生怕牛被冻伤，因此牛屋的窗户和门就早早地挂上了厚厚的草帘。牛屋里，父亲用牛草渣、树枝、树根等杂物燃起了几个大火盆，从早燃到晚，从不熄灭，屋里弥漫着暖气。社员都夸父亲细心周到。

　　听说，古代的公冶长会说鸟语。我通过一段时间的观察，发现父亲会说牛语。有一天，我一觉醒来，看见父亲端着一簸箕草料往牛槽跟前去。牛们看见他，都转过头来朝向他"哞哞、哞哞"叫。父亲轻声对着牛说："大家都安静一点，不要争，不能抢，一人一份。"他顺着槽挨个儿给牛儿添料。他自言自语，一个一个地数说着牛的名字："大黄呀、小花呀、大闺女呀、浑小子……"原来父亲根据牛们的外形和性格，给牛儿起了一个个好听的名字。父亲把老黄牡牛叫大黄；把毛色黑白相间的牤牛叫小花；把矜持庄重的牸牛喊"大闺女"；把性子暴烈的小牯牛称"浑小子"……有时，父亲向我讲述每头牛的性格特点，讲得津津有味，好像它们不是牲口，而是一群不会说话的孩子。他真是一个很有生活情趣的人。

　　人家养牲口就当牲口养，而父亲养牲口，当作闺女来养。可不是吗？你看，"大黄"病了，每次喂料时，父亲都用筛子筛两筛子瘪稻子倒进牛槽内，又用干瓢挖了两瓢麦子，一瓢大芦面，再用木棒搅拌几下，给它加餐，直到"大黄"病好为止。

"大闺女"来了牛崽子，坐月子了。父亲像服侍闺女一样，用豆饼、花生饼给它开小灶，一直服侍个把月时间，等小牛硬实了才停止加餐。

父亲爱牛胜过爱他的生命。谁要虐待牛，他就跟谁急。"浑小子"性格暴烈，不是熟手是不容易驾驭的。父亲说，"浑小子"，并不浑。犟牛一根筋，性子特别倔，想靠鞭子制服它是很难的。你要摸熟了它的脾性，什么样的重活都不在话下。而如果惹毛了它的性子，却什么乱子都闹得出来。

一天，我三叔拉牛耕地，去迟了，结果没有牛用了。他只得把"浑小子"套上了。当时三叔还不到二十岁，也是个浑小子。到了湖底，地还没耕上一圈，"浑小子"就"毛"了，浑劲就上来了。三叔握着鞭子使劲地抽打，"浑小子"用牛角抵三叔的腰，用身体撞三叔的胳膊、腿部。三叔被牛撞伤了。三叔甩开鞭子狠命地抽，结果"浑小子"躺在地上死活不动了。三叔牵着遍体鳞伤的"浑小子"总算回来了。父亲看见浑身是血印子的"浑小子"，是揪心地痛，充了血的眼珠子睁得大大的，难过地与三叔大吵了一架，三叔可是父亲的亲堂弟啊。此后几天，父亲都没有吃下什么饭，看着"浑小子"身上的血印子就难过。

父亲是个讲原则的人。母亲都说他头脑一根筋，不会绕弯子。一次，队长的老爹要父亲把生产队的牛借给他家耕自留地，好说歹说，父亲都没有答应。队长后来每次看见父亲，脸都阴冷着。

秋收结束，秋种开始了，别人家的自留地都种上了，我父亲因整天泡在牛屋里，没有时间种，家里的地还荒着。母亲对父亲说："他爹，晚上天黑了，你牵队里的牛给我们家的地耕了。"母亲的话刚出口，就被父亲大骂一顿。"真是女人家，头发长见识短。牛是你家的，牛是集体的，你怎能说出这种话？"母亲的脸被羞得通红，从此她再也不敢提用生产队牛耕自留地的事了。

父亲每天除了铡草，喂牲口之外，还把生产队的场院打扫得干干净净。冬天打扫的是雪，其他时间打扫的是草屑，以及雨天牲口从泥路上带回的泥土。可这些都是他的义务劳动啊。

父亲养了一二十年牛，他养的牛为队里拉犁种地，生产粮食。其实，父亲不也是一头只知道拉车、不图回报的"牛"吗？他像牛一样朴实勤劳，建设自己的美好家园。

编席子的父亲

老家的冬天要到了，天气变冷了，西湖底的苇花开始凋谢了。满湖的苇花，如初冬的小雪纷纷扬扬，正如诚斋先生所描绘的那样"腊晴销尽一园雪，为底林间雪不晴。"那满湖亭亭玉立着的、灰黄的苇秆，仿佛一张张苇席在我眼前晃动，拉回我那遥远的记忆。

20 世纪 70 年代后期，哥哥结婚了，嫂子走进了南徐庄。嫂子进家伊始，为家庭经济把脉问诊。在第一次家庭会议上，她率先晒出自己的治家方案："现在上面政策松了，家里生活，单靠生产队里的收入是远远不够的，今后家里要想办法增加收入。明天逢集上街抓些小猪崽、鸡仔来家养。我看编席子也不错，本钱少，挣钱却不少，就是人累一些。家里以后人人都要学编席子，明天开始我负责教。"

嫂子的话音一落，全家人都叫好。第二天，家里掀起了学编席子的热潮。哥哥年纪轻，学得快。父亲那时五十多岁了，手没有年轻时灵活了，但他像个好学的小学生，整天不断地练习、摸索，最终还是学会了。在以后的岁月里，他成了家里编席子的主力。

席子在20世纪七八十年代是庄户人家炕上首要的铺垫。龙集四面是大湖，到处是湿地，到处是芦苇。苇子是当地人编席子的唯一材料。编席子的苇子是芦苇中长得粗长得高的那种大苇。当时有名的大苇，要数小周口和顺河滩的苇子了。在编席子的日子里，我家每年都要买很多大苇子堆放在屋子里。

父亲学编席子的老师是嫂子，而我学编席子的老师是父亲。自从他学会编席子起，每天队里散工回来就编席子。我每天放学回家，父亲就教我编席子。我在父亲的软磨硬泡下，也学会了编席子。

编一条席子，并不像想象的那样简单，光加工苇篾子就需要四道工序：第一道是剥苇叶，第二道是剖苇秆，第三道是碾篾子，第四道是理篾子。就是说，一根芦苇，从苇秆加工成苇篾子，要经过四次手。

晚上，月光亮堂堂的，一家人坐在院子里，每人手上戴着手套，用手剥去苇秆外面的苇叶，只留下芦苇秸秆。

苇秆上的苇叶剥完后，父亲开始剖苇秆了。他要把圆柱形的芦苇沿着端口劈开。只见父亲右手拿着一把锋利的刀片，左手执着一根苇子，弯弯的篾刀在苇秆与左手的虎口中运行，把苇子从根部到顶部剖成均匀的两瓣。"咔咔、咔咔"声中，顷刻间秸秆一分为二。这活儿父亲做起来简直如行云流水，一气呵成。

想起父亲刚学时，动作是那样的迟钝，手哆哆嗦嗦的，很不自然。一个五十来岁的人在油灯下眯着眼，左手戴上棉手套，右手握着篾刀剖苇秆。他的手不时被锋利的篾条划了一下，新鲜的血丝缓缓地渗出来。他往伤口"啐"一口唾液，用手指抹了抹，缠上一条布条系紧，继续剖苇秆。有时，苇刺扎进手指肚里，大的好挑，小的毛刺就烂在肉里。时间久了，手指长出了老茧子。再看看现在，父亲的动作是如此流畅，我的心里陡然对父亲产生了敬畏之情。

苇秆剖好后，父亲把苇秆抱到背阴处，洒上水让它慢慢洇透。苇秆被水洇透了，有延展性，不易碾碎。

父亲到队里寻来一个石滚，石滚的表面是光光滑滑的。他请木匠伯打上一副滚架。这样碾轧起苇篾子方便多了。父亲把门前的空地碾压成一块平坦而结实的碾道。他将洇透的苇秆平铺在碾道上，拉着石滚来回反复碾轧。沉重的石滚推起来很吃力。碾一次苇秆，他都大汗淋漓，气喘吁吁。每当我跑过去帮忙时，他总是推开我的手说："不用，不用，我行，我行。"我知道那是父亲心疼我。

苇秆经过石滚碾轧，苇结破裂，"噼里啪啦"，像放鞭炮似的。父亲把碾子推过来推过去，不时停下来把苇秆翻翻抖抖，直到把坚硬的半圆形的苇秆碾轧成平展的苇篾子，拿在手里像鞭子一样柔顺。

　　苇篾子碾好了，上面还有苇叶，这时父亲戴上手套，把篾子苇结处残留的苇叶去掉。有的篾子碾轧得不平展，就拿锹刀压平。理苇篾子这道环节是不能省略的。

　　苇篾子理好了，就可以编席子了。编席子是一门细活儿，极需要耐心。对于父亲这样性格急躁的老爷们来说本身是不适合的。可没有想到的是，父亲竟然不讲不说，不急不躁地坐下来，一坐就是大半天。

　　父亲编席子的场地就是我家堂屋。他用的工具是篾刀、锹刀和抹尺。篾刀是剖苇秆用的。锹刀是一种篾锹：一头尖而有槽，另一头扁，且有指甲宽的刀锋。它可以挑压篾子，并且在席子收角收边上是离不了的。抹尺可以量席子的尺度，也可以看看席子的边线是否是直线。

　　经过细心的观察我发现，父亲每次编席都是从席子的中心对角线开始，然后依次横向、纵向编织，两边依次递减形成一个直角三角形。待半个席子编好后，再用同样的方法去编织席子的另外那一半。苇篾子在父亲的手中，左右穿插，上下翻飞，不知不觉就编成了整齐、紧密、好看的花纹。

　　收席边，是编席子最后一道工序。这道工序是最讲技术的，特别是两边相交的四个角，一般人轻易是收拢不好的。父亲刚开始编席子时，总是收不好，还靠嫂子手把手教，可是现在他能收放自如。他熟练地使用锹刀、抹尺，拿捏好席子的尺寸，收好边，折好角。父亲编的苇席平平整整。

　　那时编的席子主要是炕席。苇席有 1.2 米宽、1.8 米长的儿童席，价格一块五毛左右；有 1.5 米宽、1.8 米长的成人席，价格大约两块五毛；有 1.8 米宽、2.0 米长的特大席，价格不超过三块。

有的人家订大席子做盖房子的底网，也有的人家订大席子用来搭棚子。价格嘛，没有个准，要根据用材多少来定。

父亲把编好的苇席捆成了一卷一卷的，在阳光下晾干，每五张卷成一卷。逢集时，他挑到集市上卖，有时用平板车拉到邻村走街串巷，吆喝着叫卖。当时，一条席子仅卖两块多钱，可是不少人家都买不起，有的还要拿粮食换。

父亲不仅会编席子，还会切折子。切折子是和编席子类似的手工活儿。折子的宽度大多六七寸，长度有三丈的，五丈的，还有七丈的。切出来的折子大多是生产队买来盛粮食用的。也有的人家粮食多，土瓮子盛不下了，就买折子盛。因为折子编织起来耗时长，耗材多，一窝折子价格都在五块以上。我家切的折子质量好，深受庄户人的喜爱，切出来的折子是不够卖的。

父亲也会编斗篷。编斗篷时需要先做一个斗篷骨架模型，编一个框，围绕骨架编织。父亲大多编的是能够挡雨遮阳的小斗篷。20 世纪 80 年代初期，一顶斗篷可卖四毛钱左右，90 年代初期每顶可卖到两块多了。有时生产队找父亲定做烟叶炕顶部用的大斗篷，面积很大，有几十个小斗篷加起来那么大，几十块钱一个。

父亲不仅会用苇篾编织席子、折子、斗篷，还能用柳条编织篮儿、框儿、粪箕儿。如果你初次见到这个农村老人：土眉土眼、大手大脚的，一定会认为是个大老粗。想不到这个大老粗，竟能做出如此精致的活儿，这真是人不可貌相啊！

　　父亲为编织付出了很多很多。他原本腆着的肚子变成了驼背，他那麦色的大手变得更加粗糙，布满了老茧和血口。他额头的皱纹越来越多，越来越深，满头黑发被时间慢慢染上了白霜。

　　父亲与全家人一道，靠着一双双勤劳的手，编织出席子、折子等生活用品，换回了一沓沓钞票，盖起六间崭新的草房。

父爱如茶

我的童年大半由母亲相伴。母亲照料我生活，送我上学，陪我做作业，带我做游戏……母亲像一座山，牢牢占据了我的心间。大概是父亲在田里忙于农活，在外面忙于做生意……常常是神龙见首不见尾。在极其有限的父子交流中，父亲不是打骂我，就是呵斥我，极少有温馨的话语。每次父亲回家，我只要看到他的影子，就远远地躲开了。

在南徐庄，父亲是个出了名的虎爸爸。我和哥哥，包括我的母亲都怕他。连邻居的小孩见到他，也"退避三舍"。听母亲说，父亲的童年、青年、中年都吃了很多苦。他出生在一个贫困的农家，没有读过书，大字不识一个。十几岁时，他的父母双双染病离世，自己独立过起了日子。他流浪过，要过饭，给地主扛过活儿，做过生意，他经常遭受别人的欺凌。苦难深重的生活没有使父亲屈服，却铸就了他虎一般的男人的坚强。母亲说："你大（爸）呀，人是好人，就是母猪头性子。"我小时候理不清"母猪头"与"性子"有什么关联。后来读师范时，我才理解母亲说的"母猪头性子"，就是说父亲脾气暴躁。

父亲是个硬汉，对我总是很冷峻，几乎不近人情。小时候，每当看到别的孩子依偎在父亲的怀里撒娇耍赖，尽情地享受着父爱时，我心里总是酸溜溜的。我心中的父亲，是个脾气坏、喜欢打骂孩子的父亲。每逢我做错了事情，父亲对我总是严厉地打骂，吓得我浑身颤抖，连哭都不敢哭出声，只能低声地啜泣。"父爱"一词，从那一刻起彻底从我儿时的字典里被抠掉了，有时我竟偏激地认为我没有父爱。

我对父亲的感情是复杂的：有些爱，有些怕，甚至曾经还有些怨，复杂到自己也分不清了。说心里话，我从小非常害怕父亲。

庄子上年长的大爷爷告诉我：自我呱呱坠地起，我在床上睡了两年多，醒了只能望着床头的屋顶发愣。偶尔母亲忙完农活，忙完家务，腾开手来，会抱我玩一会儿，但父亲是绝不抱的。

等到我能走路时，我摇摇晃晃的，跌倒爬起，爬起跌倒，扶我的总是我的母亲，父亲是绝不会扶起的。甚至有时，他自己不扶，还不让母亲扶，常常下命令似的说："不准扶，让他自己爬起来。"这时，母亲就不敢扶我了，望着我笑。我哭着从沾满泥灰的地面上跌跌撞撞地爬起，又哭着用沾满泥灰的小手和身体跌跌撞撞地扑向母亲的怀里，引得父亲开心地笑了。真是铁石心肠的父亲！

难怪歪嘴大娘说，我是父亲在河底干活儿时捡来的野孩子。我当时确信无疑，有哪一个亲生父亲会这样对待自己的亲生骨肉。

我自小体弱多病，经常头疼感冒，而每次带我去医院看医生的都是母亲。有时夜里我发烧了，吵得父母睡不着觉。母亲用手摸了摸我的头，感觉烫得厉害，用手推了推正在"熟睡"的父亲，叫父亲带我去医院看病。可是，无论母亲怎么摇，怎么晃，父亲总是稳坐钓鱼台，一动也不动，安然睡着，还不时发出鼾声。母亲只得背着我去看病。等到看完病，母亲又把我背回来，父亲还像无事人一样，蒙着头睡觉。一次，两次……以后只要我生病，母亲也不再指望父亲，就背着生病的我上医院。在我幼小的心里，我认为孩子生病就应该由母亲带着去看病。

20 世纪 70 年代，各家生活都很穷，每日三餐能够有饭填饱肚子，就很不错了。偶尔能有鱼吃、有肉吃，那是一种不易得到的奢侈。幸运的是我家有时也逮些鱼，称两回猪肉吃。适逢过年过节，家里买好吃的东西会更多。每当母亲吃到好吃的东西，总是用筷子挑到我的碗里。我会心安理得地品尝着母亲给我的美食。而父亲呢，他吃到好吃的东西，只顾自己享受，我眼睁睁地望着父亲把肉呀鱼呀咽下去。那时我总认为母亲不喜欢吃肉，父亲爱吃。

我小时候整天和小伙伴泡在一起，难免有些磕磕绊绊的，不是你打我两拳，就是我踢你两脚。有时，我和小伙伴玩恼了，小伙伴哭着上我家找父亲告状。这时父亲绝不去问清为什么，不去了解情况，当着小伙伴的面，伸手就打我，直到打得小伙伴笑着走开为止。其实，我是个不爱惹祸的孩子。我决然恪守的底线是：人不犯我，我不犯人；人若犯我，我必犯人。每次我与小伙伴们发生冲突，都是他们先动的手。这真是个糊里糊涂的父亲。

我是庄子上公认的小聪明，学校里师生公认的学霸，总是受到金圩村前后三庄的夸赞。可别人不知道的是，在家里常常受到父亲的家庭暴力。每天放学回家，我必须做作业，如果我不做完作业出去玩，父亲知道后，就会手脚并用，打得我皮开肉绽。所以我不做完作业，是绝不敢出去玩的。最后我形成了条件反射，每当望见父亲，就要看一看我的作业做没做完，真是望"父"色变啊！

最让我刻骨铭心的是那次洗澡的事。那年夏天，天气是格外的热。那天，天气是格外的闷。我随伙伴们一起到成子湖边洗澡。我不慎掉进湖里，一位好心人救了我的命。我被救上来的时候已经不省人事了。几天以后，等我身体恢复了，爸爸把我吊在树上，用鞭子狠狠抽了我一顿，叫我保证以后不再去湖边洗澡。

随着我一天天长大，父亲打我的次数也越来越少了，但是父亲仍然不失他严父的本色。我上小学、初中、师范时，课余时间父亲总是带我去田里干农活，去集市买卖粮食做生意，去水利工程二道圩子、龙西河扒河打堆。每次，我都累得腰疼腿酸。我不禁心生怨恨，怨恨父亲的冷酷。我发誓，一定要发愤读书，将来一定要通过读书摆脱面朝黄土背朝天的生活。

随着时间的推移，我读的书越来越多，社会阅历越来越多，对生活的思考也越来越多。现在，我对父亲以前所做的一切，有了新的理解。我慢慢认识到，父亲原先并不是不爱他的孩子，而是他有自己爱的表达方式。记得冰心说过："父爱是沉默的，如果你感觉到了，那就不是父爱了！"

古语说：虎毒不食子。连残暴的动物都知道疼爱自己的孩子，何况作为高级动物的人呢。现在想想，有哪个父母不爱自己的孩子？父亲的爱，是实实在在的，没有华丽的词语，没有亲昵的做作。父亲的爱，不会直接表达，有时倒觉得是在惩罚。随着年龄的增长，我逐渐体会出父爱是一种默默无闻，寓于无形之中的感情，只有用心才能体会得到。

父亲的爱是无声的。小时候，我经常跟随父亲到生产队的牛屋里睡觉。我睡觉很不老实，一夜被子好几次要蹬掉到地上。父亲每夜总会多次起来为我盖被子。特别是冬天，父亲只披了一件棉衣，从热被窝里出来。有几次，我正好醒过来，看到父亲一边给我盖被子，身子一边冷得发抖。第二天早晨他感冒了。我看着父亲不停地咳嗽，心里非常难受。

有一天夜里，我感冒了，父亲用他那粗糙的大手摸了摸我的额头，感觉烫手。他自己穿着夹衣，把棉袄裹挟在我的身上，抱着我往大队卫生室跑去，守护我打针挂水。原来，父亲并不是不爱我，有母亲在的时候，他装睡，装冷漠罢了。

我后来越来越感觉到父亲冷漠的外衣下包裹着一团热火。有一次冬天，天气特别寒冷，父亲又带我去湖边拾草。天突然刮起了大风，我穿得单薄，感觉很冷，牙齿发颤。可能是父亲也感觉到冷了，他停下手中的活儿，关切地问我："二子，冷吗？"我看父亲身上穿得也不多，就说："不冷。""要是冷就吭声。"我强忍着寒冷。过了一会儿，我坚持不住了，打了个喷嚏。爸爸听见了，停下手里的活儿，略带责备地对我说："冷也不吭声，你看，都冻僵了。"说着，他把自己的棉袄脱下来给我披上。我说："爹，我真的不冷。"父亲说："没关系，我身体好。"然后，他命令我说："快穿上。"我哽咽地穿上父亲的棉袄，身上立即暖和起来。原来，父爱就是这么简单！

父亲对我的关心有时体现在平凡而琐碎的小事中。我读小学时在金圩大队，来去方便。我到龙集中学读初中时，就要住校了，每周回家一次，周一早晨带一些饼去学校。每周日夜里十二点以后，父母就起来做饼了。父亲坐在灶后烧锅，母亲站在灶前贴饼，观察火候。每做一次饼，他们都要忙活两三个小时。早晨四点来钟，父亲就背着饼送我上学。

初中我读了四年，前三年在龙集中学读，从金圩到龙集十几里路，父亲送我到学校再回家，来回需要三个小时。

读"初四"时，我在太平中学读书。从金圩到太平有四十里路，父亲每次送我上学，来回要花八九个小时，父亲经常累得抬不起腿来。说到"初四"，大家一定会蒙了，这里我补充说明一下，读初三时，我因为生病，有一段时间不能上学，留了一年级，所以初中读了四年。后来我把那段时间称为"初四"。每次上学，我不让父亲送，可是父亲不放心我走黑路，坚决要送我去学校。每次父亲送我上学，当他返回时，我看着父亲渐渐远去的背影，都会流泪。父亲啊，以前我以为你不爱我，对我冷淡，现在我觉得你的爱原来是这么真切。我真是错怪你了。

为了减轻父亲的负担，我决定在周日下午提前坐客车回学校，那时楼尚公路刚通车。每次父亲总要亲自把我送上车，望着客车走远了，才回去。这真是可怜天下父母心啊！

1982年1月，我在太平中学读"初四"，期末考试以后，天下着大雪，气温很低，那时学校没有围墙，四周是一道大沟，沟里满是雪和冰。放学以后，我为了抄近道，没有走正门大路，而是选择穿越大沟。结果，我跌进大沟里，摔断了腿。一位好心的同学给父亲送了信。父亲接到了信以后，急忙到亲戚家借了钱，一口气跑到了太平中学，坐客车把我送到泗洪医院。

在医院里，父亲背着我上楼下楼，从外科问诊到放射科检查，再到外科手术，挂水，拿药……等把我安顿好之后，父亲累得气喘吁吁，坐在凳子上站不起来了。父亲歇了一会儿，又带我到饭店吃饭。在泗洪最有名的王胖子饭店，我第一次吃上了小笼包子，吃上了馄饨，喝上了海带鸡蛋汤。而父亲自己呢，吃着大芦甶饼，喝着清茶。看着我吃得很开心，父亲咧着嘴笑。这时，父亲的爱表达得如此的直白。

小时候，父亲逼我读书；我读初中、师范时，父亲要我跟随他干农活、抬河、做生意，让我吃苦。我总以为父亲不爱我，在虐待我。现在想想，其实，他那时用心良苦，在培养我良好的习惯，磨练我顽强的意志。这是一种真正的男人的爱。

随着年龄的增长，我工作了，成家了，紧接着做了父亲。而父亲却变老了，虎一般的男人的性格没有了，对孩子的爱却越来越强。不过，父亲的爱变得越来越直白，越来越肤浅。

以后的日子里，每次学校放假，我都要跟随父亲去农田干活儿，父亲总是不让我去。他总会说："你现在是国家的人，有身份了，不要再下地干活了。"

父亲农闲时，每逢赶集，他都要背几斤绿豆呀花生呀，薅几把葱蒜，割一捆韭菜，有时用笼布撮二三十个草鸡蛋，到学校去看我，看我的妻子，看我的孩子。他每次都要重复说那句永不变更的话："你们不要担心，我和你妈身体都很好。"

父亲可能是老糊涂了，他表达爱的方式有时真的让人不可思议。

2001 年，我家在院子里盖了两间小平房，一间做洗澡间、卫生间，一间做储藏室。适逢周日，父母又提着一捆小白菜来看我们，全家聚集在一起，吃团圆饭，享受着天伦之乐。

饭桌上全家人围绕"小平房"的话题谈开了。妻子笑着对我说："孩子她爸呀，我说啊，小平房顶上晒东西倒很不错，你等逢集时上街看看，有小梯子买一个。"我随口"嗯"

了一句。

其实，妻子只是随便说说，没有当真。可是，说者无意，听者有心。过了几天，又逢集了。我放学回家，只见家门口靠着一架梯子，父亲气喘吁吁地坐在我家的门台上，浑身像被水洗过似的，衣服都被汗煮湿了。

我感到诧异，妻子纳闷地望了望父亲，又望了望门口靠的梯子，笑着说："爹，这怎么回事？"

父亲深深地吸了一口气，笑着说："你那天不是说要梯子吗，我回家没事就刨了两棵树，就钉了一个，今天逢集我就扛来了。"

我和妻子都望着父亲笑，笑父亲真是太实诚了。父亲看我俩望着他笑，像一个犯错的孩子，用手指挠着光秃秃的脑门，傻笑着说："不重，不重，我不累。"

我用手掂了掂梯子，鲜树打的，足有上百斤。作为一个年轻人，我用手试一试都有点困难，而父亲这个七十多岁的老人就靠肩膀一步一步地把这梯子从金圩扛到了龙集。他在十几里路的行程中，不知要换多少次肩，歇息多少回，流多少汗，才走到我家。

我看着父亲傻笑的样子，鼻子一酸，眼泪从眼角滑落下来。父亲啊，你为什么这样"迂腐"呢？

我慢慢体会到了：父爱是一杯茶，开始有点苦涩，但是越品就越能感受到它的杳醇。

父亲的扁担

每当听到"小小扁担两头翘，挑起扁担笔直跑……那个幸福生活乐陶陶"的《扁担歌》时，我就想起父亲的那根扁担了。

父亲已经去世十多年了，但是他用过的那根扁担一直收藏在我家的老屋里。

去年除夕，我和妻女回老家，跨进老屋，旮旯里父亲的那根扁担，赫然映入我的眼帘。因时间久远，扁担上已经积满了厚厚的灰尘。拭去灰尘，扁担上面一道道印记和磨痕依稀可见。

父亲是个老农民，农忙时用扁担挑过水，挑过粪，挑过庄稼，挑过粮食；农闲时用扁担挑着箩筐做过生意。

父亲一生中用过的扁担不少，一根接着一根。我眼前的这根扁担是父亲生前用的最后一根扁担。它是用枣木制成的，父亲说枣树做的扁担结实。

这根扁担约莫一米六，两端较窄，中间较宽，两头稍微有点翘，表面被岁月打磨得非常光滑。我望着眼前的扁担，仿佛看着父亲挑着担儿悠悠潇洒的动作，仿佛听着父亲肩上扁担"吱嘎吱嘎"的歌唱。

20世纪70年代，那时农村没有车，父亲靠两条腿走路，靠两只肩膀挑担子。父亲从早到晚，冒着严寒酷暑做生意。如今，我一想起父亲，他挑着担儿走乡串巷的情景就浮现在我的眼前。

那是一年中的最后一个月——腊月，最后一天——除夕。那天风不大，但刮到脸上生疼。雪后大地一片银白，太阳照在白雪覆盖着的房屋上，反射着刺眼的光。小城困在冰天雪地里，居民们待在屋里，忙着过年。

一副挑子停在避风的大巷口，一根枣木扁担横在两只箩筐口上，一个中等身材的老汉靠在冰冷的山墙上。看样子他已经走了不近的路了，正大口地喘着粗气，嘴里不时地冒出一阵阵白色的雾气。

这位老汉被一身破旧的棉裤棉袄包裹着，肩头和袖口的棉絮张开了"嘴"，腰间缠着一根长长的腰带，脚上穿着一双毛窝子。他头戴三块瓦棉帽，帽檐拉下来，把脸包得严严实实，只露出两只大眼睛。

他不时地搓着手，不停地跺着脚。"卖鸡蛋喽，卖鸡蛋喽"的吆喝声，在巷道里颤动。

在这么冷的雪天，在过年的日子里，竟还有人出来卖鸡蛋。附近的居民们纷纷从屋里跑出来。一会儿巷口挤满了人，大姑娘、小媳妇、老奶奶都提着篮子买鸡蛋。

"拣大的六分五一个，不拣的六分一个，大家快来买呀！"这位老汉笑着说。

大家的手纷纷伸向箩筐，个把钟头就卖了几十个鸡蛋。筐里的鸡蛋浅了不少，担子挑起来轻了许多。

"嚓嚓嚓"，他又踩着积雪，挑起担子走向另一条巷子，雪地里留下两行深深的脚印。

这位老汉就是四十年前我的父亲。这么冷的天气，在大年三十，他为了一家人的生活，还挑着担儿外出做生意。

那时，父亲长期做鸡蛋生意。他在乡下收鸡蛋，通常五分钱一个，有时五分五一个，然后运到洪泽县城卖，能卖六分钱一个。父亲跑一趟洪泽，能赚三两块钱。不管刮风还是下雨，父亲总是挑着箩筐下乡收鸡蛋，然后挑到城里卖。买鸡蛋、卖鸡蛋，卖鸡蛋、买鸡蛋，父亲整天与鸡蛋打交道。俗话说：无商不奸，可父亲做生意童叟无欺，从不赚昧心钱。

父亲在外面做生意时总是笑呵呵的。他每次回家放下扁担，脱去衣服，袒露上身时，我会看见他的两个肩头都被扁担磨得通红，皮都被磨掉了。长期下去，两个肩头都磨出了茧子。有时，母亲心疼他，劝他歇几天。父亲笑着说："我在家蹲，不去做生意，从哪儿弄钱呀！"于是，他忍着痛挑着箩筐走出家门。我望着父亲的背影，不知不觉流下眼泪。

母亲说，父亲年轻时就做过生意。他卖过香烟，卖过日用品，他曾经挑着香烟担子从金圩步行到南京，来回千把里路，走了几天几夜。

我读师范时，老家已经分田到户，种地勉强能够维持一家人的生活，但要供孩子外出读书是不行的。于是，父亲重操旧业，又做起了小买卖。父亲做鸡蛋生意，有时也做绿豆、花生生意。

一根根小小的扁担，伴着父亲走街串巷。一根根小小的扁担，见证着父亲挑起全家生活，凝结着父亲对亲人满满的爱……

做了两三年鸡蛋生意，父亲认识到这挣不到钱，于是改做粮食生意。粮食是沉头货，不能再用扁担了。父亲买了一辆木板车，木板车让父亲的扁担长了翅膀。

父亲每天拖着木板车收粮食，近的到十几里路外的龙集，远的去六七十里路之遥的朱湖、孙园。父亲每天来回要走一百多里路。适逢寒暑假，父亲要我跟他去买粮食。去时，父亲拉着车，我跟在后面走。走几个小时，胖墩墩的父亲健步如飞，而精瘦瘦的我双脚却灌满了铅。我走累了，父亲停下来等我，歇一会儿，继续走。

七月似火，太阳烤卷了路两旁庄稼的叶子。我和父亲拖着木板车在砂礓路上急急地走，久旱的路面上不时腾起阵阵灰尘。

父亲那时已五十多岁，堆满肉的脸上始终挂着笑，酷似弥勒佛。他的个子并不矮，但因肥胖，身材显得短了不少。他上身披件短衬衫，下身套个大裤头，头上戴顶草帽，脖子上挂条毛巾，脚上穿双草绿色解放鞋。他的脸被阳光烤得黝黑，汗水如断了线的珍珠，不断往下流。他不时地用毛巾擦抹一把。

我那时已经十七八岁了，留着小分头，细皮嫩肉的，好像太阳一烤，就能烤出油来，不用看就知道是个学生娃。我也用毛巾不停地擦拭着脸上的汗。

到了集市，父亲大声吆喝："买绿豆、花生，谁卖绿豆、花生啊？"这时粮农们提着粮袋围了过来。因为父亲的收价稍微高一些，不到一小时，我们就收满了一车的粮食。垒好了粮袋，父亲驾起车把，我拉上车绳，踏上了归程。

正午，一天中最热的时候，灼热难忍。我们一边啃着干饼，喝着凉水，一边拖着木板车，一步一步往家赶。实在走不动的时候，就坐在路边的草地上，歇一会儿继续赶路。下午一两点钟的时候，烈日把我们折磨得无精打采。我们全身的衣服被汗煮透了，紧紧地贴在身上。我们走得很慢，走一段歇一气。太阳落山了，我们到了家，已经累得筋疲力尽。

可是父亲没有停下手来，他稍作休息，就忙开了。他用簸箕把收来的豆类打理好，收来的花生要剥成花生米。父亲拿个竹篮剥起花生来，因为剥的时间过长，他两只手的手指肚都磨成了血泡。尽管疼，但他仍然坚持着剥花生。夜间，他实在困了，就歪在门旁歇一会儿，醒了继续剥。等花生剥完，他才眯一会儿。第二天，父亲把收拾好的粮食装袋，拉到尚嘴码头，坐轮船去洪泽县城卖。每次父亲都能挣一些钱，但那都是他的挣命钱。

又过了几年，家乡通了电，我家的生活好了一些，父亲买了一台打花生机，这样花生米就不需要人工剥了。拉上电闸，启动花生机，父亲把收来的整花生往里一倒，转眼间花生米就出来了，方便多了。父亲仍旧把打理好的粮食，装袋运到洪泽县城卖，换回一沓沓钞票。

假期只要我在家，父亲总是带着我去做生意。他就像一位师傅带着一个徒弟。每次我跟父亲去做生意，实质上也抵不了大用，帮不上大忙，只能陪父亲说说话，照看照看车子。但是我觉得每次都是一次学习，都是一次磨练。现在，我细细想想：这是父亲有意而为之，是在磨练我顽强的毅力，培养我吃苦的品质，坚定我读书的信念。由此可见父亲用心良苦。

父亲做了十几年生意，我师范毕业工作了，他还做着生意。父亲做生意很苦，但是他感到很快乐，真如一首儿歌所说："冬天一身雪，夏天汗水多，春秋风吹过，一身土也乐。"

父亲七十多岁了，我和哥哥劝他不要再做生意了，该养养精神，享享清福了。这时，父亲像个听话的孩子，放下扁担，放下木板车，告别他做生意的岁月，隐居幕后，去安度晚年了。

现在，每当我回到老家，看到父亲曾经用过的扁担，就想到父亲，想到这根扁担伴父亲走过的风风雨雨。这根扁担是父亲留给我的最好的遗产。一根扁担联结着我与父亲，联结着过去、现在与未来。

乘　凉

"二子，乘凉去！"这是我小时候父亲最爱说的一句话。每当炎热的夏季来临，吃过晚饭，妈妈还在收拾碗筷，父亲就会向我招招手。我心领神会地蹿向父亲，爬向他的后背，骑在他的肩上。父亲一边把我的双腿扶正，放稳，一边亲切地说："乖乖，走喽！我们乘凉喽！"

夏天，是一年中气温最高的季节。现在的孩子把自己宅在空调房里，看看电视，上上网，生活挺自在的。而四五十年前，农村没有电，那时的孩子可就难熬了。

午后，三十几度的高温，房间烤得火炉似的，全家不得不整体"搬迁"了。大柳树下、溜风的大巷子里、高墙的背阴处，聚集着一簇簇乘凉的人，或睡，或坐，或蹲，或立。

吃烂烟的捧着个大烟管，拖着一只大烟袋，装满烟丝，一袋接一袋地抽。他们一边抽着烟，一边吹着牛皮，侃着大山。四周围着一圈，不用说，都是看热闹的，叽叽喳喳的，群鸦乱噪似的。

小小子、小丫头片子，一丝不挂的，最无所顾忌了，一会儿跑到爷爷奶奶腿上撒娇，一会儿扯扯爸爸妈妈的衣襟说着悄悄话。

庄子上最年长的大爷爷，最不知道好歹，七十来岁的人了，也来凑热闹。浓霜似的胡须在他的胸前飘动，身子半躺在睡椅上，努力地张开耳朵听着什么，可是什么也听不见，只看见一张张嘴唇在不时地颤动。

家离大柳树最近的木匠伯，把饭桌搬到树荫下，一家人吃着饭，看着热闹，不紧不慢的。

老疤叔家里来了亲戚，按理说应该待在家里，规规矩矩地招待客人。他也把桌子搬到树底下，饭端来了，菜端来了，酒也提来了。不管是主人，还是客人，都光着背，穿着大裤衩子，划着拳，端着酒杯，一杯接着一杯，时不时喊上几嗓子酒令。

夏日的夜晚，并不宁静，房子就是一个大蒸笼，热得叫人喘不过气来，蚊子"嗡嗡"叫，叫得人心烦意乱。树叶稠密的大柳树，宛如一把巨伞，当然是南徐庄人乘凉的好去处。

饭碗一丢，男人们连忙去找风口地蹲着。有的把竹床搬到大柳树下，上面支起帐子；有的胳肢窝夹着芦席，摞在地上，护块地方；有的把蒲帘铺在树根旁边……横七竖八的，人们坐着，躺着，趴着。

男人们屁股一拍，溜了，这可苦了女人。女人们不是抱怨，而是不声不响地刷着一家大人孩子吃过的锅碗瓢盆，抹着屋里屋外的坛坛罐罐，烧着大人孩子洗澡的热水。收拾停当了，她们才抱着孩子，攥着芭蕉扇出去乘凉。

金圩小学苗校长端坐在太师椅上，早已忘记自己的校长身份，俨然把自己当作说书的了。他摇着芭蕉扇，眉飞色舞地讲着《三国演义》里的《空城计》。庄上几个小学毕业生，倚仗自己喝过半瓶子墨水的，不时地插上几句。围在苗校长四周的听客们，光膀子的，披褂头的，搭毛巾的，摇扇子的，听得津津有味。

孩子们这时倒成了多余的。他们摽在母亲的腿上，母亲攥着说："死过去，热要死。"然后又摽到父亲腿上，父亲又攥："滚一边去！"后来索性自己玩去，做着赶月亮的游戏。

苗校长的故事刚讲完，大爷爷咿咿呀呀地接着说《公冶长与大肥羊》，这些都是老掉牙的故事。每当大爷爷说故事时，我们都把耳朵捂起来，黑蛋连声说："姆不听！姆不听！"

队里的唯一高中生田秀才（大家认为他有学问，就称他为秀才）就滔滔不绝地说开了。他从国际形势到国内新闻，从古代英雄到当今伟人，从今天的新事到当地的历史，说得头头是道。大家都啧啧称赞，夸他有学问，不愧是秀才。

过一会儿，后庄的二丫头唱起了样板戏《红灯记》里李铁梅的唱段，两个一年级的小学生不知天高地厚地唱了《我爱北京天安门》，没有一句不跑调的，大家都笑了起来。不知什么时候《二泉映月》也响了起来，那是大队文艺宣传员老王拉的二胡。大家都侧耳倾听，全然忘记天气的闷热。

有时，毛胡队长为了活跃大家的精神生活，请应山大队的张瞎子来说书。张瞎子是个专业说书人，个子不高，不胖不瘦的。他虽然六十多岁了，但白发很少，说起话来铿锵有力，掷地有声。他手里攥着一根长竹竿，由小孩子搀着引路。说是请，其实只要供顿饭，买包烟就行了，不用多花钱。张瞎子说起书来抑扬顿挫，有时还做着动作，赢得众人一阵阵掌声。他大多说《岳飞传》，有时也说《薛仁贵征东》《樊梨花征西》。

不知谁说蛮奶奶也知道好多好多的故事。于是，我和黑蛋他们经常缠着蛮奶奶讲故事。蛮奶奶被我们这些小鬼缠得没有法子，只好讲给我们听。她给我们讲了好几回呢，有《嫦娥奔月》，有《牛郎织女》，还有一些鬼呀神呀的故事，有点像后来我读初中时看过的神话传说和《聊斋志异》。

不知不觉，我在故事中渐渐长大。我从故事中知道了月亮里有个美丽的女人叫嫦娥，她怀里抱着个可爱的小白兔。月亮里还有一个叫吴刚的男人，长年累月地拿着斧头砍树。于是乎，我常常在梦中越过银河，飞上月亮，与美丽的嫦娥说话，与小白兔一起跳舞。

优美的神话故事使我神往，我对天宫产生了浓厚的兴趣，想看看天空到底有什么。我经常睁大眼睛，仰望浩瀚的星河，数着天上的星星，辨认着一颗颗星星，认识了这颗是太白金星，那些星星是北斗七星。我知道哪座桥就是牛郎织女相会的鹊桥，哪颗星是牛郎星，哪颗星是织女星，哪两颗星是他们的两个孩子。蛮奶奶讲的故事可能是真的。夏夜里，我隐隐听见牛郎织女隔着银河窃窃私语的声音。

夏夜的喧嚣终究要过去的，宁静悄然而来。皎洁的月儿，疏朗的星儿，被挡在大柳树之上，只有萤火虫们提着灯笼在来回地飞。母亲们一手慢慢地摇着扇子，一手轻轻地拍着孩子，哼着摇篮曲。夜色越来越浓，乘凉人说话的声音越来越小。到后半夜，声音渐渐停息下来。不知什么时候，蛙声、虫声从远处传来，越发清晰起来。气温慢慢低了下来，夜露降落了，母亲们把自己的孩子抱着回家。瞧，孩子们还在做梦呢。

一晃，几十年时间过去了，夏日乘凉的生活渐渐远去。但是现在，我经常怀念起那段骑着父亲去乘凉的日子。

"小气"母亲

　　小时候，南徐庄上的大人孩子都说我小气，都说我会过日子。其实我的小气是我母亲遗传给我的。

　　母亲已经去世好多年了，作为她的儿子，我现在说她小气，说她的不是，实在有点不妥。但是，我还是实话实说，我母亲的确是一个非常"小气"的人。

　　自我能够记事起，我们一家人很少能吃顿像样的饭，穿件像样的衣服。有时难得弄点好吃的，母亲总是留给我和哥哥吃；如果家里做点好穿的，母亲总是留给我父亲穿。母亲自己是从来不沾边的。

　　我有时好奇地问："妈妈，你为什么不吃好的，不穿好的呢？"

　　母亲笑着说："这有什么？吃好吃孬，不饿就行；穿好穿孬，不冷就行。”

我父亲经常戏谑她：“你妈妈哎，就是穷命。咳，她呀，她一辈子就是一个小气鬼。”

母亲不反驳，不争辩，还是那样，笑着说：“一家门户撑起来是多么不容易呀！我们对待外人不能苛刻，不能让人谈说自己；对待自家要节省，不能铺张浪费，大吃大喝。平常居家过日子，有饭吃有衣穿就行了，不要讲究好了孬了的。”

“当家才知柴米贵”，说真的，母亲能把我们这个家苦苦地支撑下来，确实不容易。我有时戏说母亲是“外面光”，母亲只是抿着嘴暗笑。

母亲的小气是有来头的。在我成长的过程中，母亲常常给我讲述她一生中苦难的日子。

母亲的童年是苦涩的。她是旧中国重男轻女的牺牲品。我母亲姓金，出生于 1930 年。我的外公是个农村小地主，家里有些房产和地产。母亲的呱呱落地给家人带来了苦恼，外婆外公的脸上立刻罩上了一层阴影，因为他们已经有了两个丫头。外婆看着身边刚落地的三丫头不停地抹眼泪，她任凭婴儿不停啼哭，就是不让婴儿吃奶喝水。外公歇斯底里般地大发雷霆，不住地摔掼东西，不住地骂：“妈的，又是一个赔钱货！”

外公毅然决然地把我母亲送给了一户穷亲戚喂养。我母亲在穷亲戚家几天，没有吃，整天只是哭喊。眼看就要被饿死了，这时多亏一位好心的亲戚救了她的命。这位好心的亲戚来到外公家，再三劝说外公抱回孩子。俗话说：“虎毒不食子"，外公动了恻隐之心，他又叫外婆把我母亲抱了回来。可是，我母亲回家以后，外婆、外公不去理睬她，靠她的两个姐姐用饭水来喂她。我母亲像小猫小狗一样活着，像一只丑小鸭没有人去过问她。

母亲小时候是个多余的人，连个名字都没有，家里人都称呼她为三丫头。人民公社成立时，生产队的工分本子上，写着母亲的名字："徐金氏"。20世纪80年代，大队登记户口的时候，会计把她的名字登记为"金殿英"，从此金殿英成了我母亲的名字。

等到我能够记事的时候，母亲给我讲她出生的情景时，常常泪流不止。

母亲在她姐姐的照顾下，顽强地生存下来。等到我母亲三岁了，外婆终于生了一个男孩，金家有后了，家产有人继承了。外公外婆的脸上整天洋溢着笑容。舅舅成了全家的小皇帝。一家人的天平倾斜到我舅舅身上，我母亲更没有人过问了。

母亲的两个姐姐比她大十几岁。过了几年，她的两个姐姐相继嫁人了。家里的女孩只剩下母亲一个。作为一个地主家的小姐，母亲本应得到更多的爱，可她却经受更多的苦难。她像一个小保姆，整天带着弟弟，哄着弟弟。舅舅本身就是娇生惯养的。母亲诚惶诚恐地照顾着舅舅，可是还是少不了大人的打骂。每次，只要舅舅哭，外公外婆就会大打出手，有时男女单打，有时男女混合双打。母亲只能苦苦地忍受着。

我长大后，母亲每次向我诉说她带我舅舅的那段日子，眼眶里总是充满泪水。

外公死后，外婆带着母亲和舅舅到盱眙要饭逃荒。因生活没法糊下去了，外婆把我母亲送给了同是逃荒在外的金圩村徐姓小伙子为妻。这个小伙子，就是后来我的父亲。

那时候，大家的日子都不好过。当时，我爷爷奶奶带着父亲也到盱眙逃荒要饭。两家要饭的人，因为婚姻走到了一起，组成了一个新的家庭，生活有了新的奔头。

可是好景不长，过了几个月，父母要饭的那个地方发生了可怕的瘟疫，外婆、爷爷、奶奶三位老人相继染病去世。母亲和父亲在当地好心人的帮助下，买席子把三位老人埋下了地。

父母亲带着舅舅继续逃荒要饭。白天，他们去给人家打短工糊口，晚上，他们去要饭。夜里，他们就找人家牛屋过夜。日子过得很苦，我母亲更难熬，她把要到的干的饭、好的饭给舅舅和父亲吃，自己喝稀的。她总是说自己不饿。穷人命硬，母亲坚强地活下来了。

母亲在向我叙述她在盱眙要饭的那段日子，搂着我的肩头大哭起来。

又过了几年，新中国成立了。父母和舅舅回了家。政府分给他们一定的土地，也有了住的地方。

又过了两年，母亲帮舅舅找了个女人成了家。

生活越来越好了。过了一些日子，母亲有了自己的孩子，我大姐出生了，接着我大哥出生了，我二姐……家里的生活更加困难了，一家人如在火上煎熬。母亲一生有五个孩子，有的饿死了，有的因病无钱医治病死了。最后只剩下我和大哥两个孩子。在那艰难的日子里，最苦最累的当然是母亲了。

每当讲到这里，母亲的眼神显得异常的坚毅。

后来，农村实行家庭联产承包责任制。我家生活好了起来，能吃饱喝足了。

过了一些日子，哥哥结婚了；又过了一些日子，我工作挣钱了，家里的生活真是芝麻开花节节高，一年更比一年强。

母亲说到新时代、新生活，她那布满皱纹的老脸上，现出灿烂的笑容。

大家的生活好了，可是母亲的生活没有改变。母亲因为过惯了苦日子，现在生活好了，反而不习惯了。她整天有好饭，舍不得吃；有好衣服，舍不得穿。我结婚后，我妻子为母亲做了很多新衣服，母亲总是舍不得穿，把新衣服整整齐齐地收到箱子里，自己仍然穿着旧的衣服。衣服上补丁摞补丁，她穿着觉得舒服，好像自己穿的不是补丁，而是绣上的鲜花。

母亲生病常常不上医院，尽量地拖时间，舍不得花钱，最多吃几颗药丸。有时，她的病很严重，实在撑不下去了，才去医院打一针。有一次，她高烧昏厥了，被我和哥哥强制送进医院挂水。从我记事起到她八十四岁去世，很少看见她吃药。母亲这个过惯穷日子的人，一直坚守着过穷日子的生活方式。

母亲自己生活节俭，看见别人生活上浪费也总是感到不舒服。她平时看见别人丢弃的塑料袋、塑料绳、废铅条、废木头等都捡回家收藏好。她住的小屋里堆满了别人丢弃的小东西，橱里、席子底下塞满了她所捡的杂乱物件。

有一次，看见她小屋狼藉的样子，我故意逗她，微笑着说："妈，你收藏这些宝贝有什么用呢？"

母亲语重心长地对我说："二子，你不要笑，你心里一定认为妈妈捡的这些东西没用。你看，你看看，这些东西一点都没有坏，扔掉了多么可惜呀，说不定哪天还能用得上呢。"

这时，我望着她呵呵一笑。这笑是对年迈母亲的安慰，同时也是对她这奇怪做法的怀疑。

可是没过几天，我生活中无意出现了一点小疏忽，印证了母亲说得正确。

一次，我骑自行车回家。不知什么时候，自行车车胎没气了。检查发现：原来是自行车气嘴皮坏了。气嘴皮，东西虽然不大，可是没有又不行，找又找不到；如果把自行车推到街上修理，又太远了。我急得抓耳挠腮。

这时，母亲看我着急的样子，微笑着说："二子，着急了吧。'人无远虑，必有近忧'。'不听老人言，吃亏在眼前'。来，还是看老娘的。"

她哈哈一笑。笑完，她从自己的"百宝箱"中找出了一段废弃的气嘴皮给了我。我剪了一段套在自行车气嘴上，正好。一段小小的气嘴皮救了急。想不到母亲捡的，并不都是垃圾，里面也有宝贝。

母亲对自己是那么小气，可是对别人总是那么大气。

家里来了亲戚，孩子来了同学，母亲总会到街上买了一大篮子菜，左一碗右一碗地做，摆得桌子上满满的。客人连声叫："行了，不要弄了。行了，不要弄了。"

邻居、朋友哪家遇到困难，母亲知道后，总会尽自己最大的力量去帮助。与母亲相处过的人，都说母亲是个大气人。

母亲已去世六年多了，老家中的陈设一如从前。今年除夕，我和妻女回到老家祭奠。当我跨进老屋，看到长桌上簸箕里母亲生前码好的针头线脑、小木盒抽屉里我和哥哥儿时的小玩意儿，母亲慈爱的面庞忽又浮现在眼前。妻子不语，把我的手又攥紧了些，而此时的我，已潸然泪下了。

送 饭

　　每每在阖家团圆的时候，我就会想起读初中时，母亲给我送饭那些事。

　　恢复高考那年，我小学毕业，开始读初中了。因为成绩优秀，我考上龙集中学唯一的初一统招班。我的父母都是老实人，家里比一般贫困人家更穷。中学在镇上，学校离老家南徐庄一二十里，全是烂泥路，那时没有自行车，全靠两条腿跑。我每天天不亮跑到学校上早自习，晚上上完晚自习再跑回家睡觉。等到我跑到家里，庄子上的人都已经进入了梦乡。我每天来回跑，两条腿像灌了铅，脚底板磨出了茧子。我跑了个把月，母亲看我跑得吃不消了，心疼地对父亲说："孩子他爹，二子每天上学来回跑不容易，就让他住校吧？"父亲勉强地点点头。就这样，我住校了。

　　每周一，母亲和父亲半夜三更爬起来，一个锅上，一个锅下，忙活三四个小时贴山芋面饼，让我带到学校。这是我一星期的伙食。我吃不起学校食堂的白米饭、白馒头，只能吃自己带的山芋面饼、咸菜，中午买食堂二分钱的菜汤，早晚讨食堂免费的热茶。一开始，我按照每餐山芋面饼、咸菜、菜汤或热茶的食谱进食，像太阳每天早晨从东方升起，傍晚从西方落下一样，很有规律地生活。可过了一段时间，我的生活节奏被打乱了，我的山芋面饼、咸菜被那些吃腻了白米饭、白馒头的同学偷吃了一部分。这对那些饱食终日的富二代来说，无疑调节了一下口味。但对我来说，可是致命一击呀。我要重新分配剩下的山芋面饼、咸菜，每顿只能适当减少一些，一顿吃，一顿不吃。长时间下来，我实在受不了，但也只能在教室里硬撑着，头脑经常泛空，上课提不起精神。

　　星期六回家，母亲看到我瘦黄的脸，呆滞的目光，有气无力的神情，心里难受，但有什么办法呢，不能不上学呀。周一母亲起早贴饼，我要起早上学了。我流泪了，害怕学校了，讨厌上课……母亲的眼眶里也满含着泪水。

　　有一天，我正在昏昏沉沉地上课，门卫黄老头在班门口找我："大门口有人找你。"

　　我随黄老头来到大门口，看到门旁站着一位五十来岁的中年妇女，中等个儿，上身穿着褪了色的毛蓝布上衣，下身穿着旧黑蓝劳动布裤子，头上扎着一条带有暗花的毛巾，脚上套着带绊子的黑色大口鞋，臂弯上挎着一只柳篮，嘴微微张开一条缝隙，鼻观一张一合地喘着粗气。

她一看见了我，微微一笑，我轻轻地叫了声："妈妈，你怎么来了？"

母亲用手理了理额前被风吹乱了的头发，长长吁了一口气说："今天逢集，我来看看你。"

我把母亲带到宿舍。说起宿舍，人们马上会想到筒子楼，想到双人床。可我住的宿舍是用大芦席搭苫的三角形棚子，那是20世纪70年代防震的棚子。棚子里铺了几张芦席，天冷的时候在席子底下铺一层麦穰，天热了再把麦穰抽出来了。这就是我的床。

我让母亲坐到席子上，母亲把篮子放在地上，揭开篮子上的笼布，露出了一黑碗的干米饭，再看看这干饭，用油、盐、葱花炒过，油露露的，香喷喷的，碗口上还躺着两片油渣呢。我的涎水立即流了下来。

母亲和蔼地说："孩子，吃吧。"我拿着筷子狼吞虎咽地吃了起来。

我吃了几筷子就被干米饭噎住了，母亲用手轻轻地捶了捶我的后背，笑了笑说："慢点，小心噎着。"我不好意思地点了点头。

我又吃了几口，停了下来，随口问道："妈妈，你还没吃吧？"母亲随口答道："我和你爹都吃过了。"

"噢！"我心安理得地把余下的饭吃了。

母亲用毛巾把我沾满油花的嘴角擦了擦，说："去，去上课吧，以后在学校好好学习，在班里听老师话。"我又"噢"了一声。母亲站起身子，挎着篮子走了。

　　我望着母亲的背影，眼泪不禁往下流。母亲啊，我将来怎样才能报答你呢。我用衣袖揩掉脸上的眼泪，毅然决然地走进教室。我上课有精神了，不再走神了。

　　以后，我每天盼逢集，盼母亲送油干饭到学校给我吃。在此后的日子里，母亲确实每次逢集都会到学校给我送饭。我不再经受饥饿的折磨，课堂上精力充沛，全神贯注。我的学习成绩有了很大的飞跃。

　　每次周末回家，我都会端详端详母亲，发现母亲的脸色越来越黄，人越来越瘦了。我好奇地问母亲："妈妈，你怎么这样瘦呀？"母亲苦笑说："瘦就瘦呗，没什么。"

　　我又跑去追问父亲："爹，我家经常买肉吃，吃油炒干饭，怎么妈妈还这么瘦呀？"

　　父亲微微一笑，吞吞吐吐地说："经常吃肉，吃油炒干饭？那是你妈专门买给你吃的。"

　　父亲告诉我，妈妈看我上学校受饿受罪，她心里难受，经常背地流泪。她卖掉家里部分粮食，买了几斤大米，称斤把猪肉回来。她把肥肉熬成油，用油渣和油炒干饭。她每次逢集上学校送饭给我吃，给我增加营养。她偶尔也会挑一点猪油给父亲吃，而她自己每顿都喝稀饭，吃野菜团子，从未沾过油花子。这样长期下来，妈妈就营养不良，越来越瘦了。

　　父亲说完这段话，他的眼里噙着泪花。可是我的眼泪就簌簌地流了下来。我不由得自责起来，我何德何能要母亲作出这么大的牺牲呢，多么伟大的母爱啊！

　　后来，妈妈再送饭到学校时，我都吃半碗饭，留下半碗给妈妈吃。"妈，我吃饱了，你吃吧。"我把饭碗推给妈妈。

"怎么？今天饭炒得不好，你不想吃。读书人不吃饱饭怎么行呢。你不要考虑我和你爹，在家不用动脑子吃什么都行。"妈妈细声细语地说，最后都是她命令我吃饭。我深情地望着妈妈，哽咽着把余下的饭吃完。

我心里暗暗地发狠：妈妈，我一定好好学习，不会辜负你的期望，考上好的学校，报答您老人家！

妈妈为我送饭，一送就送了三年。读完了初中，中考我考了龙集中学第一名，考了泗洪县东北片第一名，考上了江苏省淮阴师范学校。我成了龙集公社第一个初中考上师范的学生！我成了南徐庄的骄傲！我成了妈妈的骄傲！

当邮递员把江苏省淮阴师范学校录取通知书送到我家，前后三庄的邻居亲友把妈妈紧紧围了起来。在众人的簇拥中，妈妈的双手高高举起那本红红的学校录取通知书，仿佛在擎着一面鲜艳的旗帜。她那瘦黄的脸颊上，挂满了滚烫的泪珠。

其实我在想，妈妈呀，这红本本就是你三年送饭的回报，是你十几年养儿辛劳的回报。妈妈的泪不只是苦，更多的是收获后的喜悦。

卖青货的母亲

五更过后，墨蓝的天幕上悬着几颗忽明忽暗的残星，遥远的西天卧着一弯斜月，公鸡一声接着一声啼叫，大人孩子在梦中呓语，村庄一片静寂。

一个中年妇女悄悄地从床上爬起来，舀了一瓢水，倒进脸盆里，把手掌拢成勺形，蘸着水，往脸上抹了又抹，然后又用手指挠了挠脑后包网包裹着的窝鬏，掠了掠额头散乱的发丝。她静静地挑起青货担子，颤悠悠地走出了院门，浓霜上、石桥边，印着她那清晰的脚印。

这个中年妇女就是四五十年前的母亲。她每天都要从南徐庄到尚嘴卖青货。那时没有公交车，没有自行车，她全凭两只脚丈量来回两万多米的路程。她每天得早起两个小时赶路。当她赶到尚嘴时，市民们刚好上市买菜。当菜农们挑着青货赶到集市时，母亲的青货卖完了，已经买点油盐火耗回来了。碰上集市卖青货的人多时，母亲就挑着青货串起了庄子。

提起我的母亲徐大娘，在我们金圩村和附近的孙庄、应山，甚至再远一点的勒东、尚嘴，大人孩子都知道。

当母亲的青货担子来到村头，庄上人看到她，就吆喝开了："徐大娘来卖菜喽！徐大娘来卖菜喽！"

母亲高声答道："小张，今天豆芽不长不短，你家要不要？"

这个喊"徐大娘来卖菜喽"的小张，其实也并不小，已是个满头白发的小老头，怀里抱着个男孩，不知是儿子，还是孙子，连忙回答道："要，要，要！"

"徐姐，今天芹菜怎样？"这时一位年轻俊俏的小媳妇趿拉着拖鞋走了过来。最惹眼的是她那齐腰的长发，乌黑乌黑的，扎成两根长辫子，一个在腰后，一个在胸前。辫梢上扎着红红绿绿的细布条，宛如两只蝴蝶在翻飞。

"大妹子，你看看，你看看，我不能王婆卖瓜——自卖自夸，你看看这芹菜多新鲜哪。"母亲笑着招呼道。

这个"大妹妹"喜笑颜开，当她弯下腰伸手捡菜时，她胸前衬衫下高高耸起的两团清晰可见。

"徐大娘，我买小白菜。"

"徐奶奶，我称一斤豆芽。"

……

母亲不断应酬着，一挑青货在不知不觉中已经卖完了。

　　母亲隔三岔五挑着青货到附近的庄子上叫卖，庄上人家都买过她的菜，大人孩子都认识她。

　　以前，我家门口有个大菜园，面积约有半亩地。那个大菜园是属于母亲的。农闲时，她一有空就跑去摆弄，平地呀，整沟呀，打埂呀，一年到头不住手。

　　母亲是个老农家，能够把握住时令：撒种时撒种，间苗时间苗，搭架时搭架，施肥时施肥，见草就拔，见虫就捉，见干就浇，见涝就排。她把菜园当作闺女一样侍弄。

　　有付出，就有回报，母亲常说："小猪都不吃昧心食，何况菜地呢。"我家的菜园常年生机勃勃。

　　春天，一棵棵莴苣直根直溜的，一排排的韭菜绿油油的，一畦畦水萝卜水汪汪的，胡萝卜缨子翠绿绿的。

　　夏天，辣椒秧上吊满辣椒，有的尖尖的，像手指；有的圆鼓鼓的，像灯笼；有的弯弯的，像牛角。菜豇叶子如绿云，一条条碧绿的豆角柔顺地挂满架间。西红柿挂满枝头，像一个个红灯笼。黄瓜细长嫩绿的，长着小刺，顶着黄花，一个个吊在架中。

　　秋天，冬瓜圆滚滚的，抹着一层白霜。茶豆爬过墙头，紫色的小花点缀在一嘟噜一嘟噜月牙似的豆荚间。丝瓜个个像小香肠，又像青萝卜挂在藤蔓上。老瓜大大小小的，大的如小盆，小的如拳头，瓜蔓拖满院子。不知葫芦里到底装的是啥，圆溜溜的，一个个挂在篱笆上。

　　冬天，菠菜绿油油的，香葱鲜嫩嫩的，芹菜绿生生的，细长的茎上顶着几片嫩叶。青菜、乌叶菜、大白菜油光水亮的。

母亲不仅刨园，还生豆芽。一年中大部分时间都在生豆芽，几乎每天都有豆芽卖。她准备了几只坏底的破瓷盆，轮换泡豆、生豆。

她每次选好豆，用温水泡二三斤黄豆或绿豆，早上泡，晚上豆子已经发胀了，圆鼓鼓的。母亲把豆子里的水控出去，在豆子上盖了一块潮湿的笼布，每天浇几遍水，保持瓷盆的湿度，但又不能让水分滞留。几天后豆芽就会拱出来，再用清水洗干净，挑上街卖。

天热时生绿豆芽，天冷时生黄豆芽，母亲摸出了门道。她生出的豆芽淡黄色，像小蝌蚪似的，尖尖的，弯弯的，不长毛根。每天生的豆芽不够卖的。卖剩下的豆芽瓣子正好自家炒，就饭吃。

打我记事起，母亲就走街串巷了。她的菜理得利索，洗得干净，没有一点草刺。她卖菜总是多给人点，从不短斤缺两的。她总说，菜是自家地里长的，又不要本钱，多给人家一点，人家高兴，少给一点，人家就寒着脸了。母亲的菜价总比别人便宜，况且，有钱的可以买，没钱的可以赊，实在没有钱的，就可以拿，白送给人家吃。大家都夸徐大娘的好。

卖青货是很辛苦的。母亲早晨早起卖青货；中午抽空侍弄豆芽，一盆接一盆；下午还要到菜地挖菜，理菜，洗菜。起完菜的地要重新整地，撒种，浇水，施肥……一茬接着一茬。

母亲挑着百十斤的担子卖着青货。她每天靠两条腿跑完几十里路，晚上回家累得腰疼腿酸。

那时候，庄子几乎家家都养狗。母亲在庄子里卖菜，常常会遭到恶狗的袭击。恶狗们围着她狂吠，叫得她心惊胆战。有几次，母亲的裤子都被狗撕破了，腿被狗咬得血淋淋的。

卖完青货，母亲时常会从街上称斤把豆腐回来炖着吃，打个牙祭。有时从渔场担一些鱼卤回来，鱼卤里常常遗留些小鱼小虾。母亲用煎炒的大芦面熬制鱼卤。熬制出来的鱼卤，当作小菜，既香且鲜，又解馋。

母亲知道我嘴馋，三天两头带两块糖给我。她每次卖青货回家，我常常远远地迎上去，跑到往家来的小岔路口，把母亲的腰紧紧抱住，把她的口袋翻个底朝天。这时，母亲像变戏法似的，慢慢舒开紧握着的手掌，一点一点露出糖来。她剥了一块，塞进我的嘴里，把余下的装进我的裤兜里。然后她用温柔的大手，轻轻刮一下我的鼻子："二子，甜不甜？"我大声回答道："甜！"母亲甜甜地笑了。

母亲一年四季挑着青货走四方，流出了汗水，耗费了心血，为家庭收获满满的生活信心，收获甜甜的阖家幸福。

此时，我不禁大声呼喊："母亲，您辛苦了！"

陪读母亲

不知不觉，又到了故乡月圆的时候了。故乡的月亮还是那么圆，还是那么亮。故乡老宅门前的那棵老槐树，还是那样，绿了黄了，黄了绿了……可是经常坐在老槐树下纳凉赏月的老母亲已经走了，走完了她八十四年的人生……

每当月圆的时候，我就会想起儿时母亲陪我读书的情景。

母亲离开我们已经五年了，她老人家的音容笑貌时常浮现在我的眼前。母亲是从旧社会走过来的农家妇女，斗大的字不认识一个。但是她知道：孩子不读书是没有出息的。在她的内心就有个念想：一定要让孩子把书读好，将来谋求一个好工作，成为一个对社会有用的人。只有这样，孩子将来才不会受罪，才会享福。她爱她的孩子，胜过爱她自己。母亲的爱如暗香浮动的茉莉，静静的，纯纯的。

　　小时候的我，是个出了名的淘气鬼。我常常因为玩忘记了上学，母亲每次都是拽着我的衣襟，送我上学。放学后，她又把玩疯了的我找回家做作业。坐在饭桌一旁的我，每天总是默默接受母亲的数落。经过母亲一番软磨硬泡，我那颗躁动的心渐渐静了下来。慢慢地，我成了母亲的一个乖儿，乖巧地偎依在母亲的身旁，接受母亲的"打磨"。渐渐地，我成了听话的孩子。母亲叫我读书，我就读书，母亲叫我写字，我就写字。现在想想，母亲真的是一位出色的草根教育家。

　　母亲是个闲不住的人，整天忙这忙那。可是无论怎样忙，怎样累，她每天晚上，总要抽出时间陪我做作业。即使夏种秋收的晚上，她也从来没有间断过。我坐在饭桌的一端做作业，母亲坐在饭桌的另一端做针线。她每晚总是拿着针线纳鞋底，缝补衣服。她不时地穿针引线，清瘦的身影随着昏黄的煤油灯光不停地晃动。她偶尔停下手中的活儿，凝望着我写字的手、专注的神情。有时，她会倒上一杯热茶，放在我的面前，深情地望着我："孩子，渴了吧，喝点茶吧。"

　　每当我学习久了，露出倦意的时候，母亲总会拉着我的手出去转转，放松放松。适逢三五月明之夜，门前的老槐树枝繁叶茂，树影婆娑。月光透过树叶缝隙间洒落下来，留下斑驳的月影。母亲遥指茫茫的天宇，教我认识了许多星星。我缠着母亲讲述古老的牛郎织女的故事。这时我才知道遥远的天上还有一条河，叫银河。此时的天空，真是一片静谧的童话世界。放松了一段时间后，母亲又拉着我到茅草屋内，坐到煤油灯下继续学习。

光阴似箭，日月如梭，一晃多年过去了。母亲日复一日，年复一年，陪我读书，把我这调皮的小男孩，教育成了一个众人羡慕的学霸。每当我站在领奖台上，全校师生的目光都聚焦于我这其貌不扬的矮个子小男生身上。此时的我是何等荣耀。其实，真正应该领奖的不应该是我，而是我的母亲，是母亲把我引到学习这条路上，引到领奖台上。母亲，儿子在这里默默地感谢您的辛勤付出！

有一则广告词设计得非常好："我长大了，妈妈就享福了；我读大学了，妈妈就享福了；我结婚了，妈妈就享福了。"正如母亲所愿，我读好了书，找了好工作，娶妻生子，安家立业了。我再三恳请母亲跟我住在一起，让我陪她老人家颐养天年。而母亲一如既往，依然守着几亩农田，辛苦劳作。当我每次劝说她时，她总说："人闲着无聊，干点活儿舒坦。"

现在，我已过知天命的年龄，而母亲却走了，永远地离我而去。母亲给予我的，是她那坚韧不拔的毅力和勤劳俭朴的品质，还有她一生对我的操劳。而我却没来得及抽出时间多陪陪母亲，陪她走完最后的岁月。这是我一生的遗憾。母亲，您在天堂还好吗？

转眼，又到了故乡月圆的时候了，故乡的月亮还是那么圆，还是那么亮。老宅门前的那棵老槐树，还是那样，绿了黄了，黄了绿了……

饥饿的故事

不知怎的，在我生活的大圈子小圈子里，大家都说我小气。

学生说我小气。三十多年来，每周班队会我都再三嘱咐学生爱惜粮食。每次食堂吃饭，看见学生把吃剩的饼头丢进泔水缸时，我又会心疼地絮叨几句。

同事说我小气。作为高级教师，几千元的工资舍不得花，没有一身像样的衣裳。我和同事聚餐，不慎将菜夹丢了，我连忙将掉在饭桌上的菜夹起来送进嘴里，同事们都望着我笑。

女儿说我小气。在远方读书的她生活本来也够节俭的了，可我还在她每月几百元的生活费上计较半天。每当谈起小时候掉肉的那件事，她的眼泪总是溢满眼眶。那年她才五岁。一次吃饭时，她不小心将一块肉掉在地上。我命令她捡起地上的肉吃下去。孩子流着眼泪，无助地望着我，无助地望着妈妈，最后她还是把地上的肉捡起来，放到水龙头下洗一洗，送进嘴里，慢慢地咽下去。她那时的难过，我可以想象出来。现在想起来，我觉得我做得真是太过分了。我真是为父"不仁"，太残忍了。我伤害了一颗幼小的心。

哎，怎么办呢？不管别人怎么说我小气，也改变不了我这小气的性格。因为小气的元素自我出生起，就已经植入我的骨髓，渗透到我的心灵。

小时候，母亲说我是饿死鬼投胎的，父亲说我的前世是饿神。我当然不知道他们说话的意思，我只知道饿了就要吃。

我出生在 20 世纪 60 年代中叶，新中国刚成立十几年，各行各业百废待兴。我出生正赶上特殊时期。生产队种庄稼没有肥料，收不到粮食，一个人每年只能分二百来斤粮食，每天只能吃几两的粮食。人是铁，饭是钢，一顿不吃饿得慌。大人都受不了，何况我这个几岁的孩子。

我在饥饿中生存，每天都是眼花目眩的。天是那样白，阳光是那样毒，看起来使你眼花；风是那样不近人情，河水在不停地颤动，看起来使你眼花；就连茵茵的绿草，鲜艳的花朵，看起来也使你眼睛颤动。因为身体太虚弱了，看什么都使你目眩。

"民以食为天"，"小人"毕竟是"小人"，做不了"君子"。在极度饥饿中，我无暇顾及自己的"名节"。上学途中，我曾经偷食过农家挂在菜园上的胡萝卜串；放学路上，我曾经偷拾邻居撒在空地上晒的山芋干；放牛时，我曾经趁着看青人回家吃饭，偷摘生产队青黄不接的麦穗，用手搓了搓，连小壳一起吞下去；早晨拾粪时，我曾经趁着看园的张老头没有起床，偷摘了邻近生产队的桃子。

那时，物资匮乏，国家经济是计划经济。大家买东西凭票证，买粮食要粮票，买布要布票，就连买线球子都要拿着线票。

国家经济有计划，我家的日用开支也有计划。每天吃多少粮食，每顿吃多少饼，稀饭里和几把大芦面，都装在母亲的心里。每天吃完饭，母亲用长绳把家里的饼篮吊得高高的，怕我偷吃饼。其实母亲很爱我，但是她也没有办法。因为饼一旦吃完了，下顿就没有了，这样就打乱了家里的生活计划。

一次，我放学回家，肚子饿得实在受不了。我朝屋里屋外望了一圈，看看家里没有人，父亲母亲都到田里干活儿去了。高高吊着的饼篮里，散发出大芦饼浓郁的香味，勾起我的饿虫来。"饿壮英雄胆"，一向胆小的我胆子突然大了起来。我把两个凳子摞了起来，站在上面抓饼。结果摞起来的凳子"哗啦"一下倒了下来，我"扑通"一下跌倒在地上，"哎哟"地叫唤了好长时间。饼没有吃到，我的屁股结结实实摔了一跤。还好，父母都不知道。那次我的屁股疼了好几天，我不敢跟母亲说。

好笑的还不止这些呢，因为几颗灰豆，我差点和我最好的小伙伴打了起来。那次，我和黑蛋去牛屋玩。我首先发现牛槽的牛草渣里有少许的黄豆粒。我不声不响地找了一小把黄豆粒，放在火堆旁烧。在烧黄豆粒的同时，我再跑到牛槽里去寻豆。这次没寻到几颗，可是等我回到火堆旁寻豆时，不知什么时候放在火堆里烧的豆粒被黑蛋掏去了，吃得一干二净。不必说，他的两只小白手变成了两只小黑手，再看看他的嘴角上、腮蛋上尽是黑灰。此时，他鲜红的舌头在细细地舔着嘴唇，好像在回味着灰豆的香味。我当时"噼噼啪啪"数落了黑蛋一大通，举起拳头真想打他一顿，但是愣了半天，最后举起的拳头还是慢慢地放下了。黑蛋显然知道自己错了，被我说得一言不发。他那徐徐低下的头，就是在向我做无声的道歉。这时我才明白忍饥挨饿的不止我一个人，黑蛋他们也饿着呢。

最让我难以忘怀的是那件事。哪件事呢？我就不说了，南徐庄的小孩子都知道。记得那是一年的春天，桃花开得格外红，梨花开得格外白，小草长得格外绿，布谷鸟叫得格外欢，正是"太阳当空照，花儿对我笑"的喜庆日子。小伙伴们心里格外舒坦，每个毛细血管都在扩张。因为今天是生产队牲口阉割的日子。

生产队饲养员老徐把待骟的公牛牵到场院上，老季把待阉的骚猪赶到场上，乡兽医站兽医刘胖子站在场院中间。刘胖子的四周围了一圈又饥又馋的孩子。这个秃顶老头手拿手术刀，半蹬着身子，在饲养员老徐、老季的配合下，一个接一个地为牛们猪们做了"绝育手术"。老刘是个矮胖子，加上年纪大了，手术时间长了，自然站得不稳，身子不停晃动，额头上沁着滴滴汗珠。

我看老刘把牛卵猪毯取出往远处使劲一抛时那潇洒的瞬

间，孩子们的眼睛随着卵儿毯儿的运动曲线"唰"地落到地上。于是孩子们又"唰"地跑过去，拼命地抢夺落地的牛卵猪毯。这样的举动一次一次地重复着。

那天，我太不幸了，几十个卵毯我一个也没有抢到。抢到卵毯的小伙伴一个个脸上洋溢着快乐，显然是胜利者。而我是失败者，满脸是沮丧。当我家门旁小伙伴拴柱在津津有味地吃着他母亲为他做好的牛卵时，我的舌头不停地舔着嘴唇，口水不住地往下咽。此时的滋味谁能体会到呢。我现在回想起来，感到好心酸，好难过哟。

"逝者如斯夫"，一晃几十年过去了。当年的小伙伴，今日都双鬓斑白，成了爷爷奶奶。现在国家富了，小家富了，人们吃不愁了，穿也不愁了。可是我这个经过大苦大饥的人还是那么小气。是呀，生活好了，人们应该好好享受享受了。但是，我这个农民的儿子始终就认这个理：勤俭节约，艰苦朴素，永远是做人之本。

我们那时候

　　我小时候，伯母说我是个吃货，母亲说我是好吃鬼，庄上最年长的大爷爷，每次见到我，总是摸着我的小脑袋，刮着我的小鼻子，叫我"小馋猫"。看样子，我小时候好吃是千真万确的。

　　下面，就说说我们那时候的故事吧。

　　正月正，春节过后，天气渐渐变暖了。老农套着牛拉着犁，犁儿欢快地在往年的花生地里奔跑。我和伙伴们紧跟着犁铧，在新翻的泥土上，找寻遗弃的花生果。捡到花生果后，我们兴奋地停下来，站在一旁，默默地剥着吃。

　　二月二，龙抬头，小草刚刚泛绿。我们用草爪子刨草根，并将草根晒干烧锅。我们偶然拔到一根两根茅草的嫩芽，就剥开嫩芽的外皮，用衣袖揩去上面的泥迹，往嘴里一送，吃起来嫩柔柔的，甜丝丝的。

三月三，小麦绿汪汪的，宛如一片绿绿的海。这正是孩子们放风筝的时候。我们握着小铲子，提着小篮子，光着小脚丫，踏着软绵绵的麦苗，挑荠菜，掐灰灰菜，铲刺儿菜……我们一回家就缠着妈妈做菜稀饭、菜团团，眼下这顿饭总算能填饱肚子了。

四月四，桃花开罢梨花开。正是小麦抽穗拔节的时候，白头翁欢快地叫着。我们背着大人编织的柳篓钻进麦地里挑蘑菇。雨后的麦田一脚踩下去，留下了深深的脚印。我们待在麦地里湿热难忍。可是那大朵大朵的蘑菇儿，像伞，像杵，像球，死死地吸引着眼球。我们顾不得泥泞，顾不得该死的闷热，东一朵，西一颗，跑着挑着蘑菇。晚上，喝着妈妈用蘑菇氽的清汤，赛如老母鸡汤。那真是一个"鲜"字了得。

五月五，端午节，麦儿黄。我们趁着挑猪菜的机会，在生产队的豌豆地里偷摘两捧嫩豌豆角，连着豆头、豆荚一股脑儿地吞下去。有时，揪一把青黄的麦穗，放在手心搓揉，靠近嘴唇用力一吹，麦糠儿一飞，留下麦粒子往嘴里一摁。这真是"囫囵吞麦"。麦口前，那年月，正是青黄不接的时候。哪家有粮食下锅？

六月六，晒龙袍。家家的大人们把衣服晾挂在院子里。孩子们把牛拴在堤沿的柳荫卜。我们几个小伙伴跳进荷塘摘几朵莲蓬，把头扎进水里，挖出细长的嫩藕头吃。有时瞅瞅四周没有人，窜进生产队的春茬大芦地里，偷掰几个大芦棒，捡点干树枝烧着吃，满嘴满脸涂抹着黑黑的灰，活像黑脸包公。有时折几根不挂棒子的青大芦秆子，或者是细长的高粱秆子，美其名曰"甜橘子"，揎去表层的青皮，咬在嘴里嚼来嚼去，甜津津的，最后"啐"一口，吐出口中的残渣。

这时，香蒲也抽穗了。我们拔出香蒲的花秆，剥开外皮，美美地吃蒲黄。不老不嫩的蒲黄，吃起来最甜。老的蒲黄用火烧吃，另有一番风味。

桑葚也凑热闹似的黑紫起来。我们像猫似的爬上桑树，一人拽着树枝，一人揪着紫得发黑的桑葚往衣兜里装。等到我们的衣兜都塞满了，又猫似的从树上蹿下来。我们坐在树荫下，美美地吃着。啊，好甜的桑葚呀。我们吃了一粒又一粒，像是吃着"仙果"，嘴唇被染紫了，衣兜被染紫了，可是没有人在意。回家后，每个人都免不了受到大人一顿责骂。

七月七，乞巧节。那是一年中最热的时候，大姑娘在练着做针线。白天，我们在洪泽湖里洗完澡，顺带摸一些鱼虾上岸。摸到虾用手把头一揪，就活活地咽了下去。摸到大的鱼可要费点事了。我们用木棒插到鱼嘴里挑着，放在火上烤熟了吃，味道也不赖。我们边烧边吃，边吃边烧。有时等不到鱼烧熟，烧鱼的木棒上只剩下空竿子了。

七月七的夜晚，是最迷人的。不用说那弯弯的上弦月了，就是那银河两岸闪闪烁烁的繁星，就让你沉醉了。牛郎织女带着天下有情人美好的祝福，在鹊桥相会了。此时，我没有闲情逸致，站在葡萄藤下去偷听牛郎织女的情话。我和几个小伙伴跑到树林里逮知了。你不要看白天知了警惕得很，可是一到晚上就成了大呆子，趴在树枝上就不动弹了。我们打着手电筒，轻轻地爬上树，轻轻地靠近，用手掌快速地一捂，一抓一个准。我们把逮到的知了，放在柴火上烧，不一会儿就烧熟了，吹吹上面的灰烬，带着烫就往嘴里送。其实，在夏天，能烧着吃的虫儿不只是知了，豆棵上的豆虫烧烤后也很好吃。你不要看豆虫在豆叶上神气。可是一沾上火就不动了。黄黄的豆虫，满肚子油，在火上一烤，吃起来满嘴喷香。

八月八，发发发，大家心情好舒坦哦，再过一周就过中秋吃月饼了。这时的"小喇叭瓜"正是开吃的时候。如果说起"小喇叭瓜"，故乡的大人孩子都知道。其实它的学名叫马泡，是一种野小瓜。它的节上有卷须，叶子是心脏形，花儿是金黄色，果实比鹌鹑蛋大一些，近似球形。未成熟的"小喇叭瓜"瓜皮是青色或花色，成熟后就变成黄色了。"小喇叭瓜"未熟时，你吃起来又酸又苦；成熟后，吃起来，那可是又香又甜喽。

这时，树林下的草地上常常点缀着许多野草莓，红红绿绿的，绿的是叶子，红的是果实。如桑葚似的果实放在嘴里一嚼，也是甜甜的。

重阳节，九月九，搀着老人野外走。这天是全家人户外活动的好时候，不冷不热的。这时，我去揪洋飘飘吃。洋飘飘是家乡的一种野果。它喜欢缠绕在各种树干上。后来我读初中时查阅资料得知它的学名叫萝藦。有的地方叫它奶浆草。如果折断它的叶儿梗儿，便有乳白色奶汁般的汁液流出来。它的果实是黄绿色，果身椭圆，头部尖尖的，呈流线型，极似一个拉长了的棉桃。掐它的果实的时候，注意别让它的白汁染在衣服上，不然会很难洗掉的。我最爱吃它的果实了，剥开它的芯，放进嘴里吃，味儿绵绵的，甜甜的。

这时的"黑端端"也成熟了。如果说"黑端端"，你可能不知道，如果告诉你，它就是"龙葵"，你会感到惊讶的，原来"黑端端"就是"龙葵"，到处都是的。它的果实，是一种比黄豆粒略大的浆果，未成熟时为青绿色，成熟时为黑紫色。吃起来，又甜又酸，它的味道不逊于葡萄。

十月十，天气凉了，我们已经穿上夹袄了。这时，正是烧蚂蚱吃的好时候。午后，暖暖的秋阳不声不响地照着。堤沿、坝顶上、路埂上，黄绿色的草地里，到处有蚂蚱在蹦跶。这能好捉吗？哦，我忘了告诉你，我们可都是抓蚂蚱的好手。我们一抓就抓住了。遇到将要产卵的雌蚂蚱，满肚子黄籽，就像蟹黄一般，烧熟了最好吃了。

十一月十一，气温陡降了许多。我们不怕冷，敢在上了薄冰的水田里，挖野茨菰、野荸荠。挖到的野茨菰、野荸荠，我们不会想到"冰凉"一词，放入口里就咬，凉冰冰的，多舒服啊！

十二月十二，正是九心天，正是一年最冷的时候。那时候的冬天，似乎比现在冷得多，时不时就会下一场大雪。天地间到处是一片银装素裹。这正是捕鸟的好时候，我们比闰土捕鸟更有办法。我们不仅会扫一块雪，撒上秕谷，用竹匾罩住鸟雀，还能爬上树去掏鸟窝，用弹弓远远地打鸟……
捕来的鸟中，麻雀多一些。我们捡来了柴火，找一处避风的
地方，几个人围成圈儿，点燃柴火烧鸟吃。烧鸟雀时，不用
褪毛，不用去掉内脏，糊上一层黄泥，架在火堆上就烤。烤
好后，我们把泥剥开，露出暗红色的鸟肉，鲜嫩柔软，香味
扑鼻。

来　尿

　　说起儿时，有些事我真的难以启口。我夜里来过尿（这个字在我老家念 sēi），而且来过了不少次尿。我们南徐庄把小孩尿床叫来尿。

　　那还是 20 世纪 70 年代，我家生活穷困，住房很窄。家里只有一张土炕，大人孩子睡在一起。那时口粮紧张，每顿饭没有饼、馒头吃，只能喝稀饭。稀饭喝多了，尿多，大人孩子总是往茅厕跑。白天还好，夜里可就麻烦了。我是个贪玩的孩子，白天玩得很累，晚上躺到床上就困了，睡起觉来，像死猪一样。我不知道夜里起来尿尿，就尿到床上了。

　　小时候，我夜里经常来尿。我在梦中，经常会出现这种情况：我和小伙伴们在队场上捉迷藏。大家你捉我藏，你藏我捉，玩呀玩呀，玩得不亦乐乎。不知什么时候，我尿急了起来，找地方尿。我向四处看看，到处都是人，怎么好意思尿哪。找呀找呀，找呀找呀，于是我蹿到大芦（玉米）地，找到几棵高大的大芦棵子底下，把裤子一褪，就尿了起来。"哗啦，哗啦"……尿呀尿呀，终于尿完了，太舒服了。

舒服已经过去了，我幻想来到湖边，跳进湖里，泡在水里，四围白茫茫一片。我迷糊中感觉我的屁股黏糊糊的，大腿热乎乎的。这黏糊、这热乎范围慢慢扩大，从大腿内侧逐渐向大腿外侧蔓延，一直到了脊背。不久，我感觉我的皮肤像盐腌一样难受。

过了一段时间，我的意识渐渐清醒了。我发现四周根本没有什么队场，也没有大芦地。原来，我不是漂在湖里，而是躺在床上。我用手摸了摸床，铺被湿了一大片。我把手放到鼻子上闻了闻，一股臊味扑面而来。啊呀，我来尿了！一股羞耻感油然而生。我生怕父母知道，便偷偷地用自己的身子将铺被潮湿的地段遮盖起来，尽量凭借自己的体温去焐干。焐着焐着，不知什么时候，我睡着了。

不知什么时候，煤油灯亮了起来，如豆的灯光在乌黑的泥墙上跳跃。父亲不知什么时候起来了，大声叫道："你看看，你看看，那么大的孩子，还来尿。"他虎着脸，恶狠狠地伸手把我从床上薅了起来。他的嘴里不停咕哝："你看看，你看看，你那么大，还来尿。"

我赤裸着身体，直愣愣地站在床前，用手揉着惺忪的睡眼，浑身直打战。父亲甩起巴掌，尽力地朝我的屁股上打了几巴掌。我啜泣着，是疼痛，是委屈？

父亲高声吼道："不许哭！那么大的人还来尿，不嫌丢人，真害臊，你哭什么！"

在高大强壮的父亲面前，母亲展示了她那母性的柔弱温顺。母亲站在我和父亲中间，显得局促不安，似乎来尿的不是我，而是她自己。她看我当时的窘态，心里十分难过。母亲把我拽到她的身后，仿佛老鸡用它的翅膀遮盖着它的小鸡。她用她那瘦小的身躯保护着我，尽量少让我遭受皮肉之苦。

"算了吧，他大（父亲），孩子毕竟是孩子。"母亲苦着脸，面对着父亲，她在为我求情。

父亲是母猪头性子（脾气暴躁），像小爆竹一样，一点就炸。母亲把我拉到父亲面前："二子，向你大保证，今后不要再来尿了。"

我面向父亲，红着脸说："爹，我……我，我以后不来尿了。"后来我才知道，我的保证是那么苍白无力。

父亲寒着脸说："去，去睡觉，以后不来尿了。"父亲是否把我的话当作一诺千金，我无从知道。

我爬上了床，低声抽泣着，不知什么时候又睡着了。父亲也上了床。

今夜剩下的时间，对于母亲来说，那是无眠的。她把我尿湿的铺被换下，换上干净的铺被，好让我们父子睡舒服。母亲在当门地的火盆里，点起火。她把我尿湿的被子、裤头和父亲洇湿的衣褂，放在火盆上烤着。她不停地互搓着手，不停地翻转着衣服。过了一会儿，她又喊我起来尿尿。一夜，母亲喊我起来尿了两遍尿。母亲忙了一夜，不停地打着哈欠。

天亮了，太阳出来了，母亲揭开小芦（高粱）箔子，抱着铺被，挂在绳上晒。

吃过早饭，我跑到小伙伴家玩，我发现各家院子里的绳子上都挂着被子。这大概都是他们的"杰作"吧。

此后的日子，我又来了几次尿。但是次数比以前明显少了很多。每天晚上，稀饭我不敢喝多了，上床比以前迟一些，等尿少了，才上床睡觉。

母亲睡得很晚，每晚都喊我起来尿尿。即使这样，还是防不胜防，我偶然还来了几次尿。父亲已经习以为常了，后来他不再打我了。每当我来尿的时候，母亲总是为我烤被、晒被。

母亲不知听谁说，吃知了壳可以治来尿精。于是，她初秋时就到大树底下，到菜园边，找知了壳。母亲把找到的知了壳洗净、晒干，然后放在锅里炕焦，碾成粉儿，和上一些糖，给我吃。知了壳我吃了不少，可是尿我照来不误。

来尿为我带来苦恼，为父母带来麻烦，但是我没有办法。南徐庄不知从什么朝代起，传下了大年三十晚上送来尿精的习俗。据说，来尿的孩子经常来尿，是因为他身上依附的来尿精在作怪。大年三十晚上，来尿的孩子骑着大芦秆子，当作马，去送来尿精。他把大芦秆子放到别人家的门口，说："××，送你一个来尿精。"然后掉头就跑。这样，来尿精就赖在那家门口不走了。来尿孩子以后就不会再来尿了。

这个故事曾经给我带来希望。记得那年大年三十晚上，我第一次去送来尿精。

那天晚上，母亲兴奋地对我说："二子，你蛮奶说送来尿精可以不来尿，你今年送回看看？"

我面带羞涩地说："妈，送来尿精能不来尿吗？"

父亲满含期待，果敢地说："二子，送吧，送一年看看。"那段时间我和父母亲睡一床被。我一来尿，就把被子都尿湿了。

我难为情地说："送给谁呢？"

父亲咧着嘴，笑了笑："那，那，那就送给你聋大娘吧。"

父亲说的那个"聋大娘"，她的听觉并不迟钝，一点都不聋，只是她的动作反应有些缓慢罢了。庄上人都叫她"老聋子"。唉，如果我把来尿精送给聋大娘，我不来了，那今后聋大娘不就来尿了吗？聋大娘身体又不好，将来她……

我带着负疚的心情，骑着大芦橘子来到聋大娘家的门口。我怯生生地喊："大娘，大娘。"

聋大娘不知什么事，忙问："二子，什么事？"

我忙说："送你一个来尿精。"话刚说完，我撒腿就跑。

聋大娘"扑哧"一笑，忙说："哎呀，你忒敏感，来尿精带回家吧！"

我在回家的路上，碰到木匠伯家的栓子、三叔家的四丫头、后庄"老好人"家的小兰子都在向我父亲送来尿精呢。我父亲拿着扫帚疙瘩撵着他们跑。

第二天是大年初一，新年的太阳升起来了，我和小伙伴们聚在一起，戏说各自送来尿精的糗事。大家经过交流，得出结论：送来尿精是没有啥用的，来尿精送了，但是当天夜里大家的尿还是照样地来。

　　不过，随着年龄的增长，我来尿的次数越来越少，再后来也就不再来尿了。

　　四五十年过去了，我回想儿时送来尿精的那些事，真的好笑。

童年如歌

　　童年宛如一串串美妙的歌，让人陶醉。我常常回忆起那如歌的童年。

　　我小时候是听着母亲的儿歌慢慢长大的。那时，我还被包裹在襁褓里，躺在摇篮中。当我眯着眼睛要睡觉时，母亲用手轻轻摇着摇篮，嘴里不停地哼着："睡吧，睡吧，我亲爱的宝贝""风不吹，树不摇，鸟儿也不叫，好宝宝要睡觉，眼睛闭闭好。"母亲摇呀摇呀，唱呀唱呀……我听着听着，不知不觉眼睛就闭上了。

　　我学说话的时候，母亲经常教我唱儿歌。上弦月还挂在墨蓝色天幕上的时候，母亲就抱着我，踱着步来到院子里。站在月光下，我望着月儿，月儿也在望着我。这时，母亲用手指着月亮说："月儿弯弯，像只小船，摇呀摇呀，越摇越圆。"我跟着母亲说:"月儿弯弯……"母亲说一句,我学着说一句。

豁牙婶家养了一窝小兔子,整天蹦蹦跳跳的,可好玩了。母亲搀着我去她家玩。我看着红眼睛,白绒毛的小兔子顿时入了迷。这时,母亲指着小白兔对我说:"小白兔,三瓣嘴,蹦蹦跳跳四条腿儿。"我也指着小白兔学着母亲说起来。

冬天,大雪飘下来了,天地间一片白茫茫的,母亲带我到院子里扫雪。她一边扫着雪,一边对我说:"天上雪花飘,我把雪来扫。"母亲把雪扫成了一个大雪堆,这时她又说:"堆个大雪人,头戴小红帽。安上嘴和眼,雪人对我笑。"母亲堆好了雪人,给大雪人戴上小红帽子,用两颗玻璃珠子当作雪人的眼睛,安上一个鸡蛋壳来当作雪人的嘴巴。我们一边堆着雪人,一边学着儿歌……

我在母亲的儿歌中一天天长大了,一天天懂事了。

母亲教我说儿歌,父亲教我说农谚。父亲是个好农家。在我儿童时的心目中,他的肚子里总有说不完的农谚。

父亲能够根据农谚预测天气。夏季到了,铅色的云低低地笼罩在眼前。父亲看见燕子贴着地面低飞,随口说道:"燕低飞,披蓑衣。"不久,天就下起雨来了。

小雨不声不响地下着。过了一会儿,知了叫了起来。父亲听着知了的叫声,脱口而出:"雨中闻蝉叫,预告晴天到。"不久小雨真的停了,天气晴了。在我幼小的心目中,父亲真的神了。

父亲经常根据农谚来安排农事。他真是谚不离口啊!什么"小满前后，种瓜种豆。"什么"白露早，寒露迟，秋分种麦正当时。"我有时问他："大（爸），你这样做，有没有错的时候？"父亲微笑着说："错不了，这是古人总结出来的经验，怎么能错呢？"父亲的农谚陪伴着我的成长。一直到现在，我还能秀几句农谚，什么"朝霞不出门，晚霞走千里"呀，什么"雷公岩岩叫，大雨毛快到"呀……

父亲不仅会说农谚，还会讲故事。我记事了，父亲经常给我讲公冶长的故事。古代有个叫公冶长的人，他懂鸟语。有一次，燕子对他说："公冶长，公冶长，南山顶上有只大肥羊。快快去背来，你吃肉，我吃肠……"公冶长爬上南山，果然背回一只摔死的大肥羊。公冶长回来美美地吃了一顿肥羊肉，可是他并没有把肠子分给燕子吃。父亲说完这个故事问我："孩子，你觉得公冶长这人怎么样？"我不假思索地说："公冶长有本事，懂鸟语。我也要像公冶长那样得到一只大肥羊。"这时，父亲抚摸着我的头，意味深长地说："孩子，做人不能像公冶长那样，要守信用呀。"父亲讲的故事，在我幼小的心田里播下诚信的种子。

此后，我经常跑到庄头的小树林里，听各种各样的鸟叫。鸟的叫声我听了不少，可是我连一句鸟语也听不懂，更没有得到一只大肥羊了。

四五十年前，农村还没有通电，那时的天气比现在热得多。晚上，父亲经常带我去队场上乘凉。每天晚上乘凉时，老人总会讲一些故事。《牛郎织女》《孟姜女的传说》《白蛇传》《梁山伯与祝英台》，都是那时听说的。

　　此后，我常常望着银河，遥望牛郎星、织女星，看着它们可怜孤独地站在银河两岸。我盼望七月七的早点到来，牛郎织女能在鹊桥上早日相会。

　　每当我看见一对蝴蝶翻飞，我就会想它们是不是梁山伯与祝英台变的。我一想到长城，就会想到一个叫孟姜女的女人，千里寻夫而流尽了眼泪。我讨厌那个叫法海的和尚，喜欢多管闲事，拆散了一对有情人，让他们成不了眷属。

　　童年的这些故事让我后来对文学产生了浓厚的兴趣。

　　我的家乡泗洪古时属泗州，是泗州戏的发源地。在我小时候，家乡人都能喊几嗓子泗州戏，连目不识丁的人也能唱几句拉魂腔。有的人拉魂腔唱得非常地道。他们唱的泗州戏有《绒花记》《跑窑》等，特别是《拾棉花》人人会唱。

　　那时公社、大队经常搞文艺汇演。大队、学校都有文艺演出队。那时常常演样板戏，也演泗州戏。

　　每到农闲的晚上，大队部就会传来锣鼓声，全大队老老少少都搬着板凳来看戏。演员一出场，整个戏场立即鸦雀无声。吹、拉、弹、唱，无不精彩。一套娴熟的动作引得人们伸颈侧目。一段段的拉魂腔唱得观众心花怒放。白发的老大娘悠闲地扇着芭蕉扇睁大眼睛观望，鬓角霜似的老大爷捋着胡须慢慢将唱腔品赏。在锣鼓声中，在二胡伴奏下，七队二狗蛋的男腔唱得粗犷豪放，十一队四丫头的女腔婉转悠扬。他们的手、眼、腰、腿、步等部位配合纯熟。特别是四丫头形似风摆杨柳，状若出水芙蓉，舞姿优美，不时赢得一阵阵掌声。戏散场了，回家路上，社员们不住地哼着拉魂腔。那种开心的样儿真的无法用语言表述。

看完《拾棉花》回到家里，母亲学着王翠娥唱起来："七月里来十七八啊十七八呀啊，我一家老少都去忙庄稼……"接着，父亲学着张玉兰也和了两句："我的妹妹你不要把嘴夸，我的妹妹呀！过门去看俺俩谁先养胖娃娃。"妇唱夫和，不时甩甩胳膊，动动腿。两个老小孩已经入戏了。这让我和哥哥笑得合不拢嘴，鼓掌叫绝。

时间已过去四五十年，今年春节期间，泗洪县政府组织县文化名人到我镇开展了送戏下乡活动，地点在龙集工商所门前。当台上泗州戏歌舞团演员们登台演唱拉魂腔时，台下立即响起了雷鸣般的掌声。台上演员们唱着拉魂腔，台下观众也跟着哼唱拉魂腔。接着，观众与演员互动起来，大家同唱泗州戏，整个镇区都飘荡着泗州戏的歌声。这时，我感觉到远离人们视野的泗州戏又突然回家了。此后，家乡人又掀起了学唱泗州戏的高潮。

如今的我们，物质生活真是芝麻开花节节高，但是精神上总感觉有所缺失，渴望回归乡土文化的愿望越来越强烈了。

在拉魂腔中，我不禁又怀念起如歌的童年。

童年的游戏

我的童年，用一个字来说就是"爽"，用两个字来说那就叫"舒坦"。游戏成了我童年生活的主旋律。

有位教育家说过，家长，是孩子的第一任老师。是的，母亲是我儿时游戏的启蒙者。

我三四岁时，母亲就开始教我游戏了。早晨的阳光透过窗棂飘进屋来，照在苇席上的一对母子身上，照着母亲齐肩的短发、素净的睡衣，照着孩子一丝不挂的胴体，照着母子白皙的脚丫。母亲一边唱《掰脚丫》，一边教儿子做"掰脚丫"游戏："掰脚丫，掰南山。南山背，金宝贝。金大哥，银大哥，花蝴蝶，摆螺螺。螺螺南，螺螺北，小燕种荞麦。荞麦开花，小燕搬家。搬到哪里？搬到自家。自家没人，去找小丫。小丫没裤，咯吱咯吱小丫大肚子！"随着儿歌的韵律，母亲交替地掰着自己的大脚丫，掰着儿子的小脚丫……当她唱完"咯吱咯吱小丫大肚子"时，她就用她那温柔的大手"咯吱"起儿子的小肚皮。儿子忍不住地笑了，母亲也笑了，就连偷偷看热闹的阳光也被惹笑了。

暑假是孩子们最快乐的时间。每到暑假，我们每天都要到西湖底放牛。大湖湿地到处是绿草，到处是清水。牛儿尽情地吃着草，撒着欢。我们这群放牛娃跑到堤坝的树荫下尽情地玩着，耍着。

男孩子最喜欢跳皮筋。三五个人一组，两个人把皮筋拉直，站在原地不动，其他人沿着皮筋不停地跳。他们一边跳着，一边哼着儿歌："嘀嘀燕子嘀嘀嘀，马兰花开二十一，二五六，二五七……"皮筋越拉越高，难度越来越大。"九五六，九五七，九八九九一百〇一。"皮筋最后移过头顶，博得阵阵掌声。

女孩子小巧玲珑的手，天生就是为拾瓦蛋准备的。瓦蛋早就准备好了，每人身上装着一副。一副瓦蛋其实就是五枚磨得溜圆溜圆的小沙姜，大拇指般大小。

正午，阳光像蝎子似的毒，但堤坝上不时吹来一阵阵凉风，树荫下还是有点凉意。她们脱下鞋往屁股底下一放，两腿岔开，掏出瓦蛋伸手就拾。

注意，拾瓦蛋时是要讲究规则的：要用手指夹住其中的一枚往上抛，其余四枚握在手心。接着，把四枚瓦蛋撒在地上，注意要撒在一窝，否则就抓不起来了。再翻手去接从空中下落的那枚瓦蛋，一抛一撒，一抓一翻，瓦蛋由空中落到手心，又抓起地上其余四枚瓦蛋，反反正正，来来回回，直到所有的瓦蛋从地上一个一个挨着抛完拾完，才算完成。如果中间有一处动作不能做好，都算失败，必须从头再来。

你看，她们一边拾着瓦蛋，一边唱着《瓦蛋歌》："一把抓，拾什么，拾起蛋子拾什么……"她们真是轻车熟路，动作是那样娴熟，看得我眼花缭乱。

跳皮筋，我不行；拾瓦蛋，我也不行；但走羊窝可是我的强项。

孟老夫子说："坐观垂钓者，徒有羡鱼情。"看别人垂钓，实在不是滋味。我对好朋友狗剩说："走，我们看他们玩，不如自己玩。"我拉着狗剩到一个僻静的地方，去玩走羊窝。狗剩爱爬高，他爬上楝树揪楝枣做羊。我挖羊窝快，我就找瓦碴在地上挖羊窝。我挖了十个羊窝，分成了两排，一边五个窝。整个游戏需要五十只羊，一个窝里放五只羊。

哦，游戏都要开始了，我还没有告诉你呢，游戏中的羊，可不是我们家养的动物喔，在家乡是用楝树的种子楝枣代替的羊。那么，羊窝当然也不是羊圈了，而是放楝枣的小窝子了。

走羊窝与其他游戏一样，也是有规则的。准备停当以后，我们用锤子、剪刀、布的游戏来决定出场顺序。狗剩赢了，先走。他抓起自己这边的一窝羊，按顺时针走，一个窝里放一个，放完了。他看看下个窝里不是空的，就抓起来再走，一窝放一个，直到他的手中又没了，下个窝是空的为止。这样，隔着一个空窝，那么另一个窝里有多少羊，就是他得到的羊了。如果隔一个空窝，下个窝里有，再隔一个空窝，下个窝里还有，再隔一个空窝，下个窝还有……他就可以连续得到很多羊。如果连续两个窝都是空的，那他就什么羊也不得。

狗剩走完了，我抓起羊按照同样的方法走，我走完了，狗剩再走……一直到整个羊窝里没有羊了，游戏就结束了，开始下一场游戏。游戏一直循环下去。最后，狗剩输到手里只有四个羊，不够放一窝的，那么他只能弃子认输了，我宣布获胜。整场游戏结束时，不管是胜利者的我，还是失败者的狗剩，都是喜笑颜开。

这种游戏简单易行，棋盘可以在地上随手而画，棋子也可以就地取材。

走羊窝，看起来简单，其实走起来是有学问的。在走之前，要对整个羊窝里的羊多少进行全面观察，做全盘打算，走哪窝得羊多，走哪窝得羊少，走哪窝得空窝，要做到心中有数。我喜欢计算，考虑得细致一些，因此，我赢的概率比较高。小伙伴们夸我，说我是走羊窝大王。

我的游戏结束了，小伙伴们的游戏也都结束了。这时，太阳已经下山了，我们赶着牛儿回了家。

西天的一缕缕白云，已被晚霞烧成了红色，连空气都被烧得热烘烘的。我们把牛送还给饲养员，又到庄头的大柳树下玩丢鞋游戏。我们中没有一个人感觉到天热。

大家蹲着围成了一个大圆圈，二丑蛋自告奋勇，第一个负责丢鞋，其余的人负责逮丢鞋的人。游戏开始，二丑蛋脱下自己的鞋，沿着圆圈外围行走，寻找机会丢鞋。我们唱着《丢鞋歌》："丢，丢，丢鞋底，轻轻地放在他后面，大家不要告诉他，快点，快点，抓住他。啦啦啦，啦啦啦……快点，快点，抓住他。"他走了两圈，神不知鬼不觉地将鞋丢在我的身后。等我发现身后被丢鞋时，二丑蛋早已跑到圆圈里蹲下来了。他胜利了，我失败了。

我挠着头皮，只好替下二丑蛋去丢鞋。我脱下自己的鞋沿着圆圈外围走，伺机丢鞋。可是我每次丢完鞋，都因为手部动作太重，或者跑步速度太慢，没有跑几步，就被人发觉而抓住了。我不得不继续丢下去。队场上不时传来一阵阵哄笑声，我自己也情不自禁地笑起来。管它呢，只要能给别人带来快乐，自己也是快乐的。丢鞋的游戏总算结束了，我们各自回家吃晚饭。

十五的月儿十六圆，大圆盘状的月亮悬在中天，天空像牛乳洗过似的明净，青蛙在水渠畔咕呱咕呱，蛐蛐在庄稼稞下唧唧唧唧……看来，动物们在举办夏季演唱会。

在这样皎洁的月光下，在这样美妙的夏夜里，我们怎能够睡得着觉呢？都不约而同地聚集到小队场上"赶月亮"。

"赶月亮"游戏要把所有参加的人群分成两方：一方防守，一方进攻。防守方的十几人手牵着手，组成人墙，嘴里不停地唱着"月亮苣，赶豆苣。这头冲，那头拿。拿大的，拿小的，还是拿你这个会跑的。"进攻方的三四人大多是能跑的大力士，勇敢地往人墙上冲，企图冲破人墙，最后都是因为势单力薄，以失败告终。我们唱着，跑着，冲着……一直把月儿赶到西天。

那时的我们，有的是精力，有的是时间，真的是玩疯了，大人从来不过问。我们还玩跳房子、砸砖头、掼钱、斗拐……整日泡在游戏中。

如今，童年时代早已结束，时间老人引领我们走过青年，走到中年，即将走向老年，童年的游戏已渐行渐远，但那段快乐而自由的生活永远贮存在我的记忆里。

玩 水

我的家乡龙集，是个水乡，别的不多，就是水多。东面是成子湖，南面、西面是洪泽湖，北面是安东河、顾勒河。家乡的小镇被湖包围，其间沟渠纵横交错，抬眼望去尽是水。

"近水楼台先得月"，水乡孩子最爱水，个个都喜欢玩水，都是水鸭子。

盛夏，太阳像个大火球，烘烤着大地，草烤蔫了，庄稼烤蔫了，树叶烤蔫了，连人也烤蔫了，狗吐着舌头在树荫下喘着粗气，骡马急促地喘息着，翕动着鼻孔。孩子们脱光了衣服，一丝不挂，露出麦色的胴体，爬到湖岸的柳树上，数着"一、二、三"，像一群鸭子似的跳进水里，倏忽不见了，只见湖面上荡起一圈又一圈大大小小的波纹。

过了一会儿，孩子们一个接一个从水里冒了出来。他们的身体时而浮在水面，时而潜入水底。他们忘记了炎热，个个脸上露出喜悦，玩得多欢啊。

柳树像一把把大伞，排列在湖岸，柳叶卷曲着，似一个个挂着的吊死鬼虫。柳丝无力地低垂着，轻吻平静的水面。树上的知了松一阵紧一阵地叫着，大概热得受不了吧。柳树下是多把高的爬根草，零星点缀着粉红的马齿苋花和嫩黄的酢浆草花。爬根草上堆着一堆裤头和三根襟，那是洗澡孩子的遮羞物。

这时，树荫下站着一个小小子。他矮墩墩的个子，胖嘟嘟的小脸蛋，三角裤头遮着私处，打着赤脚，脚面上、脚丫里满是乌黑的泥灰，脸蛋上、脊背上、肚皮上，满是裹挟着泥灰的汗道。

他站在树下，望着小伙伴们鱼儿似的耍着，开始呆呆地望着，过会儿显得烦躁不安起来。

你想，天是热的，空气是热的，泥土是热的，连树荫也是热的。这小子浑身燥热起来，血管在迅速扩张，血液似乎沸腾起来。天是这样的热，小伙伴玩得这样欢，他站在那里哪能经得住如此诱惑呢？

噢，我差点忘了告诉你了，那个站在岸上的愣小子，就是我。此时，我想下河洗澡，但是又怕下河洗澡。原因是这样——

我小时候的夏天是没有电扇、空调的，只有一个破蒲扇摇来摇去的，一点也没有风，似乎夏天特别热。玩水当然是孩子们降温避暑的好方法。

水乡的孩子离不开水，他们个个好水性，都是弄潮的高手。

　　我与水是有渊源的。我蛇年出生，算命的许瞎子掰着手指头为我算过：蛇是小龙，龙离不开水。五行缺火，富水，说我是水命，自然喜欢水了。

　　既然我属水命，我玩水那是理所当然的，父母是绝不责备的。妈妈洗衣，我用小手抄水玩；妈妈到河边洗菜，我在河边泡泡小脚，洗洗小屁股；父亲到河里洗澡，也带我到河边玩水，等自己洗完了，把我拉到水边洗一洗，洗过的身子干干净净，舒舒服服。回家后，妈妈夸我爱干净。晚上，大人洗澡时，总用一个木桶盛满水，让我坐在桶里戏耍，身上是水，头上是水，地上是水。我开心，爸妈也开心。偶尔，我随着小伙伴去河里洗澡，爸妈知道后，只是怪嗔两句，绝不会责骂的。这时，我头顶的空气是快乐的，自由的。

　　可是，一天，天气是出奇的热，我是出奇地想洗澡。

　　那天，我照例随伙伴们一起到成子湖边洗澡。我们洗澡之前，湖里已经满是洗澡的人，有老人、小孩、成年人，足有好几百，大家洗得多欢啊！

　　那天，我还是小心翼翼的。起先，我还在湖边洗，洗着洗着，我到水稍微深点的地方去了。再洗着洗着，突然身子下沉，不断往下掉。渐渐地，我的小肚子没入水中；渐渐地，我的下颌没入水中；渐渐地，我的头顶没入水中。水面上只有两只小手在招动，不时晃起一道道波纹。此时，我意识到不好了，但我尽力控制自己的身体。我努力向上纵，向上跳……就是这一纵，一跳，一纵，一跳，救了我的命。突然，一只大手抓住我的头发，把我从水中拽了上来。

后来听说，我掉进了树坑里了。成子湖在枯水期时，人们在湖边打一些树坑，水涨上来后，树坑没入水中，成为洗澡人的安全隐患。

一位好心人看见我招手，把我从水里救上岸了。我被救出水面时已经不省人事了。几个热心人为我做了人工呼吸，把我救活，送我回家。

父亲听人说，救我小命的那个好心人是金圩六队生产队长，刘驼背。当晚，我父母就买点礼品去感谢这位救命恩人。这位恩人拒收父母的礼品，连声说："没什么，没什么，不管谁遇到这样的事，都会这样做的。"此后，我的心里一直感激这位好心人，是他给了我第二次生命。

这次水祸使我受到惊吓，我躺在床上迷迷糊糊好几天，不时做着噩梦。过了一段时间，我的身体恢复了。这时父亲开始"秋后算账"。他把我吊在树上，用鞭子狠狠抽了一顿，叫我保证以后不再洗澡。其实，父亲就是不打我，我也不敢洗澡了，我当时虽然人小，也知道命是好的。父亲的毒打不正是爱的另一种表达方式吗？我这条小龙，我这水命，原来到水里，如此脆弱，如此不堪一击。我不得不怀疑我到底是缺火，还是缺水，是水命，还是火命？

这时，我怀疑起那位算命先生来，什么狗屁神仙哪，算我是水命，我差点儿被水淹死。可是人家许瞎子这时却说："这个孩子如果不是命大、命硬，早就没命了。此灾已破，将来必是大富大贵之人。"经他这么一说，倒是这水命救了我的命。

中国有句古话："一朝被蛇咬，十年怕井绳。"这用生命换来的教训，难道还不够深刻吗？我一两年时间都不敢下水，不敢洗澡，时时记着。就是几十年后的今天，我看到水，心里都会产生隐隐的痛。

中国还有一句古话："好了伤疤忘了痛"。我这个水命的人禁不住水的诱惑，见到水又想下水了。这又怎么能怪我呢，人类的老祖宗亚当夏娃还经受不住撒旦的诱惑，偷食禁果呢？

水祸后的第三个年头，又是一个酷热的夏天。今年的夏天比那年的夏天来得晚些。我这个愣小子，在湖边柳荫下望着小伙伴们在水中尽情戏耍，虽然没有忘记水祸的教训，没有忘记自己对父亲的许诺，可还是没有抗住酷热的折磨，最后还是下了水。

我搂着紧挨水的那棵柳树，把脚慢慢探进水里。顿时，一股凉意经脚部神经传入全身。我索性松开紧抱柳树的手，让整个身子浸泡在水中，真是说不出的舒服，犹如蛟龙重回大海。我趴在水边，用双手支撑着水中的硬泥，扑腾着，做着划水的动作，不停地练习着。

这时，小伙伴耍够了，一窝蜂似的游回岸边，他们纷纷都要来教我游泳。

"二子，你就在水边学，不要去深处。"

"二子，我们哥几个一起教你，保你没事。"

"二子，回家我跟二叔说，他不会打你的。"

……

大家七嘴八舌说开了。我牙一咬，一狠劲地蹿下了水，跟他们学了起来。

栓柱先示范给我看。我看他手划脚蹬，头部时而扎进水里，时而露出水面，多灵活啊！

黑蛋托着我的身子让我趴在水面上放松身体，把身子浮起来，让我的手和脚配合好，腿用力地蹬出去，手指并拢向外划。他托着我游了两个来回。渐渐地，他托我的手慢慢放开，直至不用手托我，让我自己游。

我游了几个来回，动作熟练了，自然胆子大了，我还能表演个把难度大的动作呢，惹得他们笑起来。

接下来的几天，小伙伴们又教我漂仰、换气、踩水、扎猛子，教我许多游泳技巧。

此后，我再也不怕水了，能够在水中自由地游泳了。父亲知道我又下水洗澡了，并没有责备我，只是叫我以后洗澡要小心些，要注意安全。

时间已经过去四五十年，我已经有很多年没有游泳了，但玩水这件事刻在了我的脑海中。每想起这件事，我都无比感激我的小伙伴，是他们教会我游泳，让我打开怕水的心结，跨过不敢逾越的坎，让我能够以正常人心态生活，直至自强起来，成为生活的强者。

今年夏天，我们这些童年的伙伴在故乡搞了一次聚会。酒足饭饱之后，黑蛋随口而出："走，到湖里洗澡去！"

"好呀！"大家异口同声地说，一辆又一辆的轿车就往湖边驶去。

捕　鸟

　　故乡是水乡，水多，湿地多，水草多；又是湖区，空气湿润，高树多。我的童年，故乡最多的动物要数鸟了。鸟不仅数量多，种类也很多，叫出名字的，叫不出名字的。满眼是鸟影，满耳是鸟鸣。故乡的鸟，像故乡的农民，像故乡的野草，"野火烧不尽，春风吹又生"，始终是勃勃的生机。

　　我们这些水乡的孩子，不仅是弄潮的好手，也是捕鸟的高手。捕鸟给我们的生活打打牙祭，增添了乐趣。

　　那时，我们用得最多的捕鸟工具是弹弓。木匠伯是做弹弓的行家，他为儿子栓柱做了好多弹弓。南徐庄的孩子们经常会缠着木匠伯做弹弓。每当我们去缠他做弹弓时，他总是笑呵呵地说："你们这些小孬种呀，又来了，我昨天给你做的弹弓又丢了。"这时，他都会摸着我们的小脑瓜子说："来，来，来，大伯来为你们做。嗨，你们这些小孬种，整天总是没完没了的。"说完，他随便找了一块木头，用斧头砍砍，用刨子刨刨，用凿子凿凿，转眼间，一把小巧玲珑的弹弓就做好了。我们接过弹弓，还没有来得及说声谢谢，一溜烟似的跑去寻鸟了。

我们的弹弓大多是普通的那种，一条橡皮筋，两头系在一根 V 型的木块上。弹子吗，就是随处可捡的小石子、小沙姜。平常的时候，我们每人的口袋里都装有弹弓。

门旁的蛮奶奶常常说："世上有三样狂，学生、猴子和绵羊。"如果说鸟类有天敌的话，那么鸟类的天敌就是我们这些孩子。鸟们看见我们靠近时，就呼啦地飞走了，但这也不能逃脱它们被逮的厄运。不论上学路上，还是放学途中，我们的手里总是攥着一个弹弓，碰到什么鸟打什么鸟，打到的鸟中麻雀最多，也有乌鸦、喜鹊等。

初春，春寒料峭，雪后的屋檐下还挂着长长的冻铃铛。河里、庄头的池塘里还结着冰。寒风呼呼地刮着，天依然是那么冷，鸟儿仍然瑟缩地待在窝里不动，连最勇敢的鸟也不敢出来遛遛。

这样的夜晚正是我们掏麻雀窝的最佳时机。白天黑蛋他们去"侦察敌情"，看麻雀窝在哪儿。到了晚上，吃过晚饭，我和黑蛋、栓柱扛着小梯子去掏麻雀窝。

掏麻雀窝需要三个人，一个人是不安全的。我们来到目的地，把梯子靠稳在山墙上。栓柱就是个孙猴子，动作灵活，腰间系着尼龙网袋，顺着梯子"噌噌噌"，爬到了屋檐口。我和黑蛋两人不能爬高，每次爬到高处，头都有点晕，只能打个下手，在下面扶梯子。我拿着手电筒，打着亮光。栓柱顺着亮光寻找麻雀窝，掏麻雀。鸟类除了猫头鹰，一到晚间都是瞎子。我们用手电筒在屋檐下往窝里一照，强烈的光束刺得麻雀头晕眼花，睁不开眼睛。麻雀只能老老实实待在窝里，束手待擒。栓柱抓到麻雀后，手拿着麻雀往腰间的尼龙网袋里塞，掏完了，又顺着梯子爬下来。我们再扛着梯子到别的地方去掏。有时，我们也会爬上高树去逮幼鸟，掏鸟蛋。

麻雀窝里，我们不但可以掏到大麻雀，还可以掏到没有长毛的小麻雀，有时还可以掏到麻雀蛋。我们每晚掏雀窝都有收获，极少空手的。每次掏完麻雀窝回来，我们品尝着劳动成果。我们将麻雀拿到家里，塞进灶膛里烧。烧熟的麻雀褪下了皮儿，吃起来格外香。

夏天悄悄来了，我们又到湖边逮麻雀，在水边草地上埋上夹子，夹子上系着喷香的蚂蚱、蜻蜓。不用说，夹子是栓柱的父亲木匠伯做的。蚂蚱、蜻蜓是我们事先在草地上现逮现烧的。麻雀贪吃，闻到香味，自然飞过来了。麻雀不仅是个好吃鬼，还是个大呆瓜。它们落到夹子上津津有味地品尝美味。"啪"，夹子合上了，麻雀当场毙命。它们因好吃而付出惨重的代价。

适逢天气大旱，洪泽湖耗水了，我们在见底的洪泽湖苇丛里，寻了不少鸟蛋，抓住了许多说不出名字的鸟。

金秋时节，田野里一片金黄，到处都是待割的稻谷。麻雀似蝗虫，"呼啦"一阵飞到这块稻地，又"呼啦"一阵飞到那块稻地，把稻田糟蹋得不像样子。铲除麻雀，是大人孩子的共识。我们弄来了一张张鸟网，大兰子逗几个闺蜜从袁庄她舅舅家拖来了一个大渔网。到天黑时，我们在田埂上张开了鸟网，用一根根很长的杆子，向稻谷杆子上空打去，大家一起吆喝。这时的麻雀被赶打吆喝得像没头的苍蝇四处乱飞。有的飞走了，有的碰到网上，有的跌进网里。得来全不费工夫，一会儿鸟网上沾满了挣扎的麻雀，我们满载而归。

"忽如一夜春风来，千树万树梨花开"，在我童年的记忆里，这是最寻常的冬景。大雪一下，麦田、菜地、树木、房屋，都覆盖着一层厚厚的积雪。树枝上挂着的雪片，好像开着亮晶晶的梨花。这时的鸟雀，像我们这些孩子一样，正经历着饥饿的折磨。它们忽而停在树枝上"叽叽喳喳"地叫，忽地飞到院子里，忽地飞到麦田里……它们在寻找着食物，殊不知，它们也成为别人寻找的食物。

我们从"豆腐西施"家找来一面大竹筛，放在庄子前的麦地里，竹筛里撒上小芦子、稻子等。这些是引诱鸟们上钩的"美餐"，当然了，这些鸟们的"美餐"是黑蛋用他爸爸喝的烈性白酒浸泡过的。注意，不能用大芦子做材料，因为大芦颗粒太大，麻雀吃不进去。所用的烈性白酒度数越高越好。切记不能用农药，农药是有毒的。

我们远远地蹲在一旁守候。大干部家的老小子"三狗食"全副武装好了，他穿着皮棉袄、皮棉裤、皮棉鞋，套着棉手套，戴着狗皮帽子。他靠在大柳树的树干上，眼睛直溜溜地望着竹筛子。三叔家六男子的破棉裤开了花，屁头子都露了出来，脸冻得青紫，鼻涕流了出来，鼻涕在鼻唇间冒泡泡。他目不转睛地盯着竹筛。

到处是冰雪，无食可觅，眼前这一张竹筛子的"美食"，自然是鸟们最好的奢望。温馨的竹筛子，上天赐予的一筛子美食，管它是"馅饼"，还是"鸿门宴"，先做个饱死鬼再说。鸟雀受到粮食的诱惑，自然不停地啄食了。它们吃了我们的"美餐"，慢慢地醉倒在竹筛子里。

我们看到竹筛子里醉倒的鸟雀，都往竹筛那边跑去。六男子最先抢了两只麻雀，三狗食死磨硬磨，要了一只。我们提着各自分到的鸟雀跑到屋里，埋到堂屋燃烧的火盆里。烧了十多分钟，火盆里就发出一股鸟雀的肉香。我们把鸟雀从火盆里扒出来，这时鸟雀外面的毛已经烧掉，皮也烧焦了。我们剥掉了鸟雀的皮儿，吃起来是满鼻子的香。

小时候，故乡鸟多，田地里庄稼少，经常出现鸟多为患、鸟争人食的现象。那时，孩子们捕鸟，大人们捕鸟，从鸟口夺食。捕鸟，给我们带来美味，给我们带来了乐趣。

现在，故乡不再有人捕鸟了。为了水乡的蓝天绿草，孩子们自觉做起了护鸟使者。

逮　鱼

"洪泽湖美，洪泽湖美，美就美在洪泽湖水。鱼蟹水中游，鸟儿水上翩翩飞，游客至此，有家也不想归。"

一曲优美的《洪泽湖美》，唱出了故乡人的自豪，唱醉了故乡人的心。

我的故乡龙集，就是洪泽湖畔的一个小镇。大湖把龙集围成了一个桃花源。这儿的天是蓝莹莹的，水是蓝莹莹的，就连湖畔湿地里星星点点的渠道、沟塘，也是蓝莹莹的。蓝莹莹的水里，游弋着的各种各样的，膘肥体胖的鱼儿。大湖成就了故乡"鱼米之乡"的美名。

"靠山吃山，靠水吃水。"逮鱼自然是大湖儿女的必修课，逮鱼成了湖畔人每天必做的作业。我小时候，故乡的湖水是清澈透明的，掬起来就可以喝。那时人们逮鱼不用电鱼、药鱼，逮鱼的渔网也不甚细密，鱼儿不会被斩尽杀绝，这样鱼儿能够得到自由繁殖。每逢夏汛、秋汛时，湖里的鱼顺着鲜水游上来，西湖底的庄稼地里、家前屋后的小沟里，到处都是鱼，螃蟹常常爬到家里的锅台上。

　　我四五岁时，对许多事情都感到好奇。暴雨过后，父亲每次去庄稼地放水回来，总会带很多鱼回来，大的煮着吃，小的放在水桶里养着。这水桶里自由游动的鱼儿，正好成了我的纯天然玩物。我整天围绕着鱼桶转，投些菜叶、青草、麦麸喂鱼食，有时用细树枝挑逗正在嬉戏的小鱼，甚至把鱼从水中捞出来，放在手心里欣赏。

　　我七八岁时，就不再满足玩父亲逮的鱼，想自己去逮鱼玩。大雨后，我会扛着渔网跟着父亲放水。被水淹没了的大芦地、豆地，是鱼儿的乐园。有的鱼儿成群结队地追着鲜水逆行，有的几只紧紧地咬在一起……我举着网儿左抄抄，右抄抄，前抄抄，后抄抄，每次总有收获。有时，我看见一群鲫鱼朝我游来，赶忙撂掉网儿用双手去捧鱼，眼看捧到两条，可是打开手一看，什么也没有。这时，我有点恼，但是我没有放弃，还是继续捧。不一会儿，我就会捧到几条小鱼。

　　不知什么时候，一只癞蛤蟆朝我跳来。看着它那满身褐色的癞皮，我真的想吐，身上的鸡皮疙瘩不禁蹦了出来。有一次，一条水蛇向我窜来，吓得我扔掉渔网，撒腿要跑。可是我步子还没有迈开，就跌坐在水里，连喊"妈呀，妈呀"。父亲听到惊吓声，赶忙跑过来，一看到蛇，他摸着我的头，笑着说："哎呀，你看你——多大的出息，水蛇你都怕。二子，水蛇呀，你只要不去攻击它，它是不会咬你的，用不着害怕。"我不好意思地低下了头。

雨后，就数稻田里鱼多。鱼儿在秧苗间"哗啦、哗啦"地游来游去，有几个叮在一起，那是在咬籽。时而鱼儿跳出水面，这儿"刺啦"一声，那儿"刺啦"一声。我把裤子卷到腿弯处，下水逮鱼，一会儿就逮了一大桶。

当然，稻田里不光有鱼，还有蚂蟥。我逮完鱼从稻田中走出来，腿上叮满蚂蟥。我把蚂蟥从腿上抹下来，腿上已经布满血点。放完水回家，妈妈看到我血淋淋的腿，心疼地用手轻轻地在我的腿上摸了又摸，眼睛里噙着泪水，呱呱啦啦数落了父亲一顿，父亲咧着嘴傻笑道："嘿，我倒把稻地里有蚂蟥这事忘了。"

其实，逮鱼也不必跑那么远，家门口的小沟里鱼也多得是。暴雨过后，雨水哗哗往下游流。下雨时顺着水流游上来的鱼，贪图吮吸上游的鲜水。雨停了，鱼困在沟里回不去了。我顺着小沟找水位落差大的地方，下了几个水笼，用烂泥牢牢打个坝儿。我站在沟沿上望着水流，望望蓝天，望望绿草，守沟待鱼。一会儿工夫，每个水笼里已经塞得满满的了，一倒一大桶。大多是鲫鱼、餐条、泥鳅、罗非鱼，偶然有鳝鱼，当然水笼里也会有青蛙、癞蛤蟆、水草等，半天能逮十几斤鱼。我提着鱼儿回家，母亲拣大的鱼吃，小的放在桶里养着。望着一家人吃着我逮的鱼，津津有味地喝着鲜美的鱼汤，我的心里美滋滋的。

涨水的时候能逮到鱼，耗水的时候也能逮到鱼。每到大旱之年，灌溉渠里的水只有两三尺深，却长满厚厚的茌草和水游草，草里藏着各种各样的鱼。长长的灌溉渠挤满了逮鱼的人，有中年人、老年人、小孩。有的用小铲子抄，有的用网拉，有的用鱼罩罩，有的顺着水草摸。反正怎样都能逮到鱼，没有人空手的。每人身后拖着长长短短的鱼串，脸上洋溢着喜气。

此时，我却空着手在水沟里走来走去。你可能感到疑惑，可老家的大人孩子都知道：那是在踩螃蟹。我不时地从脚底抠出一个个螃蟹，往鱼篓里撂。有一次，我没有抓好螃蟹，手指被蟹螯紧紧钳住，痛得我"爸呀妈呀"直叫。我赶紧把螃蟹扔掉，可笑的是螃蟹逃掉了，蟹螯还叮在我的指头上。四周踩螃蟹的人看着我的囧样都停了下来，哈哈大笑起来。

干旱的季节，沟沟渠渠几乎见底。我们几个小伙伴有的扛起锹，有的提着桶，有的夹着瓷盆，有的攥着水瓢，一起去找水浅的小沟戽鱼。我们考察好鱼情，选好地段，就动手打坝。几把铁锹，撂泥的撂泥，铲土的铲土，一会儿就把小沟两头堵牢。我们又用瓷盆、水瓢一起戽水。水戽干了，大家提着小桶捡鱼。没有经验的人，经常会忽视水草和淤泥。你只要用手朝水草和淤泥捏捏，会逮到不少黑鱼、泥鳅、鳝鱼。每次戽鱼，我们总会满载而归。晚上，吃着丰盛的鱼宴，我们浑身都充满着劲儿。

逢上特别干旱的年成，湖几乎见了底。我们随大人到湖里卷鱼。湖水只有小腿肚深，水草密密稠稠的，全是苦草、水游草，一大阵一大阵的鱼艰难地在草间游动。这正是卷鱼最理想的地方。十几个人扯起水草，卷成一个很大很大的圆圈。人们推着自己的草卷从远处慢慢地朝圆心推进。大家说着、笑着、喊着劳动号子，湖面上不时荡漾着欢乐的笑声。大圆圈变成小圆圈，最后卷成了鱼堆。大家拿出口袋不停地装鱼，一趟接一趟地往堤沿上挑鱼，用车子运回家。家家缸里都腌满了鱼，院子里绳上挂满了咸鱼坯子。

涨水有鱼，耗水有鱼，水不涨不耗，也能逮到鱼，洪泽湖就是一个大鱼仓。靠山吃山，靠湖当然吃鱼了。困难年代，鱼让故乡人顽强地生活下来。

逮鱼是故乡人重要的活动，逮鱼过程中有苦也有乐。我忘不了在故乡逮鱼的情景。

养　狗

以前，我一向对狗是不怀好感的。

在我小时候，农村几乎家家都养狗，孤庄子上家家养几条狗来看家护院。每天早上天麻麻亮，我都要去拾粪，要跑很多村庄，都会惊动许多狗叫。

有一个冬天，我走到一个孤庄子时，不慎惊动了庄子里的狗。几条狗朝着我叫，吵得我脑袋都要炸了。我当时慌了神，连忙疾走起来，狗跟着我撵。我更加害怕了，身上的每根神经都紧绷着，肌肉在抽搐战栗，大脑里一片空白。

我跑了起来，狗也越跑越快。我与狗进行了"大战"，结果是我与狗两败俱伤。我的棉裤被狗牙咬通了，小腿上留下一排血印子。狗腿被我的粪勺狠狠地砸了一下，流了血。狗"嗷嗷"地瘸着腿回去，我"呜呜"地流泪跛着脚往家跑。

我跑回了家，妈妈看着我的窘态，难过地掉下了眼泪。她心疼地用温盐水帮我清洗了伤口，跑去狗的主人家索要了狗毛，烧成了灰，敷在我的伤口上。

我惊吓得睡了两三天，梦中老是说胡话。我起床后，妈妈摸着我的头对我说："以后再遇见狗，你不要害怕。你越害怕，狗越厉害。你不怕它，它反倒怕你。"

我不能因为一次被狗咬了，就一辈子不拾粪呀。过了几天，我又背着粪箕子去拾粪了。每次再看到狗的时候，我都会念叨妈妈的话，让自己内心平静下来，以后再没有被狗咬过。但是我每次看到狗，心里总是忿忿的，有种说不出的厌恶。

20 世纪 70 年代，农村家家缺衣少吃，小偷小摸的比较多。我家时不时丢两样小东西。妈妈对父亲说："他大（爸），我家也抱养一只小狗吧。"父亲"嗨"了一声。我不好意思地低着头。妈妈望着我笑了笑，亲切地说："用不着几天，你就会喜欢上它的。"第二天早饭后，妈妈就从前庄的傻大娘家抱回一只小狗。

中午放学回家，我远远就听见"嗷嗷，嗷嗷"的狗叫声。我循声一看，门后趴着一只小狗：身披一身乌黑的皮毛，如果你用手摸一摸，软软的，滑滑的，似黑色的天鹅绒。拳头般的小脑袋上，两只三角形的小耳朵警觉地竖着。滴溜溜的一对小眼睛，像两只晶莹剔透的黑珍珠。它那小鼻子极力翘起，好像在嗅着什么。它的舌头细长，不时地舔着嘴唇，大概刚吃过什么东西似的。它看见了我，支起瘦弱的身子，朝我"汪汪、汪汪"地叫了几声,然后友好地摇摇它那条又细又短的小尾巴。

起先,我一听见小狗的叫声就陡生厌恶。后来,我看见它那摇头摆尾的样子,情不自禁地笑了起来,又不免产生好感。我怎能把过去的怨恨迁怒到这无辜的小生命身上。人怎么能长时间地生活在仇恨之中,冤家宜解不宜结,何况咬我的大狗与眼前这乳臭未干的小狗有什么关系呢。

"投我以桃,报之以李。"我用手轻轻地抚摸它的头,它的身子,它的尾巴。一开始,它心存芥蒂,用狐疑的目光望了望我,然后伸出它那细长的舌头,舔了舔我的手。这样,我和小狗之间种下了友谊的种子。小狗因全身黑毛,全家人称它为"小黑"。

小黑是个随遇而安的家伙,对什么都是无所谓。吃的?不挑剔,什么饭锅水呀、骨头呀、鱼刺呀,有吃就行,主人喂多少吃多少,从不计较。有时,它自己溜达出去寻些瘟死的野鸟、家禽。住的呢?更不讲究了,随便是门后呀墙根呀草堆呀,只要能容下身子就行了,还要讲什么排场。小黑还有洁癖,决不在屋里屋外方便的,总是把屎呀尿呀送得远远的,父亲常夸小黑"好狗,好狗"。

小狗还有一大优点,就是忠于职守,是个称职的"保安"。白天,它是不会跑得太远,太久的,夜晚是决不出去的,窝在门口眯着眼睡觉。它的听觉非常灵敏,只要听到风吹草动,它就会蹿起来,狂吠几声,看看没有动静,又窝下来。妈妈说,自打小黑来到我家,家里就没有少过东西了,我记忆中也是这样。

　　我是小黑成长过程中的亲密接触者。父亲因为农活多，没有时间过问小黑。那么，喂小黑，饮小黑，遛小黑，寻小黑，这些小事就落在我的身上。我每天除了上学、睡觉，就和小黑混在一起。上学时，小黑会跑在我前面，送我一段路，然后目送我离去。放学时，小黑会跑去迎接我，领着我回家。写字时，小黑会在我身边蹭来蹭去。吃饭时，小黑坐在我面前，凝望着我，好像在说：小主人，我也饿了，给我一点食物吧。有时，晚上我睡觉时，小黑会窝在我的床下，眯着眼睛睡觉，这真是与狗共眠。人与狗确实做到和谐相处。

　　小黑在我的呵护中长大。几年过去了，我成了大孩子，小黑成了大黑。它长长的绒毛里长着一双又黑又亮的大眼珠，一副大耳朵直竖着，四只手脖粗的腿长着锋利的爪子，走起路来，威风凛凛。你不要看它凶，它见熟人摇头晃脑的，十分温顺。如果见了陌生人，那就凶相毕露了，面目狰狞，吓得陌生人心惊胆寒。

　　有一天夜里，两个小混混牌九场上输光了钱，摸到我家鸡圈里偷鸡，被大黑发觉了。大黑猛地蹿上去，咬住了其中一个人的腿，吓得他哭爹喊娘跌坐在地上。他幸运地被同伙救走了，被大黑撵了几百米。第二天，我把这事说出去，庄子里的人都笑得肚子痛。你说，大黑不是我家的忠实卫士吗？

　　这事过后不到半月时间，大黑就失踪了。有人说是被上次大黑咬伤的两个小混混药死的，这是符合情理的，有仇不报非君子吗。有的说是被两个买狗的逮走了，这句话大概是真的吧，我亲眼看见两个陌生人手拿套狗绳索，在庄子里头来来回回转了两三圈。我们全家难过了好几天，我两顿饭没吃。

　　此后，我家又养过几只狗。狗尽管都是好狗，但我都不甚喜欢。我再也没养过大黑那样的狗了。

养　鸡

　　小时候家里年年养鸡。那时候，妈妈说，鸡可以吃剩饭、吃饭锅水，吃土粮食，吃些粮食麸糠，不需要特别喂什么。而鸡蛋可以卖钱，买些针头线脑，油盐火耗的，最让我忘记不了的是妈妈说"鸡下的蛋可以煮吃"的那句话。

　　至于家里针头线脑，油盐火耗什么的，我不在乎。我只在乎吃煮鸡蛋，我每天追着妈妈买小鸡。我头脑中每天在设想：小鸡一买来家，一下子就会长大，鸡屁股里就会源源不断地吐出蛋来。打破淡红色的蛋壳，里面透明的蛋白和浅黄的蛋黄，就会自动蹦进嘴里，吞进肚里。

　　我天天缠着妈妈买小鸡。妈妈抚摸着我的头，轻声地说："傻孩子，春天才有小鸡卖呢。"

　　于是我又天天盼望着春天的到来，扳着小手指数着日子。

我常常跑去问："妈妈，春天还有多远？"

妈妈笑着说："早着呢，现在才夏天。"

春天终于在我的盼望中赶来。开春，卖小炕鸡的老头子把挑鸡箩的担子停放在南徐庄的大柳树下，大声吆喝着："卖小鸡喽，卖小鸡喽……"那粗犷的嗓音颇有诱惑力。

不一会儿，庄子上的人纷纷向大柳树聚拢，豆腐西施拿着簸箕，二丫挎着竹篮、豁牙婶拎着竹筛子围在鸡箩四周。不知什么时候，蛮奶奶端着笆斗也挤在人窝里，她的小脚脚尖踮着地，尽量伸长脖子往里面望。最没出息的是黑蛋，作为一个大老爷们，背后攥着一个鱼篓子，跟在新媳妇后面，钻在人群里面瞎搅和，不时地指指点点。

妈妈手抱着一个硬纸箱姗姗来迟，远远地叫开了："让开！让开！卖鸡的，多少钱一只？"

卖鸡的不厌其烦地重复答道："公的四毛，母的六毛。全中国最低价。"大柳树下又传来一阵哄笑声。

鸡箩里挤满了手，大家都急着抓鸡。卖鸡的连忙说："不急，不急，慢慢来，都有份，防止出错。"

等到妈妈下手拣鸡的时候，大的也被拣完了，只剩下些小的。妈妈捡了二三十只小鸡放在纸箱里，又抱着纸箱挤出人窝。

回家途中，她的脸上始终洋溢着高兴的神情。她的脚还没跨进自家门口，就高声叫道："他大（爸），今天买鸡太巧了，迟一步就连这小的也没有了。"她没有听到应答声，仔细往房间里看看，原来不知什么时候，我父亲出去了。

妈妈一股脑地把纸箱放在地上,对正坐在门口玩"拌饭玩"游戏的我说:"二子,这些小鸡就是你的啦!"

我高兴得跳起来,连忙说:"好呀,好呀!"

我迫不及待地打开纸箱,看看我的小鸡。哇!好漂亮!这些小家伙一个个拳头大小,毛茸茸的,活像一个个小绒球。是怕冷,还是怕人,它们挨挨挤挤地窝在一块,红的、白的、灰的、黄的、花的,"叽叽"地叫呢。

我趴在纸箱上,眼睛一动也不动地盯着小鸡看。

妈妈说:"你不能只是看呀,你应该给小鸡安个家才行啊。"

于是,我把小鸡从纸箱里拾到地上,在原有的纸箱底层铺上一层布,在布上铺上麦穰,再在麦穰上铺一层旧报纸。这样小鸡就不会冷了。我又在纸箱的四面用小刀刻了四个小洞,算做鸡房子的"窗户"。这样小鸡既能呼吸到新鲜的空气,又有明亮的光线照进去。你看,它们多舒服啊。

妈妈温和地说:"你听见鸡叽叽叫没有?"

我脆脆地答道:"听见了。"

妈妈用手摸了摸我的脑瓜子,接过话头:"那是小鸡饿了,它们要吃饭了。"

我这时明白了,小鸡叫是因为饿了,于是,赶忙从土瓮里捧了一捧大芦粒。

我正要把玉米粒往纸箱里撒,这时妈妈连忙跑了过来,急切地说:"小愣子,小鸡怎么能吃那么大的芦粒呢?"我赶忙停住了手。

妈妈亲切地说:"喂小鸡应该这样。"她边说边从干瓢里抓一小把大芦糁子倒进小碗里,用温水搅拌搅拌,再用小勺子挑在旧报纸上。

小鸡看见"饭"上来了,一开始有点羞涩,过了一会儿,个个都来了精神,"叽叽"地叫着,好像在说:"我好饿呀。"它们有的伸着红红的小嘴啄着脚下的食,有的扇动着花瓣似的翅膀,挪着粉红的小爪子摇摇晃晃地去啄远一点的食物,还有的一边吃,一边叽叽地叫着,好像在勾起小主人对它的青睐。半天时间,它们不再害怕,胆子越来越大,竟无所顾忌起来,你挤一下我,我抗一下你。你看,它们玩得多欢呀!

我学着妈妈的方法去喂小鸡,把小鸡伺候得舒舒服服的。过了几天,我摸出了一些门道,什么时候小鸡饿了,该喂食了;什么时候小鸡渴了,该喝水了;什么时候纸箱要清扫了,换上干净的麦穰,铺上干净的报纸。

又过了几天,小鸡的腿壮了,翅膀硬了,摇摇欲试,要下地了。

一天,我看见妈妈用小芦(高粱)苗子蘸着颜料水在小鸡屁股上涂上红色和蓝色。我不明白妈妈的意思,好奇地问:"妈妈,你在鸡屁股涂颜色干什么?"

妈妈轻声慢语地说:"二子,小鸡不能整天困在纸箱里待一辈子呀,明天我放它们下地跑跑。我给小鸡画个记号,便于辨认。涂红色的是公的,它的屁股尖尖的;涂蓝色的是母的,它的屁股圆圆的。"哎呀,原来小小的鸡身上也有那么多的学问，妈妈的脑袋里竟然装有这么多的知识。

第二天一早，妈妈就叫我放鸡。我把纸箱的门侧斜着，小鸡一只一只地跳下纸箱，跑进事先围好的网圈中。网圈中撒些鸡食，放两只水碗，小鸡们在圈里尽情地玩耍。白天，小鸡们在网圈中活动；傍晚，它们一个接一个挤进纸箱里睡觉。

时间一天一天地过去了。小鸡的食量渐渐大了。我从菜园里薅些青菜，从草地里挑些野菜，用刀剁碎拌到碎米或大芦椮子里给小鸡吃。有时，我从草地上逮些青虫、蚂蚱、蜻蜓给它们改善"伙食"。小鸡吃着这些小虫，"叽叽叽"地叫，好像在感谢我。

一晃，小鸡来我家已经两个月了，渐渐长大了。小鸡的腿粗了，翅膀长了，羽毛丰满了，身躯高了，身上的肉多了。小纸箱再也容不下这么多鸡了。妈妈催促爸爸在房子里靠近南墙的地方，为小鸡们搭了一个宽敞的"新家"。新鸡窝用薄木片铺成三层，用小钉钉牢，像二层小楼。小鸡蹲在上面十分阔绰。爸爸又在南墙上掏了一个小洞，只能容下小鸡一只一只出入。

早晨，小鸡从小洞出去找食。暮春时节，草长莺飞，鲜艳的花，青青的草，各色各样的小虫，都是鸡的食料。有时，小鸡飞上草堆顶上、矮树上瞭望，寻找食物。它们像一朵朵五色的花。有时，它们也飞进菜园里，啄得菜叶子如花脸一般。傍晚，小鸡们吃得饱饱的，迈着步子从小洞踱进鸡圈。

随着日子的流逝，鸡的形体越来越大，小鸡变成大鸡了。

我不再用精粮喂了，而用饭锅水拌些麦麸、稻糠喂。有时，我也会背着小篮子到野外挑些草呀菜呀给鸡吃。这才是纯天然，纯绿色的，鸡吃了长膘。

俗话说："女大十八变。"鸡大了也变得叫你认不出来。昔日的小白公鸡，现在长得十分魁梧，火红的冠子，金黄的爪子，雪白的羽毛，尾巴上的翎毛高高竖起，昂着头"叽喔喔"地叫着，俨然一个歌唱家。

小黄母鸡短短的两只腿支撑着肥大的身躯，金黄的羽毛披满全身，褐黄色的眼睛滴溜溜地转着，臀部宽宽的，肥肥的，显然是个产蛋的主。每产下一个蛋，就会"咯咯哒，咯咯哒"地叫，它好像在告诉主人，你喂我不吃亏吧，我又下了一个蛋。那芦花鸡……

鸡大了，食量大得惊人，吃的饲料让妈妈心疼。我每天都要到湖里挑好几篮的野菜掺杂在饲料里喂。我湖里湖外跑好几趟，常常累得两条小腿酸痛无比。但我的劳动既改善鸡们的伙食，又节省了粮食。我累一点又算什么呢。

我每天都能捡十几个鸡蛋，喜得我每次捡蛋时又蹦又跳。

每次逢集，妈妈都要背着满满的一篮鸡蛋到市场卖，回家时买些油盐酱醋等日用品。隔三岔五，妈妈也会给我带两块糖。我吃着糖，嘴里甜，心里也甜。卖鸡蛋的收入解决了家里的日用开支。妈妈果然兑现了之前的承诺，不时地早上煮个把鸡蛋给我吃。

年前，妈妈把公鸡提到集市上，换回猪肉牛肉等年货。全家围坐在一起，吃着丰盛的年夜饭，都开开心心的。

妈妈喜笑颜开地说："这里面也有二子养鸡的功劳。"妈妈的话明显是夸奖我，我不好意思地低下了头。

以后，我家每年都养鸡，管理、喂食、挑菜，总是少不了我。养鸡让我劳累，同样给了我快乐，充实了我的生活。有苦有乐，这就是养鸡的情趣。

后来，我到镇上读书了，养鸡的活儿就集中到妈妈一个人的身上，个中的辛苦我当然懂得。

养鸡的那段生活，让我明白了一个道理：幸福的生活是靠勤劳的双手创造的。

养　猪

　　我是一个农村教师，开始教几年小学，又教了二十来年初中，后来又教了十几年小学，不知不觉一辈子就这样要教过去了。其实，我是农民出身，我种过地，喂过鸡，放过牛，我还喂过猪。

　　20 世纪 70 年代后期，我正在金圩读小学。那时国家关于农村方面的政策已经放松了，允许社员种自留地，自己养牲口。

　　南徐庄家家户户都养猪。因为猪好养，来钱快呀。

　　庄子上养猪人多，首先是猪饲料好取。麦麸、稻糠、沙芋藤蔓、花生草可以做猪饲料，黄豆的茎叶磨成粉儿可以做猪饲料，饭锅水和剩饭等也可以做猪饲料。那些不怕累的人家，夏天撑只小船到河沟里捞些苲草、苦草等水草，晒干了磨成面也可以做猪饲料。

那时喂猪很少有人家喂粮食的，除非猪要出圈了，喂些大芦、豆饼给猪长膘，叫壮肥。我们当地有句话叫"小猪不吃昧心食"，猪要是吃了好的饲料，长膘快。我们当地还有一句话，你不知听过没有，叫"养猪无好粮，喂猪猪不肥。"如果猪经常吃没有营养的饲料，就不肯长，几个月长不了百十斤。我们老家管这种养不大的猪叫"懒猪"。

那时粮食紧缺，养猪缺乏饲料。猪生长期长，养成一头猪，从买小猪秧子到肥猪出圈需要一年多时间。肥猪出圈时也只能长一二百斤。不像现在养猪场养的猪，都吃专用饲料，有的还使用瘦肉精。猪吃了瘦肉精就像吹气一样，几个月就长了几百斤。

母亲看庄子上人家都买了小猪，她对我父亲说："他大（爸），明天我家也抓头小猪秧子养养吧？"父亲不言语，只是"嗯"了一声。

父亲是个急性子，说干就干。他话一落音，就着手盖起猪圈来。他把猪圈地点选在茅厕北侧，和茅厕共墙。他用土坯砌墙，用几根小棒搭架子，铺上一层高粱秆子，在小芦秆子上面再铺上一层麦穰。两三个小时，父亲就盖好了猪圈。

父亲爱琢磨，他绕猪圈转了两圈，看了看，想了想，又在猪圈与茅厕的共墙上挖了个洞，便于猪尿猪屎淌到茅厕里。他扯了几抱麦穰铺在猪圈地面上，怕小猪冻着。

第二天，我放学回家，远远地就听见小猪"叽叽，叽叽"的叫声。我跑近一看，哎呀，小猪秧子已被父亲从集市上买来了。

我初听小猪的声音倒是挺大的，可是一看到猪，吓得我一跳。这哪里是猪呢，分明是个大老鼠。小猪躺在麦穰上窝成一团。它全身黑黑的，圆圆的小脑袋一动一动的，两只大耳挖似的小耳朵一扇一扇的，黑豆似的小眼睛一眨一眨的，樱桃似的小嘴一张一合的，"叽叽"叫着。

妈妈笑着说："这就是你大（爸）买的小猪，还不到六斤重呢。你大（爸）是个小抠油，图省钱，买了这么小的猪。"

妈妈看小猪"叽叽，叽叽"地叫个不停，估计小猪饿了，就用大芦穄子和了一大碗猪食，放在猪圈里，让小猪吃。

小猪真的饿了，闻到猪食，陡然来了精神，眼睛瞟了瞟眼前的新主人。它顾不得羞涩，芦柴棒似的小腿从麦穰上爬起来，朝猪食碗走去，"呱叽，呱叽"吃了起来。

不一会儿，一大碗食吃完了，小猪来了精神，小眼睛滴溜溜地乱转，四条小腿在圈里转来转去，两只小耳朵一扇一扇的，嘴中不停发出"哼唧，哼唧"的声音，大概吃饱了吧。

一天、两天……时间一天天过去了，小猪在妈妈的精心照料下，不断地长大了。小猪的脑袋大了，耳朵大了，身子长了，小腿粗了，就连小黑豆似的小眼珠也变成大黑豆了。我估计啊，现在小猪至少有三十来斤了。

一天，妈妈喂完了猪食，把我拉到一边，指着小猪对我说："二子，现在收麦了，我和你爸忙死了，没有精力顾小猪了。以后呀，小猪就交给你喂了。"我无可奈何地点了点头。

小满过后，油菜已经收割，麦田一片金黄，过两天就能收了，秧苗绿油油的，马上可以栽了。白头翁在高空唱着歌，布谷鸟"布谷，布谷"的叫声，催得农人心里着急。湖底里到处都是干活的人。是啊，"黄金下地，老少弯腰"。

早晨，我从床上爬起来一看，父母早已下湖干活了。"田家少闲月，五月人倍忙。夜来南风起，小麦覆陇黄。"农村哪有闲人呀。今天早晨，我正式接管母亲喂猪的工作。

我学着母亲的样子，在我的两个臂膀上套上护袖，腰间围了围裙，锅上一把，锅下一把，烧猪食，和食，喂猪。喂过猪，我吃饭；吃过饭，我上学；放学回来，我又喂猪。每天三次，从不间断。晚上，我学着父亲的样子，拿铁锨打扫猪圈。

前几天喂猪，我真的还是不容易的，挺累人的，可是过了一段时间就习惯了，也就不觉得累了。熟能生巧，再过一段时间，我会喂猪了，喜欢喂猪了。父母对我的喂猪工作非常满意。

夏季昼长夜短，早晨天亮得早，傍晚太阳落得迟。我小时候上课时间短，课节数少，我们有大量的课余时间自主支配。早上、中午、下午，我都有充足的时间去湖里挑猪菜，每次都能挑一大篮子野菜。猪最喜欢吃野苋菜、刺儿菜、蒿秧、水田芥和猪耳菜等。

猪菜挑回家，我背着菜篮子到庄头的小沟里，用水把猪菜淘一淘，洗一洗。然后我再把猪菜提回家，用砧板切碎，撒进猪食槽里，倒上饭锅水，拌上麦麸，让猪吃。

周日和假期，那是我们孩子们的日子。我和小伙伴们，跟着老孙头，把猪赶到湖边草地上。我们把猪的牵绳一放，任猪儿自由觅食。猪儿能自由地挑自己喜欢的菜吃，我呢，玩自己喜欢玩的游戏。傍晚，我和小伙伴们一起把猪赶回家。猪每天总能吃得饱饱的，省下了不少猪食。

几个月下来，猪在我的精心喂养下，长得很快。猪的脑袋长得又肥又大，耳朵长成两把大扇子，身子长得像黑色的水桶，腿长得像四根柱子。母亲看了看我喂的大肥猪，脸上笑成了一朵花，连声夸我能干。

年终，父亲把我喂的大肥猪拖到食品站去卖，换回了厚厚的一沓钞票，在集市上，为全家扯了几身新衣料，买了一篮子年货。

年后，父亲为我缴完学费，又到集上买了一头小猪。我又开始喂猪了。父母用劳动为家里创造了财富，我也用劳动为家里创造了财富，父母是有用的人，我也是有用的人。

其实，我的养猪生活是很短暂的，只有两三年的时间。等到我去公社念初中，我的养猪生活也就结束了。后来，我去淮阴读师范，再后来我去教书了，我就不再有时间养猪了。但我永远不会忘记，在我五彩的人生中，我曾经有过养猪的经历。

拾庄稼

今年农忙季节，我回到了南徐庄，漫步在故乡的乡村小路上。我放眼望去，场院上，门前水泥地坪上，家旁的水泥路面上，满眼都是粮食。这些粮食白天撂在户外，夜里撂在户外。看到这么多粮食，我不由得又想起拾庄稼那段难忘的日子。

请让时光倒流吧，把时针拨到 20 世纪 70 年代初。那时整个生产队全年粮食总产量三四万斤，人年均分配粮食不足三百斤。到了年关，各家土瓮、坛坛罐罐几乎底朝天了，不少人家吃了上顿没下顿。蛮奶奶经常说，孩子，粮食金贵啊，粮食就是性命。

每当收获季节，收割后庄稼地里遗漏下来的麦穗、稻穗等成了孩子们的最爱。庄前庄后，田头路边，随处可见孩子们拾庄稼的身影。

那时土地贫瘠，杂草丛生，庄稼收成不好，农民收割又仔细，收割后的地里漏下来的庄稼少之又少。"黄金铺地，老少弯腰。"放学背着书包的孩子，拐着篮子的驼背老人，抱着婴儿的年轻妇女，甚至散工归来攥着农具的青壮劳力都赶到田头拾庄稼。他们拾到了庄稼，就像拣到狗头金子似的，两只眼睛立即发出金色的光芒。谁也不怕跑路，不怕劳累，在小队拾，在大队拾，甚至跑到邻近大队、邻近公社去拾。路跑多了，两条腿累得迈不开步子；拾庄稼的时间长了，腰板疼得直不起来。一旦发现可拾的庄稼，大家又忘记了劳累与疼痛，兴奋起来。

当一块田的庄稼即将收获完毕，生产队的大车停在地里，社员们抱着、背着、扛着、抬着、挑着庄稼，用竹耙搂着庄稼，用桑叉叉着庄稼，用弓网拖着庄稼，往大车上装。大家干得热火朝天，汗流浃背。

人们都好像有了特异功能，长了千里眼、顺风耳了。这时，庄稼地四周已经围了黑压压一片拾庄稼的人，有的手里提着口袋，有的臂弯挎着篮子，有的背上背着篓子……就像一群饥饿的狼围着一摊肉，发出贪婪的目光，盯着地里的庄稼。

生产队长高声喊道："快点，快点！"队员们忙乱地用竹耙搂着地里抛撒的庄稼，用两只手聚拢到一起，抱起来往大车上一撂。车把式摆放好龙杠、缰绳，叫着："一、二、一，开始，一、二、一，加油……"几个壮小伙拽着缰绳，在统一的劳动号子中把装满庄稼的大车紧紧地系牢。当老牛拉着大车缓缓走出庄稼地时，看青的老头便扯着嗓子高喊："开拾喽！""开拾喽！"

"开拾喽！""开拾喽！"粗犷的吆喝声在喧闹的原野里传送。四面八方拾庄稼的听到"开拾喽"的声音，纷纷冲进庄稼地，急匆匆地往前冲，不断地弯腰，不断地捡起，再不断往前冲……有的只顾往前冲，而丢掉后面的。结果前面的庄稼还没有后面多，不禁后悔起来。等他转过身子时，后面的庄稼早已被人捡走了，后面又不断有人蹿到他前面去了。在慌乱中，从地头到地尾，从地尾到地头，一遍，一遍，又一遍，从开拾到结束，不到二十分钟，一块地里遗漏的庄稼被拾得一干二净。

一块庄稼地拾捡结束后，有的拾有一大捆，用绳扎起来，背在后背；有的拾有一小抱，用手编成庄稼辫儿，放在竹篮里；有的拾有一小把，编成独角辫，攥在手中。一块地拾完了，人们忽地散开了，又忽地围向另一块即将开拾的庄稼地。

我的父母是正宗老实人，吃不上救济粮，队里分得的粮食又吃不到年底，必须拾点庄稼，挖些野菜兑着吃。他们不像有些人厚着脸皮，起早贪黑地，趁看青的不注意，摸到生产队庄稼地里抓一把，挠一把，偷一点。他们只能规规矩矩地随大溜去拾点庄稼。一年下来，一家人靠着自己的勤快，也能拾一二百斤粮食贴补着吃，缓解了粮食不够吃的困境。

拾庄稼最能看出一个人的智商。聪明的拾庄稼人，决不随流逐波。母亲经常向我传授拾庄稼的经验：捡麦穗、拾稻子，要拣小块地拾。小块地地小，目标小，拾的人少，拾的庄稼多。刨沙芋要顺着沙芋藤撵，藤儿的尽头就会扯出一个沙芋来。刨沙芋，不只是小的，有时也有大家伙。刨花生要选地的边界处，找花生的根须刨，用草爪子筑起，一般不会空手的。胡萝卜也可以刨，绿豆、黄豆，就要动手捡了……我按照母亲传授的秘诀去做，果然收获不小。

拾庄稼是有季节性的，但是农闲时我也会有收获的。社场上，高高耸起了一堆堆的花生秧，这是牛儿上好的饲料。干枯的花生秧上有时会吊着一串串小水果花生。小伙伴们散学回来，来不及放下书包，直奔社场翻找花生秧，翻着找着，半天能揪一捧水果花生。幸运的话，也能摘到几颗籽粒饱满的花生，独果子、二节果子、三节果子，剥出的花生仁送进嘴里，细嚼慢嚼，不光嘴里油油的，连胃里也油起来了。

农忙时最忙碌的地方，莫过于社场了。社员们打完庄稼，晒干扬尽，粮食进仓入库了。这时场面的裂缝里总会遗留一些豆粒、大芦粒，这些裂缝往往是人们视而不见的地方。没有事的时候，我会端着碗到队场上挑黄豆粒、大芦粒。我用小竹篾耐心地把它们一粒一粒挑出来，一上午就能挑小半碗。

细心的孩子还会发现大路的车辙里，路边的爬根草里，牛槽牛吃剩下的草渣里……这些地方都会有豆粒、麦粒的，特别是牛槽里，把牛草渣抛起来抖一抖，扬一扬，或多或少，会抖出扬出些粮食来。

深秋是属于金色的。稻子黄了，大芦黄了，黄豆黄了，田埂上的野草黄了，就连路边的树叶也黄了。未收割的庄稼地一片金黄，已收割的庄稼地灰黄一片，豆秧儿已经拖到社场上，地里只剩下一层黄豆叶儿。农民收割那些熟透的黄豆，豆荚就会迸裂，粒儿弹射出来，溅落在四处的豆叶里。我和小伙伴们扒开豆叶寻找豆粒儿。半天时间，我们每人就能拾得一大捧。

扫开一片空地，搂了一堆豆叶，用洋火点燃，豆叶燃起来了，红红的火光亮起来了，烟雾腾起来了。我们把豆粒儿倒在火里烧，用小树枝不时地摆弄着。不要多大工夫，豆粒就烧熟了。大家急忙从火堆里扒出满是黑灰的豆粒，捧在手心里，温度很高，十分烫手。这些我们都顾不了，一边用嘴吹着气散着热，一边用另一只手抛起豆粒扬着灰。黑灰没有扬尽，热度还没有散尽，我们就迫不及待地把豆粒往嘴里送。豆粒在嘴里嚼着，咬着，品着，嘴唇上、脸颊上，甚至脑门上都粘着黑灰。我们哪有闲工夫来欣赏小伙伴们包公似的黑脸，只知道吃，只能感觉出舌尖上那满满的豆香，顺着食道传送到胃里、肠道，传送到全身。这种快感只有那群饱经饥饿折磨的孩子，才会感受到的。

拾庄稼的生活很辛苦，也很快乐。儿时拾庄稼的那段岁月已经成为历史，但是现在我还会时时想起。想起它，我就会想起"粒粒皆辛苦"那古老的诗句；想起它，我就会时刻警醒自己，不要忘记一个农民儿子勤俭节约的本色。

拾 粪

　　盛夏，太阳像个大火球慢慢落入西天的洪泽湖里，最后只剩下一道长长的红飘带。晚霞越来越浓，染红了西天的云山，染红了远处的湖水，染红了湖边的草地，染红了草地上的牛羊，牧童们背着满满一粪箕子的牛粪，赶着牛羊群披着晚霞归来。他们的脸蛋也染红了……

　　初冬，天已经破晓了，东方的成子湖水天结合的地方，露出一条长长的红丝线，淡青色的天空还悬着三两颗残星，一弯残月还卧在遥远的西天。不安分的麻雀们早已在屋檐下、矮树上，叽叽喳喳地叫着喊着，在告诉你今天又是一个响晴。晓风微微地吹着，并不强劲，可挡不住冬天的寒冷，小沟、小渠里早已蒙上一层薄薄的冰。一群群农家孩子，穿着棉衣、棉鞋，戴着棉帽，背着粪箕粪勺，急匆匆奔走在大街小巷，奔走在庄前屋后的麦田草地里。他们的脖子使劲往棉袄领子里缩，双手互插在棉袄的袖筒里。

这两幅是20世纪70年代农村孩子拾粪的画面。这样的画面如今已经看不见了。现在的农家孩子一看到粪便，马上就会用手把鼻子捂起来，好像遇到瘟疫似的。要是四五十年前，"啊呀，我踩到屎了"，人们像拾到金元宝似的兴奋。那时几乎没有化肥，老农们农闲时间忙着集肥，有的把苕子、田菁等野草野菜掩埋发酵为绿肥，有的清理塘泥为肥料，有的把老墙头土运到田里做肥料，有的生产队用花生饼、黄豆饼做肥料，更多的是拾动物粪便做肥料。

瞧，聪明的庄稼人编了一个谜语："米田共一家，农民喜欢它。生活离不了，肮脏一枝花。"臭烘烘的、脏兮兮的粪便，在农民的眼中竟然成了花了。"春天粪满缸，秋天谷满仓""庄稼一枝花，全靠粪当家""庄稼要长好，粪肥离不了""庄稼行里不用问，除了人力就是粪""种地不使粪，等于瞎胡混""粪是庄稼宝，少了长不好"……这些农谚说明了粪肥对于庄稼的重要。"你看农民出门，总随手带粪筐，见粪就拣，成为习惯……知识积累，也应该有农民拣粪的劲头……"作家邓拓谈读书时说的一席话说明拾粪已经成为当时农民的自觉行为。

我小时候，经常会听到一些关于农家肥的故事。大爷爷曾经给我讲过一个笑话：一个老农正和一群老头在别人家门前聊天，正聊到高潮时，他的小便急了。于是他急忙跑去自家茅厕小便，解完小便他又跑去聊天。后来这件事被别人知道了，他笑着说："这叫肥水不流外人田"。

你可能会说：这只是个笑话而已。可是下面这些事都是我亲眼看见的。每次我父母出去前一定要到茅厕方便一下再走，从外面回来第一件事就是急着到茅厕方便。父母每次去湖里干活时都带着粪箕子。在干活儿过程中，他们难免需要大小便。如果离自家地不远，就一定会跑到自家地方便；如果离自家地远时，就找一处无人的小沟或树底草丛方便，走时用土掩埋起来，等到完工时，用粪箕拾回家倒进粪堆里。

我每次放牛、放猪的时候，母亲都要求我带着粪箕出去，回来时要拾一粪箕牛屎、猪屎回来。母亲向我传授经验：孩子，如果你在路上看到一泡屎，没带粪箕粪勺，那你就用土盖起来，回家拿粪箕来拾，不然就被别人拾去了。我是个乖孩子，母亲的教训牢记在心。

记得有一次，我在上学的路上，发现一泡热气腾腾的大牛屎，激动得差点儿跳了起来。可是我没有粪箕呀，这时我想起母亲的话，找了一片破盆碴，把牛屎扒到路边，捧上几捧泥土盖起来。放学的时候，我飞快跑回家，背来粪箕把那泡牛屎拾回来。母亲夸我会过日子。

拾粪是南徐庄大人孩子最常见的农活。那时，农村各家很少有院子，猪呀狗呀都散养，猪屎狗屎随处可见。清早、午后、傍晚，总见到老人孩子，男的女的屁股后面拖着一个粪箕子，步伐匆匆，穿梭于庄头田埂，时不时弯腰拾粪，成就了乡村一道独特的风景。我父母当然也是这风景中不可缺少的一点。

读小学二年级时，我营养不良，长得和粪箕子一样高。一天，父亲望了望我，又望了望粪箕子，然后笑了笑，神情很诡异。我当时真的很傻，不明白父亲的意思。饭后，他把我拉到面前，严肃地对我说："二子，你也不小了，能为家里干点活儿了。你明早和栓柱、黑蛋一起拾粪去。"我还没来得及分说，他已经把一套崭新的拾粪工具摆在我的面前。这时，我才恍然大悟，原来父亲望我笑，是想让我去拾粪。父亲昨天夜里熬夜编织粪箕子，是给我拾粪的。我眼前的这个粪箕子编得确实不赖，藤条编得细致密实，不大不小，比例匀称，背梁与鼻子梁粗细过度合理，筐子不深不浅。

南徐庄住的都是庄户人家，家家闲暇时间都拾粪，每家屋子外墙的橛上都挂着拾粪工具——粪箕子、粪勺子。粪箕子，一种可以斜挎在肩上的农具，形状有点像簸箕，又有点像筐子，比簸箕稍微深一些，比筐子稍微浅一点，一面敞口，是为了拾粪方便，上面编个"丁"字提梁，再在上面固定，弯成"C"字形。粪箕子一般用蜡条编成，也有用柳条编的，可以提，也可以背。粪勺子的形状像个小锄头，但比起锄子来，又短又小。它没有颈部，上端直接是嵌木的铁箍，下端是勺子的口。它的作用是将粪便挖到粪箕子里。粪箕子和粪勺组合到一起，便是一对拾粪工具。拾粪人平时把粪箕子背在肩上，粪勺放在粪箕里面，遇见粪便时就弯下腰来，放下粪箕，用粪勺把粪便挖起来，放到粪箕子里面。

父亲是个急性子，第二天一早我还在梦中，他就把我推醒，喊我起来。这时我的小伙伴栓柱、黑蛋早已站在我床前，望着我笑。哦，原来前一天晚上父亲已经安排好栓柱、黑蛋他们来逗我。我脸也没有来得及洗，就揉着惺忪的睡眼，背着粪箕子，攥着粪勺，跟着栓柱、黑蛋走。粪箕子在我们的屁股后一掼一掼的。

嗨！天还早呢，才蒙蒙亮，只能模模糊糊地看到人影。我们走进庄子里，碰到好多小伙伴，当然都是来拾粪的，"莫道君行早，更有早行人。"我原先以为我起来早得很，现在感觉我起来太迟了。

我们转了好几个村子，路跑了很多，收获却很少。我们每个人的神情都非常专注，就像是昨天掉了钱，今天起大早来找似的。每望到一泡粪便，那高兴得就像一个要饭的发现了一沓百元大钞似的。

第一天拾粪，因为我起来较晚，拾到的粪很少，栓柱、黑蛋他俩拾了小半粪箕子，而我只拾了一丁点粪，勉勉强强盖住粪箕底子。回来以后，我在我家菜地的南隅，用碎砖头围了一个圈，在圈正中用粉笔歪歪斜斜写上我的名字，我把拾来的粪倒在圈子里。父亲抚摸着我的头，望着我笑，意思是我们的二子真棒。

那时每家都有粪堆。粪堆满了后，各家用锨把粪清出来，晾干。当庄稼收割后，用布兜把粪挑到自留地里，用铁锨均匀撒开。当时看一个人家勤不勤快，主要看他家地里的粪堆大小。我的父母都很勤快，自然我家有个大粪堆。可我拾的粪是我的劳动成果，我不能与家里的粪堆混在一起呀。我把拾的粪倒进自己用砖头砌的粪堆里。

"砍柴趁早，拾粪要巧。"拾粪这种活儿，没有准头，早不得，晚不得。太早了，猪牛鸡羊还没出圈，到处瞎跑，也不见得就能拾到屎；太晚了，屎早被别人拾光了。所以拾粪要把握时机。不过，有时拾粪也是要赶早的，要是你走在别的拾粪人走过不久的路上，一般不可能有多大的收获的。

父亲的紧箍咒越念越紧，从第二天开始，他就早早地叫醒我。第三天、第四天……我一天比一天起来得早，串的庄子一天比一天多，走的路一天比一天长，拾的粪一天比一天多。

过了一段时间，我每次拾粪回来，粪箕子总是满满的。我边拾粪边反思，总结出一些规律来：人屎大多在屋后、渠边、旱沟里，猪屎、狗屎大多在屋前菜地、庄稼地，牛屎大多在路边草地，羊屎在路中间。大路上不时有牛车碾过，那牛跑着跑着，就撒下一路的牛屎。牛屎体积大，蛋糕状，上下几层，色黄，质地柔软，拾的时候，用粪勺抄底，连土带粪一锅端。一泡牛屎就有半粪箕子。羊儿也喜欢在路上拉屎。羊屎不容易拾。羊每次拉屎至少几十粒，甚至多到几百粒。羊屎极小，深黑色，晒干后活像莲蓬子。羊屎太小，尽管量大，也没有人愿意费劲去拾。猪屎、狗屎的形状与人屎相似，只是气味不如人屎臭罢了。按照规律办事，就能把事情办好，拾粪也是这样。如果可拾的动物粪便很多时，拾粪是有选择的：太稀的猪屎，会粘到粪箕上面，不拾；鸡屎量少，拾鸡屎耽误时间，不拾；羊屎像黑色小球，既干爽，又不臭，肥力好，可惜体积太小，拾起来太费事，不拾。但是正常情况下，拾粪是没有选择的，拾粪的人那么多，哪有那么多的粪拾？只能碰到粪就拾。

一年四季都可以拾粪，但我最怕冬天拾粪。冬天温度低，被窝暖烘烘的，谁愿意爬起来？如果不咬牙硬挺，是起不来的。但冬天拾粪也有好处。冬天天冷，粪上了冻，尤其是稀粪，就不那么脏了，粪勺轻轻一拨，整块粪便轻而易举地进了粪箕里，没有臭味，不粘粪箕子。

哦，我差点忘记告诉你了。每次拾回的粪便是需要分类的，人屎一堆，猪屎、狗屎、羊屎一堆，牛屎一堆，决不能混在一起。一月、两月……聚沙成丘，日积月累，我拾的粪多起来，粪堆大起来了。

在拾粪的过程中，我偶尔也做过一些不光彩的事。有时实在拾不到，我趁主人不备，在别人家的茅厕里偷过一些。我清楚地记得，有一次我偷了人家茅厕里的粪时，可是很不巧，我被主人发现了。于是，我慌乱地背起粪箕就跑，结果粪箕里稀薄的人屎流了出来，溅得我满身都是。回到家，母亲看到我浑身都是屎，狠狠地把我骂了一顿。还有一次，我的衣裳弄脏了，可是我自己不知道。我匆匆忙忙地放下粪箕，背起书包就上学。上课时，同学们看见我身上的屎，都把鼻子捂起来。这件事老师知道了，把我拽到教室外面。我着着实实在教室门口被罚站了一上午。人穷了，也就没有志气了。我经常起早空着肚子去拾粪，有时太饿了，曾经偷过人家挂在菜园上的胡萝卜，撒在地上晒着的沙芋干。每当我想起这些，我的脸都在发烧。

有人问，拾这么多的粪有什么用呢？那我告诉你，拾粪像大人干农活一样，可以挣工分。粪堆子堆大了，每家把自家拾的粪便，用筐挑到队场上缴生产队，记分员按照质与量计入工分，折算方法是：人屎二斤一分，猪屎、狗屎三斤一分，就数牛粪最低，五斤一分。一年下来，我能为家里挣二三百分，年终能为家里多挣几十斤粮食。每逢生产队分粮时，父亲看着一袋袋粮食，脸上绽开了笑容，他用那长满胡茬的嘴，在我的小脸上亲了又亲。

有时，我们这些拾粪的小孩也会搞些恶作剧，动些歪脑筋：人屎工分多，我们把狗屎掺进人屎里称；把牛屎拌上黄土，与人屎搅拌，当作人屎；挖些黄土兑到牛粪里缴……称秤的大伯是个马大哈，我们的鬼点子每每能够得逞。当他发现我们的恶作剧后，笑着说："这群小孬种，人不大，鬼点子倒不少，我倒小看他们了。以后再称粪的时候，我还要留点意。"

农家肥不仅生产队需要，学校小农场也需要。我读小学的时候，金圩小学有小农场。小农场里有一块实验田，留学生上劳动课用的。地里栽种桃树、梨树等水果树，还有白菜、萝卜等蔬菜，有时还种些小麦、大芦子这些。上劳动课时，我们在实验田里翻土、点种、除草、浇水、施肥和收割。学校每年布置给学生拾几十斤粪的任务。每当学校缴粪时，我就会挑两布兜粪便去缴。不知是挑的多，还是没有劲，从家到学校小农场也只有里把路，我一路要歇十几次。当我用自己拾的粪完成学校的任务，我内心是何等的欣喜啊。

　　每当看到队里和学校农场里的庄稼长得十分茂盛时，我总是一阵阵激动，好像这些庄稼都是因我一个人拾的粪长大的，这些都是我一个人的功劳。

　　时间过得真快，一晃几十年过去了，我慢慢长大，我的孩子也慢慢长大了，现在也没有人拾粪了，粪箕粪勺也不见了，有的被那些"好事者"收藏起来。可是我这个人，年龄大了反而没出息起来。每次看到庄稼就想到拾粪，想到粪箕子粪勺，就会勾起我对童年那段苦涩的拾粪岁月的回忆。

学锄地

　　我小时候，农田里的庄稼都长不高，倒是杂草长得挺高。暑假时间正是一年中最热的时候。这段时间气温高，雨水多，风调雨顺，庄稼疯长，野草也长得欢。庄稼地里，拉拉藤、菟丝子、马唐缠得庄稼成为一体，不分你我了。灯笼棵、野鸡冠、小飞蓬、刺儿菜填满庄稼间的空隙。在这种情况下，要想保住庄稼，必须要把杂草除去。每隔几天，父母亲都要到庄稼地里看看，杂草多了，就扛着锄子，把地锄一遍。

　　暑假，本来是学生娃疯玩的时段，可我没有享有这种优待。我学生时代，每逢暑假，父亲总会叫我和他一起去锄草，还美其名曰"劳动锻炼""体验生活"。

　　大概是我的年龄与身高到了能不吃白饭的时候了。记得，有一次，父亲把我拉到他的身边，抚摸着我的小脑瓜子，对正在一旁择菜的母亲说："孩子他妈，'一个馒头要蒸熟吃'呀，何况我们两个呢！教育孩子要严，不能宠，特别是小小子，是容易惯坏的。二子，应该能学锄地了。"母亲赞许地点了点头。

人不可貌相。你不要看父亲浓眉大眼，粗手粗脚的，他可是个细心人。每次锄地前，他都要检查一下锄头。我第一次锄草时，父亲还郑重其事地为我安了一把小锄子，小小的锄头，细细的锄柄。

我现在还清楚地记得，前一天晚上，父亲就为我安好了锄头。他找来一个小锄头，铲去上面的泥巴，磨掉上面的铁锈。选一根圆形木棒，刨光刨滑，用刀把末端削好，套上那柄略弯的扁梯状的小锄头。

说干就干，第二天吃过早饭，我拿起小锄头跟着父亲就走。我把小锄头扛在肩头，左手稳着锄柄，右手随着身体前后摆动。走在田埂上，我真像个小农民。我为自己是农民的儿子感到自豪。

我们到了大芦地，地里的大芦早就被扑面而来的密密匝匝的杂草包围，有的杂草都有一尺多高了。看了这些草，我有点发怵，害怕地挠了挠头。我握着小锄头，蜻蜓点水般轻轻挠着地。

父亲看着我锄地的动作，微笑着向我走了过来。他接过我的锄头，做着锄地的动作。他一本正经地说："锄草时，左手要握住锄柄的上方，右手要放在左手的后方。拿稳后，你要把锄头抬起来，从上往下，朝有杂草的地方锄。脚要自然地分开一点。"父亲把锄头高高地举起，重重地落下，然后往后一拉，一气呵成，一溜杂草就这样被锄了下来。

我看着父亲握着锄头锄得那样得心应手，就从他手中接过了锄头。我认真地锄了起来，可是锄子一到我的手里，就不听使唤了。

父亲接着说："锄草时，握锄柄很重要，手和手之间的距离要适当，不能太远也不能太近；握锄柄的力度要适中，这样锄起来才能得心应手；腰的弯曲程度也要适当，要与地面呈六十度到七十度角，这样锄的时间久了，腰才不疼，否则一天锄下来，你的腰就直不起来了。二子，锄地也是一门学问啊。它就像你在学校学习的语文算术一样，要勤动脑筋，要不断练习，熟练了才能生巧啊。"

他向我瞟了一眼，一边做着动作，一边接着说："锄草不能乱来，也是有讲究的。双手要相向握住锄头，让锄头与身体保持平行。锄草时，双腿要微屈，身体要微侧，右倾。锄草时身体各部分要协调用力。"

我照着父亲说的方法用心揣摩，拿着锄头练习了几遍，锄起地来，动作果然轻便了许多。

我和父亲并行往前锄着地，父亲锄得比我的地宽很多，我只锄了窄窄的一小溜。我锄了一会儿，就满头大汗了。我的体力渐渐削弱了，锄草的速度明显减慢了很多。

父亲看我累了，望我笑了笑，说："累了吧？停下来歇会儿吧。"

父亲利用休息的工夫，为我上了一堂劳动课。他告诉我：锄草对象不同，锄草方法不同。大芦子苗期锄草要用大锄子，长高后锄草要用小锄子。花生根系庞大，枝叶紧密相连，几乎没有空地，锄头无处落身。锄草时不能用锄头，应该用手拔草。锄沙芋，要顺着栽插的方向锄，如果倒着锄就会把沙芋藤锄死锄翻。沙芋满沟时，除草就不能用锄头了，要用手薅了……父亲不愧是好农家，对每种农作物的锄草方法说得有条有理。

我这时觉得锄农作物里的草，不应该叫"锄草"，而应该叫"除草"。因为锄草不全都是用锄头，有时还要用手拔，用"除草"更准确些。

父亲还说："锄地不只是除草，还有松土的作用。""隔行如隔山"，与父亲相比，我就是一个农盲。

歇了一会儿，我们又拿起锄子继续锄草。父亲帮我带了不少。父亲锄地时，我用眼睛瞟了一下，只见父亲每锄一下，都要弯下腰来，把杂草捡起来，在锄柄上磕掉泥土，再扔到田埂上。

我好奇地问父亲为什么要这样做，父亲轻声慢语地说："斩草要除根呀。锄草时如果不把草根拔出来，草还会再长起来的。"

哦，我明白了"斩草除根"的道理。接下来我锄草时，也像父亲那样把草根拔干净了。

恰巧，夜里下了一场暴雨。雨后，我和父亲扛起锄子，又去锄昨天剩下的地。我发现：我昨日锄得那一溜大芦地里的野草，有的又活了过来，而父亲锄的地没有一根杂草。我不得不叹服父亲的劳动经验。

俗话说："三百六十行，行行出状元。"父亲靠自己对土地的热爱，靠自己对农活的执着，摸索出许多农业生产知识。我不禁对父亲产生了由衷的敬意。

虽然我家已经很多年不种地了，但是父亲教我锄田的情景不时地浮现在我的眼前。

收麦子

我小时候，老家人爱把收麦那段日子叫作"麦口"，收麦就是农民的一道关口。

你设想一下，一个生产队一大片麦地，那时没有收割机、拖拉机，全靠小刀割，肩头挑，脊背背，大车拉，把几百亩麦子弄到场上。一个麦口下来，每个社员身上都要掉下十几斤肉，像生了一场大病似的，如同过关。

"小满三天遍地黄，小满十天吃枯粮"，故乡靠近大湖，庄稼熟得快，小满过后，岗上的麦子已经黄了。湖里，抬眼望去，尽是一片金黄色的麦海。初夏的风儿一吹，涌起了一拨又一拨的金色麦浪。

队里的社员早已把镰刀磨快，扁担、布兜、绳索找出来，做好收麦的准备。

俗话说："麦熟一晌，蚕老一时"。故乡爱刮南风。火辣辣的南风一吹，麦子熟得更快了。小满刚过，性急的生产队已经下湖割麦子了。昨晚乘凉，毛胡子队长在南徐庄的大柳树下召开了麦收动员会，布置明天的收麦任务。

第二天早晨，父亲早早地就从床上爬起来，准备好了镰刀。他拉着正在烧水的母亲的手，语重心长地说："他妈，学校放麦假了，二子今天不上课了，让他吃过早饭也跟大伙下湖割麦，去队里锻炼锻炼，顺便也能挣点工分。"

父亲的话掷地有声，似乎没有半点商量的余地。作为一个老农，几十年的生产经验告诉他：每到麦口时，经常出现阴雨天气。雨后，到处是烂泥，麦地里人下不了脚，割过的麦个子也弄不出来。如果雨过天晴还好说，假如碰到连阴天，那就麻烦了，队里的麦子就会发霉生芽了。收麦要抢时间，越快越好。麦口就是这样：多了一个人，大伙就轻快一些。

他拿起一把镰刀，用手指在刀口上荡了荡，回过头来接着说："古语说：'黄金铺地，老少弯腰'，多一人多一分力量。明天叫二子去学学割麦，十几岁的人了，老大不小了，不能只知道吃饭。"

母亲的脸上看不出丝毫的表情，只是一个劲地点头："他大（爸），你怎说怎好，随你。"

那可是我第一次去割麦子呀，那时是小学三四年级，也只有十一二岁的年纪。

那天吃过早饭，我就戴着斗篷，掮着镰刀，跟着父母和社员们一起去西湖割麦子。

此时，虽然是早晨，阳光已经很毒，热浪袭人。我们到湖里时，各个生产队的麦地里早已散满了割麦人，人头攒动。"麦收无大小"，割麦的有大人，有孩子，有老人。

往麦地望去，一把把镰刀在金色的麦海里欢快地舞蹈，一排排麦秆随着镰刀的起起伏伏不断地倒下。

我望着脚下，路埂上的萹秧吹起了一朵朵粉红色的小喇叭，弯弯曲曲的茎须缠绕在沉甸甸的麦穗上，蒲公英绿绿的叶柄托着金黄的花，刺儿菜的花也凋谢了，剩下几片黄叶和高高擎起的茎秆……我陶醉在这初夏麦海的景致里了。

"怎么了，二子，你怎么发呆？割麦子呀！"父亲喊了一句，把我的思绪从沉醉中拉了回来。

"麦子怎么割呀？我还不会呢。"我有点手足无措。

"不会学吗，哪有天生就会的。就像你在学校跟先生学认字一样，你要跟先生学呀。今天，我来教你割麦。"父亲微笑着说。

我结结巴巴地说："这，这，这……"

"这，这什么，我又不是教你识字。我教你干活儿还不行？来，来，我来教你割麦。"

父亲笑着向我走过来。他左手从我手里接过镰刀，右手拢着麦子，手把手地教我。

这时，父亲脸上的笑容消失了，逐渐严肃起来："其实呀，割麦也不是难事，只要你认真学，就能学好的。"

他一边说着话，一边认真地做着动作："割麦时，你的腰不能站直，要猫下腰来才行，左腿要前倾，右腿要后撤，左手拢麦子，右手伸出镰刀。伸出镰刀时，要紧贴地皮，注意用力均匀，力不能太大，当然也不能太小。"

我听着父亲的话，揣摩割麦的动作要领。我从父亲的手里接过镰刀，来回练习了几下。我觉得我已经学会了割麦。

小孩子，毕竟是小孩子，开始的时候，我心太急了，有贪多求快的心理。我手里一下子拢了很多麦子，结果割不下来，需要好几刀才能割完。有的即使割完了，也留下了很高的麦茬儿。我心里想快，结果不是快，反而很慢。折腾了几分钟，我已经很累了。

父亲连忙丢下手中的镰刀再次跑了过来，指导一番。我耐心地听着。

这次，我牢牢记住父亲的话。我用一只手薅住密实的麦子，一只手握着镰刀，刀紧贴地皮。那只握刀把的手臂向后猛拽着，麦子便在我的镰刀下一行行地倒下了。

我不急不躁，从右往左，一把一把地割。不一会儿，我就割了一大片。父亲望着我割下的麦子，满意地点了点头。

老天爷分明跟我较起劲来，天闷得很，让我受不了了。麦田里吹出来的热风，热得令人窒息。太阳像个火球，烧在脸上，灼热难忍。

毕竟这是我第一次割麦。渐渐地，我的腰弯得酸痛了，手掌上磨出了血泡。我的姿势由弯变为蹲，最后变为坐。我的身上被麦芒刺得浑身痒痒，生出了许多小红疙瘩，顺着脸颊淌下来的汗水也把我的眼睛迷住了。

趁着擦汗的工夫，我抬头一望，啊呀！父亲把我甩下了好大一截，社员们也都把我甩得远远的，就连我的小伙伴都在我的前头呢。这时，我的自尊心受到了打击，有被羞辱的感觉。

我赶紧弯下腰，咬紧牙关，拼命地挥动镰刀继续往前赶。虽然我热得汗流浃背，累得气喘吁吁，也不敢歇一歇。

父亲似乎看透了我的心思，便回头笑着说："二子，不要慌，你慢点割就好了。"他回过头来，帮我割了很多。

我站了起来，挺直了腰杆歇息了一下，喘了一口气。"坚持到底就是胜利。"我心中默念道。我又弯下腰来，咬着牙坚持着，腰腿疼得也不厉害了，慢慢地，我就习惯了。身后倒下的一铺一铺的麦子让我好开心。

我割了有两三个小时，毛胡子队长从我身旁走过。他看我累了，叫我和几个小孩子去捆麦个子。毛胡子队长向我示范捆小麦的动作要领。我学着毛胡子队长那样，拿麦秸的穗头打个节做成绕子。我把绕子平铺放在地上，把一堆小麦抱上去放好，再拿起绕子勒紧，慢慢绞几下把绕子塞进麦秸里。这样一个麦个子就捆好了。我练习几次，捆麦个子的速度加快了。我和小伙伴们捆了个把小时，就把地上割过的麦子捆完了。

捆完小麦，这时我才感觉我的膀子隐隐地痛，原来我的手臂被麦芒划出了一道道血印，经汗水一泡，好像盐水煮过一样难受。但是我仍然很高兴，因为我学会了捆麦个子的技术。

麦子捆完了，大人们还在割麦子呢，我们小孩子又把捆好的麦个子背到路边，码在大车上。

收工时，社员们一起装好大车，拴紧了绳索，驾好了车辕，套上了老牛。我们小孩子沿着牛背爬上了车辕，爬到高高的大车顶上，坐着的，卧着的，躺着的，仰望着蓝天白云，倾听着百灵云雀唱歌。

车把式老孙头坐在车把上，甩起长鞭"劈啊，劈啊"直响，随着"驾，驾"的吆喝声，随着"叮叮当当"的牛铃声，老牛奋起四蹄，朝着队场奔去。我们的心里乐开了花。

割麦的生活已经过去几十年了，但几十年的时间冲淡不了那段割麦的记忆。

打麦子

　　我小时候，麦口是社员们最忙的时刻，抢收抢种，老人说"黄金下地，老少弯腰"。

　　地里麦子一割完，就运到社场上了。天气放晴，生产队长就召集社员打麦子。打麦子时需要人多，全队男男女女、老老少少都要到社场上忙活。

　　我的老家金圩，是洪泽湖畔的一个村子，属于长江中下游平原。因为靠近大湖，庄稼常年受湖风吹拂，水汽浸润，成熟时间要比别的地方提前很多。每年端午前后，我们老家的麦子就熟了。湖沿上的岗地，到处是黄澄澄一片。

　　每年麦口前，队长都要安排人摁场。憨子哥带几个大力士挑着水桶，从队场后边的灌溉渠里挑来一担担水，把麦场泼遍、泼匀、浇透。待晒成半干后，他们再翻土整平，撒些麦糠。趁着土尚带着潮气，麻叔几个老头子，赶着黄牛，拉着碌碡，喊着号子，碾压场面。碌碡在场面上滚来滚去，把场面碾压得坚硬、光滑。麻叔的老儿子牛牛伙同几个半大小子光着背，赤着脚，在大人一旁闹着，玩着，在碾好的麦场上快活地跑来跑去。

　　收麦了，一大车一大车的小麦拉到了麦场上。场上堆成了一座又一座麦山。一座座麦山连成了一道道绵延不断的麦子屏障。我们这些小孩在麦山上比赛爬山。你看，黑蛋从麦山顶上摔下来，屁股跌得生疼，也顾不上，爬起来继续爬，决不认输。

　　那时，农民靠广播的天气预报安排农活。天放晴了，毛胡子队长召集社员放麦打场。

　　听到了毛胡子队长大喇叭里传出"同志们，马上到麦场打麦！同志们，马上到麦场打麦"一声声的吆喝，社员们快速跑到社场上。男人们赤膊上阵，中老年妇女们穿着短裤短裤，大姑娘、小媳妇套着长裤长褂，一个个拿起农具就干了起来。就连平时大门不出二门不迈的蛮奶奶，也挪着小脚赶到场上，手里也摸起了一把草杈。就数三叔家的小六子，作为一个小小子，最不要脸了，光着个大屁股，像个跟屁虫，跟在大人后面，跑到人群里扭来扭去。

　　说干就干，大家竭其所能。黑子他们不愧是小伙子，爬到高高的麦山顶上，袒胸露乳，大秀肌肉，挥舞着木杈，把麦秸从麦山上往下挑；栓柱哥他们拿起钉耙把麦秸从麦山上往下拽；几个"豆腐西施"妇女来个小配合，把几把木杈并在一起，齐喊着号子，将拽下的麦秸往前推。二丫头她们几个大姑娘，拖着装满麦秸的弓网，像燕子似的来回地"飞"。她们的独角辫子像蝴蝶似的随着身体忽前忽后地舞动。

"人心齐，泰山移。"很快，麦山被"挖掉"了一座、两座；麦场上，布满了一点一点被拨散开来的麦秸。后庄的跷腰爷爷、前庄的瘪嘴奶奶，都七十多岁了，也不服老，和小年轻比个高低，拿起木叉，从麦场边缘把推送来的麦秸不停地抖动，散匀。

不久，麦场上的那些麦秸都被抖动开来。麦子一会儿就放完了，社员们又去干别的农活了。

接下来，这些麦秸可受罪了，它们要经受着烈日的曝晒。孩子们可不怕晒，他们在这些新翻的、松软的麦秸上不停地比赛翻跟头。

太阳越升越高，阳光越来越毒，麦秸被烤得发白，发亮。将近中午，该翻场了。毛胡子队长拖长声音，吆喝着："翻场了！""翻场了！"社员们听到队长的吆喝声，立马丢下手中的农活，从田间地头陆续跑到场上翻场。人们用木杈挑弄着、翻弄着，匀散着，从不同的角落往麦场中心翻去。麦子经过抖动，又直立起来了。阳光施展着淫威，曝晒着农人们黝黑的脊背，曝晒着刚刚翻起的麦秸。

正午阳光毒辣，曝晒后的麦秸又焦又脆，到了碾场时候了。憨子领着一帮人牵着牲口，拉着碌碡，在厚厚的麦子上一圈圈儿地走，先前翻场的那些人找阴凉地聊天说笑去了。

打场人顶着火辣辣的太阳，牵着长长的牛绳赶着牛碾场。

他们与老牛一道慢慢腾腾地一圈一圈转个没完。一圈，一圈，又一圈，麦秸碾压的时间长了，麦粒自然就从麦糠脱离下来。曝晒下的麦秸在碌碡的碾压下噼啪直响，人们吆喝牲口声、哼小调声、说笑声，在麦场上空荡漾。

碾场一结束，憨子他们寻阴凉地里歇凉，毛胡子队长招呼坐在树荫下的社员拿木杈去翻场。社员们把碾过麦粒的麦秸用木杈轻轻挑起，翻起立着。麦秸底下盖着一层厚厚的掺杂着麦糠的麦粒。

翻场结束后，麦秸又曝晒一会儿，憨子那帮打场人，再用滚子碾压一遍。碾压了一会儿，麦秸上的麦粒儿就掉得差不多了。

麦秸碾压好了，这时就可以起场了。头戴草帽的女人和光着背的男人拿着草杈，在忙碌地翻动着碾过的麦秆儿，嘴里不停地说着笑着，脸上溢满了笑容。大家一起动手，抖去麦穰上的粒儿，用木杈挑出秸穰，再用木箔搂出穗秆，把麦秸叉到弓网里，拖到场边堆起来。这样剩下的便是麦粒、麦糠和碎叶杂物。孩子们光着嫩嫩的脚丫，在黄灿灿的麦粒上跑来跑去，脚丫上粘满麦子上的黑灰。

起场后，妇女们用扫帚荡去麦粒上的杂物。男人们用木锨推，用摊木往前摊，用"刮板"拉，拢集成堆，像小山一样的麦堆子立在麦场上。

堆起来的麦摊子，像一条条长龙。根据场面的大小和扬场的方便，一块场，常常可以打三四个麦摊子。摊子的走向，最好能同风向呈垂直关系。我们当地经常刮东南风、西南风。

　　麦摊子打好后，就要扬场了。扬场是需要风的。扬场一般都是由有经验的有气力的壮年人干的。不用说，我爸爸就是其中的一个最好的扬手。

　　扬头一遍场常用木杈扬。晚上月光下，爸爸头戴斗笠，手握木杈，看准风向，从一侧铲起掺杂麦糠麦余头的麦粒，迎风扬撒到空中。这样，糠壳杂物随风飘到一旁，麦粒在空中撒成弯弓形，"哗哗"地落在麦堆上，落在扬场人斗笠上的，发出"啪啦，啪啦"的响声。随着不断地扬场，麦堆也在不断地扩大。注意，扬头一遍场时，麦糠较多，灰尘较多，扬场人一定要戴上草帽的。

　　场扬第一遍结束，麦粒干净了不少，但还有一些带壳的麦粒。这些带壳的麦粒，老家人叫麦余头。场扬第二遍时，扬场工具要把木杈换成木锨。扬场时，双手要握住木锨，扬起麦粒，但不要将麦籽撒得太高。

　　扬场时，一人扬场，一人荡场。扬场的大多是男人，荡场的大多是女人。当然了，我父亲扬场时，荡场的往往是我母亲。母亲戴着草帽，拿着大扫帚在隆起的麦堆上，用扫帚尖反复轻拂，把遗落的麦糠、碎麦秸清扫出去，将麦余头和麦籽粒分开。母亲扫着麦余头，不紧不慢，不声不响。麦粒儿雨点一样打在她身上，再落到场上，溅落得很远很远。

　　当麦粒儿飞溅起来那一瞬间，我们小孩子迅速地钻进去，又钻出来，麦粒儿噼里啪啦地打在我们的头上、脸上、衣服里。虽然麦粒打得我们生疼，但是我们每个人像一个个战士一样勇敢无畏，一往无前。

扬完麦子，社员们用笆斗把麦子倒进队里的麦囤子里，然后用塑料布覆盖起来，防止下雨。孩子们在那些又圆又高的麦囤间穿梭玩耍，在那柔软的麦糠上蹦蹦跳跳。孩子们尽情地玩着、耍着，打麦场是他们的娱乐园。

晚饭后，男人们夹着被单，扛着芦席，来到麦场看场。初夏之夜，凉风习习、繁星点点，月亮闪烁着清幽的光。空旷寂静的麦场，四周是连绵起伏的小山一样的麦穰子，中间屹立着一座座金字塔似的麦囤子。

小丫头在麦囤子之间捉迷藏，小小子在麦场的空地处，玩赶月亮的游戏。大人们在远离麦囤子的场面上抽烟聊天，谈论着今年小麦的收成。孩子们玩累了，玩困了，靠在麦囤上，倚在麦穰上睡着了。不知不觉，将近半夜，爸爸妈妈们聊天结束了，困意上来了，才想起来去找自家的孩子，匆忙中背着抱着酣睡的孩子回家。

麦子虽然上了囤子，但还没有干透，这样到了阴雨天还会回潮的。等到天气晴好的日子，队长安排部分社员，打开麦囤，把麦子摊撒在麦场上，趁着暴太阳，晒上它几天。等到小麦完全晒干了，再次将麦子装进折子里，盖好麦囤，确保麦子完好无损，颗粒归仓。

过了一段时间，选一个吉祥的日子，队长带着几个壮小伙，赶着牛车，拖着一车车麦子，大车上插着一面面红旗，上公社交公粮。路上，牛儿时不时"哞哞"地叫着，牛铃"叮叮叮叮"地响着，大家笑声不断，歌声不断。

交完公粮，生产队留下部分麦子做籽种，剩下的麦子全部分给各家作为口粮。此后的几天里，家家户户的饭桌上，躺着一个个白馍；孩子们的手中，攥着一个个小麦馒头。

我刚才说的是 20 世纪 70 年代发生的事了。到了 20 世纪 80 年代以后，农村实行了家庭联产承包责任制，土地包干到户了，情况就大不一样了。各家各户自收、自种、自打麦子，再也用不上队场那么大的场面做打麦场了。再过几年，能合得来的几家农户凑钱合买了一台脱粒机，用机器脱粒，既省事，又省力。近年来，联合收割机直接开到麦地，收割、脱粒、拖拉，一条龙服务。现在，我再也看不到像生产队那样"大兵团作战"般打麦场的劳动场景了。但队场打麦是这段记忆中一道最美的风景。

割稻子

不知不觉中，我的童年一晃没了，故乡的大集体生活随之结束了。到 20 世纪 80 年代初期，随着年龄的增长，我的体重增加了，我的个子也增高了不少。我摇身一变，由一名初中生变成了师范生。南徐庄的土地经营来了个底朝天，开始大包干，不久分了组，最后来了个家庭联产承包，分到每家每户。

那时，哥哥分家单过，肩上的担子超负荷。他已经是三个孩子的父亲，为五口之家忙碌奔波。父亲、母亲、我组成了一个新的小家。队里分地，我家分了五亩多，水田就有四亩来地，全种水稻。水稻忙人，父母早过知天命的年龄，干起活儿来自然力不从心。"邻居好，赛金宝"，门旁的邻居"豆腐西施"、毛胡队长，帮我父母干了不少农活。

　　秋假正是一年中最忙的时候，我从师范回家，帮衬父母收稻子。到了稻子飘香的时候，父亲不知到我家的稻田转了多少回，瞧瞧稻子是否成熟。等到稻子一成熟，父亲就召集一家人去西湖底割稻子。

　　下弦月还挂在西天，屋外是一片隐隐约约的暗影，父亲早已起床，磨好镰刀，找好绳索、布兜，拾掇平车。母亲在锅屋里锅上锅下，摸摸索索地忙着做饭。她贴了一锅死面饼，烧了一锅米茶，灌在塑料桶里带到湖底。我们草草了了地扒两碗饭，把镰刀、绳索、布兜撂到车厢里，拖着平车就往湖里走去。

　　时值金秋，天高云淡，白云丝带般悠悠飘荡。我拖着平车行走在灰黄的泥路上，两旁树木的叶子、野草都黄了，只有野胡萝卜、野芫荽、委陵菜展示着自己绿色的生命，打碗花三朵两朵的粉红，点缀在一簇簇的野草丛中。

　　走进西湖底，走进飘香的金秋，一眼望去，尽是金色。一块块稻子都成熟了，铺在田里，挤挤挨挨，都弯下了腰。在秋风的吹拂下，沉甸甸的稻穗一起一伏，欢迎着农人们的到来。

　　"黄金铺地，老少弯腰"是形容麦口的，其实秋天收稻子的忙碌一点也不逊于麦口。稻地里，男男女女、老老少少，不停地挥舞着镰刀。一片片稻子在农人的汗水中倒下。

　　父亲把平车安顿在路边，拿出镰刀止准备割稻子，可是稻地里有不少积水，人踩到泥地上，脚下就"咕嘟""咕嘟"冒着气泡。父亲系牢鞋带，小心地下了地。我和母亲也像父亲一样，把鞋带系牢，下了田。

父亲握着镰刀"嚓，嚓"地割起稻子，母亲也割了起来。只见他们叉开双腿，右手紧握镰刀，左手拢着稻子，"唰唰唰"，镰刀从左往右用力一划，一排稻子立刻倒下。一袋烟工夫，他们就割了一大片稻子。他们把稻子抱到田埂上，整整齐齐地铺在地面上。

我也像父母那样拿起镰刀，弯下腰，左手紧抓一把稻秆，右手紧握镰刀的柄，就向稻子的根部用力砍去。

这时，母亲连忙放下镰刀，赶紧走了过来，指着我的袖子说："二子，割稻子时要把衣袖、裤脚扎起来。要不，稻叶会把你的胳膊与腿拉破的，汗水一泡又痒又疼，你就受不了。割稻子要这样。"接着，她又为我做了一个示范，"割稻子时要悠着点，不是砍，要割。"母亲边说边割，动作是那么娴熟，那么连贯。不一会儿，一长条稻子就被她"消灭"了。

我按母亲教我的方法，弓着身子，左手拢稻秆，右手握镰刀，伸过去。"咔嚓""咔嚓"，稻秆倒了下去。我也像父母那样把割好的稻秆放在田埂上，再继续前进。

干了半个小时，我累得气喘吁吁，大汗淋漓了，手掌上起了血泡。看来做什么事情都不容易啊！我停下来歇了歇，"咕噜""咕噜"喝了几口凉米茶，又继续割。

可我怎么也割不快，母亲把我甩得很远很远。母亲看了看我，远远地喊："快点哪，二子。"

"二婶，你看看，你看看，我们的二子，到底是大学生，天生就不是干活儿的料。"邻地传来银铃般的乐音。哦，这声音来自我的堂嫂"豆腐西施"的嗓子里。她天生就是个热心肠，迅速跑到我身边，甩起镰刀"唰唰唰"，几下子就把我拉下的大片稻子割了。她又和我并排割了一气，笑着说："二子，干活不容易吧，以后要好好读书呀。"我感激地点了点头。"豆腐西施"又回到自家的稻地割稻子去了。

由于"豆腐西施"的帮忙，我在不知不觉中赶上母亲。这回母亲帮我割了一大半边，只留一小半让我割。割了两三小时了，母亲没有丝毫劳累的感觉。她继续挥着镰刀，使劲割着稻子。到了正午，我累得实在不行了，腰酸酸的，背几乎直不起来了。母亲对我说："歇歇吧，先喝点米茶，吃几口死面饼，再割吧。"

我没精打采地跑到平车旁，喝点茶，吃点饼。父亲和母亲也坐到路埂上，喝起茶吃起饼来。歇一会儿，父亲说："二子，吃过饭你不要割稻子了，就去捆稻子吧。我和你妈割。"

歇了一会儿，父亲和母亲去割稻子了。我去捆稻子了，可是我只捆过麦子呀，哪天捆过稻子呢？我站在稻地发起愁来。

这时正在捆稻子的毛胡子队长走了过来："哎呀呀，你这什么大学生呀，连捆稻子都不会。你看你什么记性，上次我不是教你捆麦子了吗？捆稻子与捆麦子的道理是一样的。"

说着，他拿起稻子，打起绕子，就捆起稻子来。他说起来，是那么轻而易举，做起来，自然是那么行如流水。

我学着毛胡子队长那样，拿稻子打个节做成绕子。我把绕子平铺放在地上，把一堆稻子抱上去放好，再拿起绕子勒紧，慢慢绞几下把绕子塞进稻秸里。这样一个稻个子就捆好了。

毛胡子队长看我捆的动作笑了笑："看来我们的二子不愧是大学生，学起东西真快，真是装龙像龙，装虎像虎呀。"我捆了几个，捆稻的速度自然快了很多。毛胡子队长满意地走了。我捆了两个小时，把地上割过的稻子捆完了。

捆完了稻子，我把稻捆挑到路上。此时，夕阳下山，我赤着脚挑着沉甸甸的稻捆，扁担颤悠悠的。我在窄小的田埂上慢慢地挪着，身子摇摇摆摆的，有几次差点跌进稻田里。

看我摇摇晃晃的样子，母亲"扑哧"笑了起来，父亲笑得没有顾忌，笑得弯下腰来。

我挑了一会儿稻子再去歇会儿，歇了一会儿再去挑。等到父母亲割完了稻子，我已经把稻子都捆好，挑到路上平车边了。太阳已经落山了，把最后一束光藏到地底下了。

父母亲把镰刀和手中的稻子抱到路边，开始装车了。为了多拉些稻子，父亲把平车四面用细木棍绑成一个国字形的大架子，便于堆放稻个子。我和母亲把稻个子一捆一捆地往平车上递，父亲站在平车上认认真真地码着稻个子。码稻个子也是技术活，如果码得不牢稳，行走时路上稍稍一颠簸，稻个子就会掉下平车，甚至整车翻倒在地。

一平车的稻子装好、系牢了，我们就往自家场上拉。我双手紧握车把，驾稳车身。为了便于拉车，车前的横木上系着一根长长的麻绳。父亲的肩上紧紧拉着长长的麻绳，使出全身力气，拼命地往前挣。母亲吃力地在车后推着车。

　　我们到了自家场上，卸下稻子，码好稻个子。我们回到家时，夜幕早已降临，繁星满天了。母亲站到锅前做饭，父亲坐在灶后烧火，我拖着疲惫的身躯早已"呼呼"大睡了。

　　收稻子是辛苦的，干农活是辛苦的，做农民是辛苦的。当然了，没有经过劳动，怎能收获稻子，收获劳动果实。一次次的劳动，让我真正明白了"谁知盘中餐，粒粒皆辛苦"的含义。

　　十几年前，家乡人有了小型收割机。近年来，家乡人又买了联合收割机，再没有人拿镰刀去割稻子了。

打稻子

由一滴水可见大海，由一片树叶可见森林。1980 年前后，南徐庄像其他村庄一样，生产队解体了，实行了大包干。不久，大包干解散了，土地分到了生产组。不久，生产组也散了，土地分到每家每户了。

在生产队时，秋天收稻子，社员们把稻子拖到大社场上，全队男男女女、老老少少都到社场上忙场。土地分到户后，社场也分到户了。原来的大社场变成了和尚的百衲衣了，一家一小块一小块的。原先"大兵团作战"的打稻壮观场面不见了，只能看见小家小户打稻子的"单兵作战"。不过，如果把生产队打稻场面比作合奏乐队的话，那么每家每户打稻就成了独奏曲；如果把生产队打稻场面比作合唱的话，那么每家每户打稻就成了独唱。合奏、合唱是气势磅礴的美，那么独奏、独唱则是小巧玲珑的美。

我和父亲、母亲把稻子拖到打稻场上，先堆到场的一角。南徐庄各家都把稻秸堆在自家的稻场上。等到秋收结束、天气晴好时，准备打场。

深秋，天空瓦蓝瓦蓝的。透亮澄明的半空中，不时有大雁排成"人"字形或"一"字形，向天边慢慢飞去。天底下，一片勃勃生机。远处的槐树林，传来一阵阵斑鸠"咕——咕咕——咕咕"的叫声。村头的小池塘，鹅儿、鸭儿快活地游来游去。村前的几棵柿子树，柿子们仿佛喝醉了酒，像火一样红，卧在枝头。啊呀，真是难得的好天！父亲搂不住性子，吆喝着家人打稻子。

父亲比太阳起得还早，牵着黄犍牛拉着石磙子"唧唧扭扭"在场上转着圈儿，把场面碾了一遍又一遍。他甩起大扫帚去扫场面上的浮物，让场面得到充分晾晒。

父亲囫囵地吃了早饭，领着家人就去放场。父亲说："今年我家稻子收得多，一场打不了，就做两场吧。"他话还没有说完，就摸起扫帚把场面打扫干净，以免有碎石碎渣混入稻粒里面。母亲说："这有什么商量的，你说怎样就怎样，一场也好，两场也中。"

可能是今天天气好，庄子上各家都到稻场上打稻子。毛胡子队长、黑蛋他爹、"豆腐西施"男劳力，他们早已到了稻场上放场、晒场，忙活开了。

我家放场了，我爬上稻垛上，用三杈叉起稻个子往场上撂，母亲把稻个子拖到场面各处散，拿着镰刀把稻个子的绕子割断。父亲握着三杈把稻个子挑散，让稻秸均匀松软地抖在地上。我们紧张而又忙碌。

我把稻垛拆散了，母亲把稻个子散匀了，父亲的稻秸也抖好了。散完场，父亲自言自语地说："放场的时候，稻秸不能铺得太厚，也不能太薄；太厚了，碾压的时候，碾压不干净，浪费稻子；太薄了，又容易把稻粒碾碎。"不到一个钟头，我们就把场面放好了，让稻子在强烈的阳光下曝晒。

秋天是属于黄色的，树林里的树叶黄了，路边的野草黄了，湖里的庄稼黄了。金灿灿的秋阳暖暖地照着金黄的稻秸。淡淡的稻香，飘散在金色的打稻场上。

午后，稻秸晒干了。父亲披着淡黄色的秃膀褂子，敞开胸脯。他又牵着犍牛，拉着石磙子在场上转着圈儿，碾压着稻秸。石磙子"唧唧扭扭"，唱着单调的歌，一圈又一圈，均匀有序，把打稻场碾压个够。这样，石磙子碾压的时间长了，稻粒自然就脱离下来。

此时，社场上的庄户人家都在碾场。毛胡子队长、黑蛋他爹、"豆腐西施"的男将"老夜摸子"，都套着牛，拉着石磙子碾着场。栓子一边打着场，一边哼着小调。老疤叔还不时喊几嗓子劳动号子。

等到稻场碾压一遍，我和母亲拿起三杈赶紧把稻场翻了一遍。稻秸经石磙子碾压过后，上面的一部分稻粒已经脱落，而底下的稻粒却依然附在稻秆上。碾压过的稻草，杂叶、碎片很多，翻动稻草时不能幅度太大，否则会扬得满身都是灰尘，又痒又扎。我们把稻场翻匀，翻透。各家也都翻场了，场上腾起一阵阵灰雾。

翻过稻场后，再让稻秸晒了一会儿。父亲又套上牛拉着石磙子碾压一遍。各家的石磙子一个个都转了起来。稻子碾压好后，父亲去阴凉地歇一会儿，我和母亲用木杈挑起稻秸，抖去上面的稻粒，把稻草堆在场的一角上。

堆好了稻草，母亲用扫帚荡去稻粒上的杂草枯叶，我用摊木把稻粒全部拢堆，推在场面中心。这时，场上其他人家也都把稻粒拢成堆了，都在等着大风到来扬场。

起风了，父亲头戴大斗笠，手握木锨，铲起一锨锨稻粒，尽力往远处抛去。稻粒迎风扬向空中，哗哗地落在稻堆上，落在父亲的斗笠上。稻堆在不断地扩大，糠壳杂物随风飘到另一旁。

母亲在荡着场。她戴着草帽，揹着大扫帚，在稻堆上轻轻地荡来荡去，把遗落的稻糠、碎稻秸清扫出去，将稻粒和杂物分开。稻粒儿不停地打落在母亲的草帽上，打落在母亲的身上，溅落到稻场上。

各家都扬场了，男人们手握木锨扬场，女人们手揹扫帚荡着场，孩子们手里攥着摊木推稻子。

扬完稻子，我们把稻子装进麻袋里。这时，不知什么时候，天黑了下来，上弦月已经挂在天上，我们用平车把装满稻子的麻袋拖回家。只要再晒两次太阳，就可以囤到稻折了了。

第二天，各家又去打了一天稻子。当然了，大家又重复着昨天的故事。

　　打了几天的稻子，家家都累得筋疲力尽，但是大家都很开心，因为有了这一囤囤的稻子，每个人的心就踏实多了。

　　有时，我静下心来，仔细想想：其实，人生就像一面打稻场，经过刻骨的碾压，才能收获沉甸甸的人生！

豆腐西施

我们南徐庄上，那个被叫作"豆腐西施"的女人，就是我的堂嫂。她姓周，叫什么名字我就不知道了。她的丈夫是我大伯的儿子。她和我家同住在一个大院子里。那时候，堂嫂有三十多岁，一头乌发从双肩挂下来，犹如瀑布一般。细高的个儿，亭亭玉立，套着一身浅绿色印着淡淡紫花的裤褂。她又白又红的圆脸蛋上，嵌着一对黑亮的大眼睛，卧着两条弯弯的柳叶眉，真是一个活脱脱的美人坯子。因为她家做豆腐卖，在公社读高中的小田，从他看过的鲁迅小说《故乡》里为她起一个好听的绰号"豆腐西施"。

每天早晨，堂嫂总是挑着豆腐到四邻八庄去卖。她那姣好的身材吸引了众多粉丝，她那甜甜的"卖豆腐喽"的嗓音，迷倒许多庄稼汉，因而她的豆腐很畅销，几个庄子跑过，豆腐就卖完了。

我家与堂嫂家门挨着门，堂嫂那么漂亮，我打心里喜欢她。我经常跑到她家玩。时间长了，我们成了朋友。一天，她对我说："二子，我出个谜语，你猜猜看是什么？'兄弟几个围山转，千里万里路不远；雷声隆隆不下雨，雪花飘飘天不寒。'"

我猜了半天也没有猜出来。堂嫂指着磨坊里的物件提醒我说："屋里的，石头做的。"我望了望，突然想到了……我说："石磨。"

堂嫂用她那纤纤白玉似的手，抚摸着我的小脑瓜子，眯着眼睛，微笑着说："还是二子脑瓜灵，一猜就中！"

石磨，对于现在的孩子已经非常陌生了，而在 20 世纪 60 年代，我们乡下的孩子那是太熟悉了，生产队里各个庄子都有，家家户户磨粮食不可缺少的。

堂嫂家一年到头做豆腐，怎么离得了石磨呢。于是她就请来石匠凿了一口石磨。

那口石磨，我真的是熟视无睹，有时还爬在上面玩呢。它是青灰色，是由两块圆形的磨盘组成，上面磨盘中间低，四围高，中间有一个孔，是喂送粮食的进口。外侧圆边上有两个小石孔，对称地分布着，是安装扶手，或栓系磨绳用的。下面磨盘固定在木架子上，磨盘内有磨轴，两片磨盘之间是一圈一圈的石齿，磨盘一转动，面粉就纷纷从石齿里面淌出来。

堂嫂家有两个石磨。小石磨磨盘小，抓住扶手，就可以转动磨盘了，正好适合家庭妇女平时磨面，轻便快捷。大石磨又沉又重，一只手转不动，就在磨盘外侧安上厚实的扶手，扶手是圆的，用手推的。大磨一般情况下用不上，逢年过节需要磨大宗面粉，或者做豆腐时才用。大石磨推磨的活儿一人干不了，需要两个人合作才行，有时还要驴来帮忙。

小时候，我没有事的时候，经常跑到堂嫂家，看她那姣好的身材，看她那漂亮的脸蛋，看她那磨豆腐时优美的动作。

晚饭后，堂嫂家灶台上的煤油灯，发出淡黄的柔光。月光会偷偷从小窗里钻进磨坊，照亮小石磨，照着磨豆腐的堂嫂。

堂哥出去打牌了，堂嫂一人在磨着豆腐。她右手推磨，左手添着泡软的豆粒，弓步站立，全身的力量聚集两臂。她的身子一前一后地摇摆，石磨也随着一圈一圈转动。她脑后那大大的发髻儿随着身子在不时地舞动，被薄薄衣衫包裹下的乳房也在不停地抖动着。

随着石磨不停地转动，乳白色的豆浆从两片石磨中间流出来，挂在边沿。磨架下放着大木桶，豆浆出来，流入木桶里，仿佛一道涓涓细流。石磨"吱吱"地有规律地唱着歌，不时传到院子里。

晚些时候，堂哥玩牌回来了。他帮堂嫂一起磨豆腐。堂哥不紧不慢地拉着磨荡钩，推着磨拐，堂嫂娴熟地将半筛子豆粒固定在左手和腰之间，右手抓半把豆粒，磨盘每转两圈就放一小把。随着转动的石磨，她不时用小笤帚扫着磨出来的豆浆，又往磨眼里添豆，在石磨下用木桶接豆浆……堂嫂忙得不亦乐乎。

　　堂哥不在家的时候，我有时也去帮堂嫂推磨。可是我推了两三圈就晕头了，就辨别不出方向。推磨也是很累的活计，我推了几圈，就累得抬不起腿来。有时我问堂嫂："嫂子，你磨了那么长时间的豆腐，怎能不累呢？"堂嫂笑着说："人生三大累，推磨、舂碓和挖煤。不过，推磨是有窍门的。为保证石磨能连续转动，在推磨时用力点应该放在让石磨绕半圈处于正好拉动的位置，然后稍用力一拉，石磨就会靠惯性转动到推的最佳位置，如此反复。这样，推起来就不累了。"哦，原来推磨也有那么多的学问。

　　磨面要根据粮食的数量，决定使用什么样的磨，有时要用小磨，有时要用大磨。用小磨时，只需单人；用大磨时，有时必须用牲口。种地人白天生产队下湖干活儿，推磨的活儿一般是贪黑，或者是起早。

　　夜刚过子时，屋外是漆黑一片，夜鸟偶尔"哇啦""哇啦"地鸣叫着。丈夫和孩子们还在梦中呓语，堂嫂就早早地爬起来套驴磨豆腐了。豆状的灯光，把她美丽的身影投在土墙上。

　　堂嫂家为了磨豆腐方便，特意养了一头毛驴。不过，在套驴磨豆腐之前，要做一番准备。首先要给驴戴上驴笼嘴子，防止驴偷吃磨上的豆浆。然后用眼套蒙上驴的眼睛，这样驴的眼睛就不会见光了，驴推磨的时候，头也不会转晕。一切准备就绪，堂嫂把泡好的豆子倒在石磨的上面。驴笼嘴子戴上了，眼套蒙上了。堂嫂用笤帚在驴的屁股上一拍，"驾"的一声，驴拉着石磨就转动起来了。就这样，驴老老实实地，一圈一圈地，走着那永远走不完的圆了。

磨子上面的豆粒，顺着磨眼旋进了上下磨盘的磨齿里，被磨齿碾碎的豆浆源源不断地流了出来，流进放在地上接豆浆的大桶里。紧接着，用纱布吊兜滤去豆浆里的豆腐渣，然后把滤好的豆浆，倒进大锅里，用旺火烧开，用卤水点豆腐。烧开的豆浆需要装到一个带孔的方形模子里挤压凝固。凝固完毕，一块四四方方、白白嫩嫩的豆腐就做成了，最后放在一块大木板上，用纱布覆盖好，准备好担子去庄上叫卖。

当早晨的太阳从地平线上爬起来的时候，堂嫂已经整理好豆腐挑子上路了，"卖豆腐喽，卖豆腐喽"，叫卖声在晨风中飘荡。

庄子上只有堂嫂家一口石磨。每天来她家磨面的庄邻很多。只要来磨面的人，堂嫂都来者不拒，热情迎接，甚至亲自出手帮忙磨面。大家都喜欢她，都说她的好。

堂嫂家的石磨使用比较多，因此，过了一段时间石槽的磨口就要磨平了，这时需要请石匠上门"破磨"。所谓破磨，就是石匠用钢錾经过铁锤的敲打，沿着原来的磨齿纹路重新一一开凿。当然了，凿磨齿是慢活儿细活儿。磨齿一定要凿得均匀，每个磨齿之间一定要凿成平行线，两片磨的磨齿数目一定要相等，稍有错差，磨子推起来就相当吃力，磨出的粮食不均匀不细致。一盘磨，一个石匠要凿一两天，一般每年要破磨一至两次。

堂嫂家的老石磨日复一日，年复一年地转动，为南徐庄人的生活服务着。随着时代的变迁，它已经完成了自己的历史使命，逐步被小钢磨、磨面机、电动磨面机所取代。

今年暑假，我回到了故乡，去看看老院子，去看看老石磨，去看看老堂嫂。老院子还在，老石磨还在，老堂嫂也还在。但是，老院子、老房子，经过多次维修，已经面目全非了。老院子里杂草丛生，老房子墙壁斑驳，到处布满灰尘。老石磨躺在院子的旮旯里，长满了绿苔。患脑溢血，瘫痪十多年的老堂嫂年近九十，躺在老房子的旮旯里，宛如一尊僵尸。儿女们为了一家子的生活辛苦奔波，每天除了抽点时间送三顿饭给她吃外，再也抽不出更多的时间来陪伴她。我与她进行了简单的交谈。她说起话来，声音一直很虚弱，断断续续的。当我们谈到四十多年前磨豆腐的那段生活时，她那干涩的眼角湿润了。谁想到，当年的豆腐西施，老景竟如此凄凉，我的心不禁悲凉起来。

堂嫂啊，你像这老石磨一样，将要走完了人生。唉，你，我，还有一个她，毕竟只是浩瀚人文史上的一个匆匆过客。

木匠伯

　　南徐庄有棵大柳树，金圩人都知道。大柳树直对着的那家院子，就是木匠伯家。他家是庄子上唯一的青砖草房，与大爷爷家隔着一条大巷子。这条大巷子与门前的大柳树，成了南徐庄人休闲的好去处。

　　父亲说，木匠伯老家在徐墩，后来我听说叫"徐墩"的庄子有很多。木匠伯说，他老家在三棵树喜鹊窝。20世纪40年代，他和家人逃荒到南徐庄，落了户，当地徐姓人视他们如家人。木匠伯凭着一身好手艺，在当地娶了妻，生了子，安了家。

　　木匠伯和他父亲一样，有一手好木工技艺，每天有做不完的活儿。他的父母到南徐庄不久就病死了，他唯一的弟弟在1950年参加了志愿军，不久牺牲在朝鲜战场。木匠伯有三个孩子，头胎是男娃，叫栓柱，二胎是丫头，叫兰香，最小的又是男娃，叫栓子。木匠伯很会挣钱，伯母很会持家，孩子们很听话，一家人很幸福。

我记事的时候，栓柱已经成人了，横高竖大的，跟他父亲学木匠。听我父亲说，栓柱几年前亲事就定了，好多家漂亮闺女逗着他说。兰香也像小大人了，个子到了她母亲肩膀头了，能帮她母亲刷锅抹灶了。栓子比我小两岁，当时还穿着开裆裤。他父亲说，栓子长大了也学木匠。栓子与我是好朋友，我经常去逗他玩。

木匠伯家有一个四合院，主房四间，砖山到底，上顶缮草。在当时，这四间房子，可以说是南徐庄最好的房子。主房两侧各盖两间土房子，作为厢房。厢房前面用土坯子拉了一个大院子。

木匠伯的主屋四间，两头做卧室，中间两间当作木匠铺。铺里放满了木匠家伙。前后沿墙靠着长长短短、粗粗细细的木头，左右两侧墙上挂着农具。木工工具箱靠在墙角。打开工具箱，里面装有铲、刨子、斧头、锯子、角尺、墨斗、钻子、凿子、锉刀、羊角锤、磨刀石等，还有许多叫不出名字的什物，满满塞了一箱子。比较长的锯子单独摆放，放在箱子的外面。木匠铺里还有一条长凳子，长凳上嵌着各种各样的刨子，木工工具齐全。外出干活儿时，木匠伯挑着工具箱就走。

木工伯心灵手巧。一根根废弃的弯曲木头，只要一到他的手里，经过砍、刨、推、凿，一会儿就成了小椅子、小桌子。他不仅打小桌子、小板凳等小东西，还打床、橱、柜子等大东西。他做的床、衣橱、书桌上面，都刻着花鸟鱼虫，真是活灵活现。

那时候，木匠生意好，收入高。父亲说我聪明，等我长大了，叫我跟着木匠伯学木匠，找个好媳妇，好好过日子。于是，我在心里默默念道：我快快长大，快快长大，跟木匠伯学木匠，娶媳妇。

我平时有事没事的时候，就往木匠铺跑。

一次，木匠伯问我："二子，你整天跑来干吗呀？"

我一本正经地说："学木匠呗！"

"学木匠干吗？"木匠伯满脸疑惑。

"娶媳妇呀！"我脸上洋溢着笑。

"娶媳妇？"栓柱哥揪着我的腮帮子说，"小鸡鸡，还在拖堂灰，就要学木匠，去家吧！"栓柱哥笑了，在一旁干木活的木匠伯也笑了。

那天，我又去木匠铺玩，正赶上后庄的二兰子与她的父亲拖着木头到木匠伯家，请他打嫁妆。我只听着二兰子向木匠伯小声地嘀咕着。木匠伯仔细地看看二兰子拖来的木头，不时地问了几句。他拿出铅笔不断地在练习簿上画着什么。我仔细看了一下，噢，他原来画的是橱哎柜呀的，并标了各个部位的尺寸。

二兰子拖着空车走了，后面跟着她的父亲。木匠伯画好了图，就开始动手了。

我看着木匠伯把自己打扮起来。他在腰间系上那条灰围裙，兜里装着一把卷尺，耳朵上夹一支铅笔。他嘴里含着纸烟，眼睛斜视我："怎么，你还没走？"

我结结巴巴地说："木匠伯，我想——想——想学木匠。"

此时，他不再理会我了。他拿出卷尺量了量木头的长度和粗度，然后用铅笔做了一个记号。他取出墨斗，拉了拉墨斗线。栓柱跑过来，帮他固定墨线的一端，他自己固定墨线的另一端。他勾起墨线用力一弹，一条黑线便印在了木头上……过了一刻工夫，所有的木头都印上了墨线。

这时，木匠伯收拾起墨盒。"嘿呀"一声，只见他与栓柱父子俩一用劲，把粗木头架在长条凳子上，一头翘起来，一头靠在地上。他从墙上拿来大锯，爷儿俩一人扯一头，来来回回拉着……长木头一根一会就变成了两截，两截再变成了四截，地上留下一堆厚厚的淡黄色锯末。

"兵来将挡，水来土掩。"锯木头也是这样，锯粗木头，要用大锯子。锯细木头，就要用小手锯。大木头锯完了，爷儿俩各拿一把小手锯。手锯在他们的手里灵活自如，来来回回运动，不断听到"咔嚓"锯木头的断裂声。

我正听得入迷时，突然锯子停止歌唱了。我回过头来看看，原来木头已经锯完，一根根长木头变成了一块块木板。木匠伯爷儿俩已去歇息去了。

我也趁此机会，跑到外面转转。远处，天是那么高，云是那么白，那么轻。此刻，苍鹰仿佛一只小燕子在远天遨游，小燕子如蚊蝇般在天地间飞行。当我回到木匠铺时，木匠伯父子正在砍斫木板。一块块经墨线印好的木板坯子，被斧子沿着墨线一斧一斧地砍下去。斧头在他们手里扬起，落下，扬起，落下……发出"噼噼啪啪"的砍削声。一堆方方正正的木板摆在木匠铺中间，院子里堆着一堆砍下的废料。

天不知不觉已经擦边黑了，心急的人家已点起了煤油灯，木匠伯在收拾工具，准备收工了，我已经听到母亲呼唤我吃晚饭的声音了。

第二天，当我睁开惺忪的睡眼时，太阳已升到南天。我赶到木匠铺的时候，木匠伯正在教栓柱刨花。

他一边刨，一边教："栓柱，干什么事情都要用心。刨花，可不能乱来呀。刨花时，拇指和食指要伸直，按住刨子，其余三指弯曲握紧把柄，双腿要前弓后箭，须有足够的腿力、臂力、腕力和腰力，全身的劲都要使上。当刨子超出木块末端时，要死死按住刨子，决不能让刨子头掉下去。只有这样，才能刨出平平整整的木块来。"只见栓柱哥不住地点着头。

木匠伯一边说着，一边做着示范。木匠伯不愧是老手，只见刨子在他的手里忽快忽慢，忽高忽低。"嗤"，刨子飞速经过，刨花飞扬，原本粗糙的木板，秒变一个光滑的平面。

再看看栓柱哥，刨子在他手里，别别扭扭，不听使唤了。

"栓柱哥，也不会喽！""栓柱哥，也不会喽！"我脱口而出。

"滚 边去！小屁孩了，瞎打岔！"栓柱哥的脸羞得像块红布。

"栓柱，管他呢，不要与小孩一般见识。木板刨完了，我们做撑子去。"木匠伯一边说，一边拿出墨盒，拉出墨线在一块块厚厚的木板上，印出了一条条墨线，锯成一根根撑子。

撑子做好了，他又拿刨子把一个个撑子刨平。动作是那么娴熟，根本不需用眼睛，只看见手指在轻轻地运作。

"栓柱呀，凿眼、开榫也不容易啊，应该这样——"栓柱哥的脸立即转向木匠伯这边，看看他在做什么。

只见木匠伯用拐尺画好尺寸，用钻子钻，用凿子凿，"踢踢踏踏"，一会儿，眼打好了，榫凿好了。

"只打好了榫眼，还不行哪。要想牢稳，还必须要开槽哇。要想将一张张薄木板嵌进各个撑子撑起的框架中间，就得在撑子上开出窄窄的槽子。"

木匠伯一边说，一边拿出细凿，一点一点地在撑子上凿。慢慢地，慢慢地，一道道槽子凿好了。

木匠伯试着用薄木板往槽子放，一放就嵌进去了，不长不短，不宽不窄。栓柱不禁竖起了大拇指："老爸真行，姜还是老的辣。"

我看了木匠伯做的槽子这样的吻合，心想：难道是神仙吗？奇怪，怎么就这么正正好好呢。

这时，木匠伯并没有被胜利冲昏了头脑，意味深长地说："孩子，接榫才是最关键哪。榫头与卯眼结合不牢，就不稳固了。榫头和卯眼丝丝入缝，留不得半丝缝隙，这样才能稳定哪。"

栓柱哥望着木匠伯的手，我也看着木匠伯的手。只见他在镶板、对榫、合眼、装面，每一个动作都丝丝入缝，毫厘不差。一个个橱柜装成了，稳稳当当地站立在铺子的中央。

木匠伯在板面上用砂纸打磨，用油漆刷漆，整个工序才算完成。等到大功告成时，他站起身来，长长地舒了一口气。

我看了看橱面，非常漂亮，又推了推，橱体十分稳固，不禁发出"啧啧"的赞叹声："木匠伯的橱柜做得太好了！"

第四天，太阳照常升起，阳光灿烂。二兰子与她的父亲一道带着阳光般的好心情，把嫁妆拖回家了。

木匠伯除了做嫁妆，还会打喜材，盖房子的木工活做得也顶呱呱的。盖房木工活中，砍房料是讲究技术的。木匠们用斧头将木料砍成梁头、杈手、檩条等。

我小时候，房屋都是泥巴墙。附近人家盖房子都要请木匠伯砍房料，他是我们那里最值得信任的木匠。当瓦匠把泥巴墙垒到第二层时，木匠们就开始忙着砍房梁了。他们将一堆木料经过弹墨线、锯长短、砍木料、削厚薄、刨平直，最后砍成一根根杈手、大梁、檩条和门窗。

房屋上梁，是木匠们最风光的时候了。我记得，我家盖新房上梁时，独领风骚的自然是木匠伯。他和其他木匠一道先把房梁用绳子系好，然后爬上砌好的墙头，吩咐下面的人将绳子头扔给他们。梁上的木匠抓起绳头在上面一齐用力拉，下面的人用杈子一齐往上托。看热闹的人望着房梁慢慢地上升。"人心齐，泰山移"，就这样，一根根杈手、大梁、檩条都在大家齐心协力下安装上了。上房梁前，在大梁的正中贴上了红纸黑字写的吉言，上联是："上梁喜逢黄道日"，下联是："立柱正遇紫微星"，横批是"上梁大吉"。

吉时已到，骑在大梁上的木匠伯成了成十上百人关注的焦点。他的脸上绽放出灿烂的笑容。只见他点燃了绕在大梁上的鞭炮，"噼噼啪啪"地响声不断。鞭炮的响声还没有消失，火药的烟雾氤氲着。木匠伯从笆斗里抓起一把把点上红点的抛梁馒头，向各个方向抛撒出去，地面上的妇女孩子马上欢呼雀跃，疯抢起来。整个世界成了欢乐的海洋。

木匠伯不仅会做橱柜，还会做孩子们喜欢的弹弓、木手枪等玩具。

一次，我和栓子玩，我看到他手里攥着一把木手枪，心里痒痒的，不舒服。于是，我趁他不注意，一把将木手枪抢到手里。栓子抢不过我，就哭着喊着，跑到我家，向我父亲告状。我被父亲扎扎实实毒打了一顿。然后，父亲带着哭红眼睛的我，连同我手里满是泪水的木手枪，一起交给木匠伯。

木匠伯看着我，看着我手里的木手枪，明白了刚才发生的一切。他把我父亲狠狠地说了一通。

于是他立即拿起锯子，锯下一块木头，用刨子刨得溜光。他拿出木工铅笔和墨斗迅速地画出手枪的形状，再用凿子凿一凿，用锉刀挖一挖，用刨子刨一刨。顷刻间，一把漂亮的小手枪就做好了。

他郑重地将木手枪交到我手里，温和地说："二子，接枪。下次，要玩什么东西来找大伯，可不能乱来哟！"我马上破涕为笑，连声说"大伯好"。

随着年龄的增长，我读书了，我到木匠伯家的次数越来越少了。后来，我到外地读书了，我再也没有时间去木匠伯家了，再也看不见木匠伯做木工活了。再后来，我考上了师范学校，当了教师。最终，我没有实现父亲大人让我做木匠的夙愿。

唉，我现在真的有点后悔，如果当初能做个像木匠伯那样的木匠就好了。

老疤叔

"我有一张琴，琴形半边月。弹弹曲调高，阳春飞白雪。"

"二子，人都说你聪明，你猜猜这是什么谜语？"一次，我到老疤叔家玩，他紧紧拉着我的手，让我猜谜语。

我说："猜什么？"

他说："猜我家里的一种干活工具。"

我望了望他家山墙上挂的弹棉弓，进行深入思考，认真地说："弹棉弓。"

老疤叔摸了摸我的小脑瓜子，说："乖乖，二子真聪明。"

他接着说："我再说一副对联，你猜猜说说是干什么的？"

我说："好哇，你说。"

他兴奋地说："三尺冰弦弹夜月，一天飞絮舞春风。"

老疤叔囫囵地说了一遍，我根本没有听清他在说什么，更不明白他的意思，何况我从来就不知道什么对联不对联的。于是，我随口乱说："老疤叔，弹棉匠哪。"

老疤叔瞪大了眼球："哎呀，二子真不简单，连这你都能猜到！"他双手舞动起来，连腿脚也动了起来，毫无顾忌地放开喉咙，唱起歌来：

"檀木榔头杉木梢，金鸡叫来雪花飘，你拿被套我来弹，又暄又软年来到……"

唱完了，他急切地追问我："二子，你猜这是什么歌呀？"

我不假思索地蒙道："当然是弹棉花了。"

他的眼睛瞪得更大了："哎呀呀，哎呀呀，不得了了，不得了了，我们的二子，简直是神童了！"

我心想：老疤叔呀，你个弹棉匠，不说弹棉花，你又能说什么呢？我不禁为自己瞎蒙乱猜而自鸣得意。

老疤叔弹棉花，在我们老家是出了名的。他喜欢自己的职业，有时为弹棉花达到痴迷的地步。

老疤叔是我父亲的堂弟，他小时候，头上害了很多疮，落下了好多个疤。于是"老疤子"就出名了，时间长了，他的名字反而被忘记了。庄上老辈称他"老疤子"，晚辈叫他"老疤叔"，外地人都喊他"弹棉匠"。他性格温和，无论人们叫他什么，他从来不生气。老疤叔有三个孩子，头·胎生个丫头，后面连来了两个小子。

老疤叔长得敦敦实实的，但是他空有一身力气，不会干农活。他既挖不好地，也锄不好田。毛胡子队长说他是"餐仔鱼吃浮食"。我父亲说："话也不能这样说，人哪，瘸有瘸路，瞎有瞎路。各人都有自己的生活门路。"老疤叔认同我父亲说的话，他认为，他凭弹棉花的手艺，照样能养活一家人。

我小时候，不管农村，还是城里，家家都要弹棉花。大人孩子做棉袄棉裤哇，家里做棉被呀，都需要弹棉花。逢上闺女嫁人，儿子迎亲要做好几床被。按照老家习俗，做被时，纱线大多用白色；但做喜被，做嫁妆时，纱线要用红绿两色，以图吉利。哪家嫁闺女前都要请弹棉花匠弹好一两床带"红双喜"字的新被做妆嫁。要弹多少斤棉花呢？各家要根据自己的情况而定，有六斤的，有八斤的，有十斤的，甚至有十二斤的。

老疤叔手艺好，即使是又黑又硬的棉花疙瘩，只要到了他的手里，只需"嘭嘭"几下，就能柔软如新了。老疤叔，那真是"鸡蛋壳喝酒，搁不下台"，他每年都有很多人家请他弹棉花。老家附近，谁家娶亲嫁女，必定要找老疤叔弹上几床新被。庄邻都说他弹的棉被好看、耐用、舒服。

老疤叔家有四间草房，两大两小，大的两间住人，小的两间做弹花房。我经常去逗他的儿子黑蛋玩，每次都到弹花房看看。弹花房两间，地方也够宽绰的，弹起棉花来并不显得拥挤。房子前前后后都留有窗户，里面光线不太暗。紧贴后墙铺着一张大床，床腿由土坯砌成的，床上垫着一层由高粱秸秆打的帘子，帘子上面铺着苇席。这就是弹棉花的大床了。山墙上挂着一张弹棉花的弹弓，两侧墙面上挂着一张大木盘、一个弹花槌，一条牵纱篾，还有一些各色各样的线球。除此之外，墙上还挂有簸箕、笆斗等用具，墙角靠着镰刀、锄头等农具。弹花房里落满棉絮，就连桁条、底网板上都粘着、吊着、挂着。如果一个满头黑发的小姑娘进去走一圈，一会儿出来时就变成了白毛女了。

老疤叔农闲的时候，常在家里弹棉花。我远远地就能听见他家"嘣！砰！嘣！砰！嘣嘣！砰砰"的弹棉花的声音，时而低沉，时而高亢，宛如在演奏一首家乡的民歌。

我被弹棉花的声音吸引，决定去看个究竟。老疤叔干农活虽然不在行，但是弹起棉花来却格外用心。他每拿一家送弹的棉花，都要细心观察一番。新棉花取出里面的棉籽；旧棉胎抽尽里面的棉线，用铁锥子绞成棉絮，均匀地摊铺在大床上。

我站在门旁静静地看着老疤叔的"演奏"。他还是穿着那身摞了一层又一层补丁的破褂裤，头戴套头帽，嘴戴着口罩，眼上戴着茶色眼镜，是个地道的装在套子里的人。

他在腰间缠绕着一条布带，将弹弓的竹篾插在布带上，从布袋里掏出一块白蜡，放在弹弓的牛筋弦上来回地擦，宛如琴师在演奏前调试琴弦。

看，"表演"开始了。他弯下腰来，左手扶着弓臂，右手不停地挥动木槌，发出"嘣！砰！嘣！砰！嘣嘣！砰砰！嘣嘣！砰砰！"的声响。木槌有节奏地敲击弓弦，弓弦忽上忽下、忽左忽右，均匀地振动着。棉絮随着弓弦也在忽上忽下、忽左忽右的运动。继而，棉絮一缕缕的，被弓弦撕扯得粉碎，向四处飞溅，落下，飞起，飞起，落下……不一会儿，大床上堆起了厚厚一层白雪状的松软蓬松的棉絮。

我正看得入神时，"嘣！"的一声，牛筋弦戛然而止，老疤叔放下了弹弓。

他从缸里舀一瓢凉水，咕噜咕噜喝了下去。然后脱光身上的裤褂，取下帽子、口罩、茶色眼镜，又从缸里舀了几瓢水，把自己浑身上上下下冲洗了一遍。

这时，他走向门口的我："想学吗？来，我来教你。"我笑了笑，摇了摇头。

"老疤叔，结束了吗？"

"早着呢，下面还要缠纱线呢。"老疤叔又摸了摸我的头，温和地说。

他坐在凳子上，歇了一会儿。他站了起来，穿上裤褂，戴上帽子、口罩，又全副武装起来。他从布袋里掏出一团棉纱细线，又拿一根牵纱篾，将纱线网在棉絮上，一来一去，来来回回，像只织网的蜘蛛。他的手不停地穿啊，网啊……不一会儿，棉絮上就被密密麻麻的纱线所缠绕，所包裹，宛如一张蜘蛛网。

我有点不解，就问老疤叔："老疤叔，你为什么要缠那么多的纱线？"

"傻孩子，棉絮全靠包在外面的这些棉线来延长寿命，如果线断了，棉絮就散架了。"老疤叔语重心长地回答。

我若有所悟地点了点头，似乎对他的话表示认可，其实我当时仍似是而非的。我又问一句："老疤叔，这下该结束了吧？"

"傻孩子，急了吧，还有呢？"

"还有什么？"

"还要压絮呀！"

"压絮有什么用，可有可无的。"我不服气地说。

"这你就大错特错了。"老疤叔打开了话匣子，滔滔不绝地唠叨起来，"压絮是打被胎中不可或缺的环节。一床棉被弹得是否松软、平整，除了弹，就是压了，要用大木盘将松软的棉絮压服帖、压平整了。"这时，他长长地吸了一口气，接着说，"你不懂，不过，不仅你不懂，大多数大人也不懂呢。其实压絮要分两次进行的，一次是在棉絮被弹好后，一次是在棉絮被缠上纱后。要想让棉被松软、平整，压絮很重要哦！"

此时，他取出大木盘，放在蓬松的棉絮上随意地压着。"这样是不行的，力度不够到位。"他一边说着，一边做着示范，"这样才行，压的时候，要用力，要用足气力。"这时，他用力揉压起来，棉絮紧紧地拥在一起。他的额头上不断地冒出汗珠。他不断地用力挤压，蓬松如云的棉絮转瞬间平了，一床棉絮被折叠成规规矩矩的正方形，犹如一块大豆腐。

他停下手里的活儿，用手揪着我的小腮帮子说："孩子，这时才算结束呢。你懂了吗？"我自然而然地点了点头。

老疤叔农闲时，不仅在家弹棉花，有时还挑着担儿，担着弹棉花工具走街串巷。他边走边喊："弹花喽，弹花喽！"吆喝声不时在小巷中飘荡。

　　几十年过去了，老疤叔已经去世二十多年了。他的弹棉房已经拆了，弹棉弓不知藏到哪里去了。每次回到故乡，我听着广播里黄宏演唱的《弹棉花》："弹棉花哟，弹棉花，半斤棉弹出了八两八，旧棉花弹成了新棉花，弹好了棉被那个姑娘要出嫁……"我的耳畔仿佛又响起老疤叔"弹花喽""弹花喽"的吆喝声。

皮匠伯

　　皮匠伯是老疤叔的大哥，老疤叔是皮匠伯的小弟，他俩是一娘生的。皮匠伯一年到头"笃笃，笃笃"地补着鞋，老疤叔一年到头"嘭嘭，嘭嘭"地弹着棉花。南徐庄年长的大爷爷撇着嘴说："妈，皮匠兄弟俩，都是漂流鬼，不务正业。"皮匠伯笑着说："大叔呀，话不能这样说，补鞋的、弹棉花的照样是好手艺人！"

　　我记事时，皮匠伯的年纪已往五十上爬了，他比父亲大两岁，父亲喊他"大哥"。他花白的头发，额头上镌刻着道道皱纹，黧黑的脸皮皱缬着，两腮被稠稠密密的须发所包围。他高高突起的鼻梁上，架着一副深褐色的老花镜。因为长期缝补，他的两双手结了厚厚的茧子，犹如两截松树皮。南徐庄有句老话叫"儿多老母苦"。皮匠伯与皮匠婶一气头生了六个孩子：四个小子，两个丫头。一家人都是吃货，八张嘴见天就吃，吃得皮匠伯心发慌。他家人口多，日子过得紧巴巴的。

皮匠伯平常总是穿一身打补丁的毛蓝布裤褂，穿打布丁的旧布鞋。那身银灰色的的确良衣裳，那双灯芯绒布鞋，平时是舍不得穿的，一直藏在箱子里。皮匠伯外出走亲戚、家里来亲戚时，拿出这套衣裳毕恭毕敬地穿上。

皮匠伯不像大爷爷说的那样，是个漂流鬼。他可是个勤快人。每到农闲的时候，他总会挑着担子，出去摆摊子补鞋，挣钱贴补家用。

皮匠伯的摊子平时摆在南徐庄的大柳树下。队里、庄子上，有哪家需要补鞋的，都会提着鞋到大柳树下去补。每到逢集，皮匠伯就挑着挑子到龙集摆摊子。皮匠伯一头挑着补鞋机，一头挑着大木箱，晃晃悠悠地走着。到了龙集，他的担子总爱摆在龙集大塘旁边那棵苦楝树下。

皮匠伯的大木箱设计独特，它分成了上下两层，每层分成若干个小格。上层小格里放着针、小钉子、锥子、小锤子、锉子、剪刀、鞋油、鞋胶……下层小格里放着各种线团、麻绳、碎皮子、塑料布、被单、折叠式小马扎。

这是一个很大的苦楝树，满树的绿叶，满眼的楝枣子，阳光从树顶上漏出细碎的光。今天皮匠伯来得不迟，可是街上已经到了很多人。大家走着串着，说着笑着，赶着闲集。

皮匠伯一到苦楝树下，就打开木箱，掏出小马扎坐着，不住手地拾掇补鞋家伙。他摆稳补鞋机，扶正机头，安装线团。他将塑料布平铺在树荫下，掏出箱子里上下两层的木格子，并然有序地摆放在塑料布上。一切准备就绪，就等着顾客的到来。

"咚咚咚""当当当"大鼓敲起来了，铜锣打起来了，苦楝树南边的说书人已经开场了。皮匠伯侧着耳朵听了听，也没听清楚到底说的是哪部书。

"哞哞哞，哞哞哞"，苦楝树北边的牛市叫声此起彼伏。他把头转向牛市，农人正在高声吆喝着。

"老徐头，望什么，补鞋了。"

一位小脚老太太，揹着一双雨靴，不知什么时候已经站在鞋摊前面。

"哦，哦哦。"皮匠伯收回了目光，收回了神，从老太太手里接过了雨靴。

"补鞋吗？大姐。"皮匠伯向老太太打个招呼。

皮匠伯拿过雨靴端详了一阵子，发现鞋面上坏了两个小洞。他麻利地拿起小锉，在小洞边缘反复锉了几遍，用小刷子涂了一层鞋胶，用嘴向胶上不停地吹气，放在一边晾干。皮匠伯又剪了一块碎皮，比画着小洞大小，也用锉刀锉平、上上胶，不住地用嘴向胶上吹气、晾干。大约过了两三分钟，皮匠伯把皮片按在小洞上，挤压按平。这样小洞就补好了。

"大姐，好了。"皮匠伯把雨靴递给老太太。

老人人看看补好的雨靴，面带微笑，又挪着小脚走了。

老太太刚走，这时一个中年妇女急急忙忙提着一双凉鞋过来了。

"现在的东西真不耐穿，刚买的凉鞋不到一月，就坏成这样……"她絮絮叨叨说个没完。皮匠伯接过凉鞋看着，发现这双凉鞋有不少地方坏了。

"现在的鞋质量真不靠谱。你看，凉鞋的鞋跟与鞋底已经脱节了。"皮匠伯接过中年妇女的话头。他用小铲铲去掉鞋底的沙子，用锉刀锉平鞋跟与鞋底凹凸处，涂上一层鞋胶，把鞋跟往鞋底上粘，然后用两手挤压，粘牢。

"哦，这儿也有毛病。"皮匠伯低着头，又仔细检查一遍，发现鞋帮的底部开胶、绽线了。他用抹布蘸些水，把整个鞋帮擦拭了一遍，又擦拭了一遍。等到鞋帮晾干，他拿出了尖嘴镊子，细心地把鞋帮铺平、塞好。然后，他撬开鞋胶的盒子，用刷子抹一些鞋胶，涂在鞋帮与鞋底结合处，用手把黏合处理顺、抹平、粘牢。晾了一会儿，鞋帮就粘上去了。

"再跑几针吧。"皮匠伯自言自语道。为了防止鞋帮再开胶，他又把鞋帮放在补鞋机下，转动机器，线自动缝到鞋上了。他用手摇着补鞋机头，摇一会儿，转一个方向，就这样机头转了一圈又一圈。补鞋机的线头来来回回，反反复复缝了几趟。

"这儿也有问题。"皮匠伯剪断了线头，看了一看，又发现一处毛病。他又用线缝了起来。线用完了，皮匠伯从木格里找出一个新的线团，用镊子挑出线头，然后打开补鞋机的小盖板，夹出机头里的一个线圈。他把新线团安上去，盖好盖板。补鞋机又"笃笃笃"缝了起来。过一会儿，鞋帮就缝好了。

　　皮匠伯用抹布擦去凉鞋上的土灰，用水抹了抹。他在凉鞋上上了一层鞋油，用抹布擦亮。

　　中年妇女从皮匠伯手里接过锃亮锃亮的凉鞋，仔细地看了看，笑盈盈地走了。

　　"社会主义好，社会主义好，社会主义国家人民地位高……"一个甩着长辫子的大姑娘，一边哼着歌，一边踮着脚过来了。她手里攥着一双鞋帮子和鞋底子。她跑到鞋摊前，对着皮匠伯的耳朵嘀咕着。看来，她有什么秘密。

　　哦，原来，她是来绱鞋的。我想，她这么神神秘秘的，大概是为她的"白马王子"做鞋的吧。

　　"姑娘，你放心吧，我一定会让你满意的。"皮匠伯微笑着接过姑娘手中的鞋帮鞋底，搁在箱盖上。皮匠伯找出被单，铺在大腿上，把鞋底夹在两腿间。他把顶针套在中指上，拿过一把针锥从鞋底扎了进去。当他把针锥拔出时，又带出了一根线来，接着又将那根线送了进去。借助顶针、锥子，皮匠伯针线不时地穿过鞋帮，穿进鞋底。线头一针一针地扯过来，扯过去。他一针一针认真地缝着，每补一针，每拉一线，动作都是那么熟练，那么有力。缝了一段时间，针线就打涩了，不再流畅了。皮匠伯把锥子、针头放在头发上挠了挠，擦了擦。他用锥子扎着鞋帮、鞋底，要两根猪鬃引着针线对穿过去。"噌——噌"，针线进退自如，均匀紧凑。

　　他绱鞋的时候，那个大姑娘歪着头看，眼睛一动不动地望着。鞋绱好了，皮匠伯将鞋套在"丁"字形的鞋锭子上，然后拿起木榔头轻轻地敲打起来。敲打一会儿，他看鞋底鞋帮平整了，舒展了，才停止敲打。

"姑娘，鞋绱得怎么样？鞋穿在你的那个他脚上，保证他舒坦。"皮匠伯把鞋交到姑娘手里，笑着说。

"社会主义好，社会主义好，社会主义国家人民地位高……"这时，姑娘甩着大辫子，手里攥着鞋，哼着歌，向远处跑去……

皮匠伯补鞋质量好，收费低，深受村民的喜爱。人们都愿意到他这里来补鞋。

皮匠伯靠自己的勤劳，靠自己的热情，把自己的岁月缝进了生活里。

晚年的皮匠伯，离开了老家，投奔在外地安家立业的儿女们。他们四世同堂，一起享受着天伦之乐。

顺兴叔

　　顺兴叔在金圩是个名人，提到他的名字，大人孩子都知道。不知不觉，他已去世十多年了。

　　顺兴叔是我大爷爷的儿子，顺兴叔的爷爷与我父亲的爷爷是亲弟兄。顺兴叔与我父亲算是至亲。听父亲说，很多年前，顺兴叔还没有出世，大爷爷曾想让我父亲过继给他做儿子，后来顺兴叔出生了，过继一事也就搁置下来。我家与顺兴叔家的房子，中间只隔一家人，可以算得上是近邻。至亲、近邻，让我父母与顺兴叔一家相处得很和睦。

　　顺兴叔生于20世纪40年代初的一个富裕家庭。他自小接受良好的家庭教育，后来又到学校念高小、完小。他聪明、好学，学习成绩一直很优秀。20世纪60年代，顺兴叔念到太平中学时，就中途退学了。

顺兴叔虽然中学没毕业，但在当时的金圩，也算"学有所成"了。金圩大队的人都称他"小才子""小秀才"。

顺兴叔的毛笔字写得很漂亮，他的行草虽不能说行云流水，但也是潇潇洒洒的。我们生产队前后三庄，哪家孩子结婚，都请他写喜联；过年时，家家都请他写春联。顺兴叔帮人写春联，费了时间，耗了精神不说，还经常贴上自家的墨汁、红纸。

顺兴叔退学回家，拿起锄头、镰刀，与社员一起下地干活儿，整天面朝着黄土，背朝着天。因为他之前一直念书，很少参加生产劳动，所以他一下湖干活儿时，对农活很不熟练。这段时间，我父亲、母亲经常帮衬着他。

我能记事的时候，顺兴叔已经三十来岁了。在孩子的眼里，顺兴叔个子高高爽爽的，瘦削的肩常常耸着。他眉毛浓浓的，眼球黑黑的，白白净净的脸老是绷着，让人望而生畏。他身上总是穿着一套素净的浅色衣服，家里收拾得利利索索的。聋大娘说，顺兴叔有洁癖，孤鬼不合，容不下外人。聋大娘说的话大概是真的吧，我很少看见有孩子去顺兴叔家玩。孩子们看见顺兴叔，就远远地躲开了。

顺兴叔"孤鬼不合"，四十多岁了，还孤身一人。后来，经过一个好心人撮合，顺兴叔与一个外乡女子凑合到一起，组建一个新家。可是过了三四年，他又与那女人性格不合，劳燕分飞了。此后，他就一直过着单身生活。

顺兴叔"孤鬼不合"，可他与我家相处得融洽。我在顺兴叔那里，是颇受到优待的。听母亲说，我小时候她下湖干活儿，总是把我丢在顺兴叔家。我在顺兴叔的床上大小便，他是决不生气的。我长大了，他叫我去他家玩，有时我把他的房间弄乱了，他也不责备我。我成家了，有了孩子。我抱着孩子去他家玩。他经常帮我哄孩子。孩子的大小便弄脏了他干净的衣服，他总是"哈哈，哈哈"地笑。在我眼里，顺兴叔是个和蔼可亲的人。

作为一个农民，干农活挣工分是天经地义的。农闲时，顺兴叔经常向大队里的文化人请教。那时，大队来了不少知青、下放户。在他们中，有名牌大学的大学生，有企事业单位的领导，他们响应国家政策，上山下乡，到农村来接受贫下中农再教育。顺兴叔与这些知青、下放户相识、相处，加强了自身的修养。他从知青、下放户那里，借阅了不少名著，获取了许多知识。

听木匠伯说，有个姓李的老头来南徐庄要饭。顺兴叔请这个老头到家吃饭，用大米稀饭、糟面饼、熟菜招待他。这在当时，算得上是盛情款待了。顺兴叔与要饭老头谈得很投机，一谈就谈了好几个小时。从交谈中，顺兴叔看出这位要饭老头，原先是个文化人。他因家里遭遇不幸，出外乞讨谋生。顺兴叔看着老头衣衫褴褛，心里非常难受，当即脱下自己仅有的一件新裤子，"命令"老头穿上，自己只穿裤头。要饭的老头走了，到别的庄子讨饭去了，可顺兴叔成了南徐庄人茶前饭后的谈资，有人说他心软，有人说他愣，有人说他傻，还有人说他是败家子……

顺兴叔酷爱书，家里有点闲钱，就去买书。他听说熟人家有好书，即使正在吃饭，也会立即丢下饭碗，跑去借。我念师范时，会从新华书店买些书，有时也会从学校图书室借些书。假期我都会带些书回家看。我每次回家，顺兴叔都会第一时间赶到我家。他像小学生一样，趴在桌子上，埋着头看书，说他"废寝忘食"，一点都不为过。

顺兴叔乐善好施，急难济贫。庄子上，哪家揭不开锅了，他送上粮食；哪家没草烧，他送上烧草……别人有了困难，他会力所能及地帮助。人们都说顺兴叔是个"好人"。

顺兴叔作为一个百姓，他心里始终想着百姓。我小时候，他教我背"春种一粒粟，秋收万颗子。四海无闲田，农夫犹饿死""可怜身上衣正单，心忧炭贱愿天寒"……他给我讲后羿射日、孟姜女哭长城的故事。他喜欢吟"安得广厦千万间，大庇天下寒士俱欢颜！……吾庐独破受冻死亦足""万顷风涛不记苏，雪晴江上麦千车。但令人饱我愁无……"

顺兴叔作为一个农民，心里时刻想着农民。不管是大队干部，还是生产队干部，只要惠农、益农，他都力所能及支持，只要坑农害农，他都千方百计劝阻。如果劝阻不力，他就去找上级领导反映，以求问题得到最终解决。

我听庄上老人说，大队东河底有一块几百亩的水面，租给外地人养蟹。这些水面的租金是可观的，可没给金圩大队社员带来任何实惠，全被挪作他用。顺兴叔知道后，立即向公社领导反映，可公社领导处置不当。于是顺兴叔带着干粮，背着被褥，到县政府反映。县纪委接到顺兴叔的反映，立马派人下来取证落实。后来，这位大队书记因挪用公款被就地免职，还受到党纪处分。

此后，金圩大队新任大队书记上任时，都要先拜访顺兴叔，托熟人送烟酒给他，请他吃饭，以求顺兴叔"高抬贵手"。面对大队新书记的"糖衣炮弹"，顺兴叔不屑一顾，婉言谢绝。他对来人说："你回去告诉某某书记，作为金圩大队的书记要一心一意为金圩百姓办实事，不要营私舞弊。"从此以后，金圩的大队干部，都主动请顺兴叔到大队部，为大队提意见和建议，调整大队的工作思路。社员们称顺兴叔为"金圩大队的义务监察员"。

顺兴叔有时会就社会现状，或模仿旧体诗，或采用杂文写作，表达自己的看法。他常把写好的文章拿给我看，谦虚地请我帮他修改。顺兴叔的诗文立意新，有见地。说真的，我当时的写作水平，即便是现在，与顺兴叔相比，那也是相差甚远。顺兴叔写的诗文是很多的，因时间久远，我现在一句也记不清了。我现在回想起来真的感到后悔，后悔那时的我，真是太马虎了，为什么不把这些诗文记在小本子上呢？

顺兴叔不仅心系百姓，还心系国家。他喜欢南宋民族英雄岳飞的"壮志饥餐胡虏肉，笑谈渴饮匈奴血"。他特别敬仰近代民主革命志女秋瑾，喜欢吟诵秋瑾"浊酒不销忧国泪，救时应仗出群才。拼将十万头颅血，须把乾坤力挽回"。他经常和我谈论国家大事，话语中渗透着对国家命运殷殷的关切。

顺兴叔爱书，爱熬夜读书，有时为了提神，就个断地抽烟，以致他的手指都被烟熏黄了。顺兴叔不断地熬夜，不断地抽烟，他患上了乙肝。他得了乙肝，不听医生的嘱咐，不配合医生治疗，还是不断地熬夜，不断地看书，以致他的病越来越严重，后来发展成了肝癌。他的腹胀越来越厉害，肝部疼痛越来越严重，以致后来喘气都费劲。不过，顺兴叔的病虽然严重，但他为了不影响同病室病友的情绪，尽力克制自己，尽量不发出声音。医院的医生都说："老徐很乐观，很坚强，脸上始终带着微笑。"

顺兴叔爱书，也爱家乡，爱生他养他的南徐庄。在他生命的最后时刻，我去医院看望他。在病房里，顺兴叔睁开他那无力的眼睛，望着我说："二子，你以后出息了，做作家了，一定要写南徐庄，让更多的人知道，中国有个叫金圩的村子，金圩有个叫南徐庄的小庄子。"这是一个陪我走过几十年生活的老人，向我提出最后的期望。我想答应他，可凭我的文学修养，怎能做作家呢。但我又不能拒绝一个将死之人最后的一点要求，于是我勉为其难地点了点头。此时，我看顺兴叔咧开嘴笑了，可我的眼角溢满了泪水。

顺兴叔一向敬仰英雄，崇拜英雄。在生命的最后时刻，他请求家人带他到杭州西湖，看看白堤、苏堤，看看岳飞墓，看看秋瑾墓。他请求家人等他死后，将他葬在西湖畔，哪怕撒到西湖里，让他常年能够聆听英雄的故事，常年与英雄相伴。

顺兴叔虽然去世十多年了，但是他的音容笑貌，至今还留在我的脑海里。

蜂二叔

大爷爷离世了，二叔去盱眙闯荡。过两年，二叔在盱眙结了婚，有了孩子。又过了两年，二叔在山上养起了蜜蜂。庄上的孩子都叫他"蜂二叔"。

一提到蜜蜂，我立即产生了厌恶之情。我小时候爬枣树偷吃枣子，被马蜂蜇过。我的脸、我的手都被马蜂蜇得红一块紫一块的。尽管蜜蜂不是马蜂，但它们都是蜂。在我心里，只要是蜂，都不是好东西。

后来，又听说二叔离开盱眙，到别的地方放蜂去了。到底去哪儿呢，不知道。前几天，我一回家，母亲就告诉我："二子，你蜂二叔回家了。他带着老婆孩子，带着蜜蜂回来的。"

啊，二叔回来了，二叔带着蜜蜂回来的。我的头脑立即浮现出漫天飞舞的小东西，立即回想起我被马蜂蜇时的情景。我的头又疼了起来。我讨厌蜂儿，我也讨厌二叔了。

二叔回到南徐庄，正是清明前后。油菜花开了，故乡成了油菜花的海洋。蜜蜂们在欢快地舞蹈，油菜地成了蜜蜂们的舞台。蜜蜂们从这朵花飞向那朵花，忽上忽下，来回穿梭，"嗡嗡嗡嗡"，唱个不停。我漫步其中，浓郁的香味，沁人心脾。

我看着这些小生命，毛茸茸的身子，圆鼓鼓的眼睛，透明的羽翅，嗡嗡的叫声。我心里总是疙疙瘩瘩的。

母亲指着这些蜜蜂说："这就是你二叔养的蜜蜂。"自从二叔回到故乡，南徐庄就不安生了，满眼是蜜蜂飞行，满耳是蜜蜂"嗡嗡嗡嗡"叫着。

二叔自从离家以后，我好久没有见过面了。我今天去拜访一下二叔，去看看一下二叔的养蜂场，以尽侄儿我的一番孝心。

南徐庄的前后左右都是农田。仲春，故乡的油菜花满眼都是。二叔撵着花期，赶着他的蜜蜂，拖着他的"家"，回到故乡。

哦，我忘记告诉你了。二叔，一个养蜂人，他没有一个固定的家。他只有一个流动的"家"。一只只蜂箱是他的生产工具，一顶简陋的帐篷就是他的"家"。那两辆驴车，一辆拉着家具，一辆拉着蜂箱，就是他全部家当。驴车到哪儿，他的"家"就安到哪儿。

二叔的家具很简单，帐篷、折叠床、灶具、小凳子、小桌子、食物、衣服、水桶等生活用具，以及制作蜂蜜的工具。

二叔的蜂箱有二十多个，每个蜂箱里有五万只以上的小蜜蜂。搬家时，蜂箱码在车厢里，码得高高的，用粗绳子捆紧。驴拉着蜂箱“踢嗒踢嗒”地走着。

每当找到新蜜源，二叔在蜜源附近开阔地带“安营扎寨”了。他搭起帐篷，拾掇物件，摆放蜂箱，打开蜂箱的小木门，让蜜蜂们自由觅食，开始短暂的放蜂生活。

你看，二叔放蜂，现在又放到老家了。二叔把养蜂场安在老家的草房里，南徐庄成了他蜜蜂的“牧场”。

我沿着油菜地的田间小道，小心翼翼地往二叔家走。我越往前走，蜜蜂越多，“嗡嗡嗡”的声音越来越响，我心里越不舒服。

哦，二叔的养蜂场到了。一排排蜂箱，井然有序地排列在草房前的空地上。许许多多的蜜蜂在蜂箱的出口飞进飞出。

“好了疮疤忘了痛。”我好奇地伸出手来，去抓几只蜜蜂玩。“嗡嗡嗡嗡”，蜜蜂们大闹起来。我这不友好的举动，激怒了蜜蜂，“嗡嗡嗡嗡”，它们向我飞来，向我“开炮”。

我的嘴唇被蜇肿了，朝上噘着；鼻子被蜇肿了，又红又大；眼睛被蜇肿了，肿得只有一道缝了。这是我人生中遭受蜂类的第二次攻击。

我人叫起来，大喊二叔“救命”。二叔“全副武装”，戴着防护面具，穿着防护衣裳出来。他包裹得严严实实的。

二叔的头上、脸上、衣服上，到处都是蜜蜂。蜜蜂在他的前后左右舞动着。二叔置身其中，步伐轻盈，像与蜜蜂们一起舞动起来。

二叔看着我的囧样，心疼地说："二子，你不能惹怒蜜蜂呀。蜜蜂一般不会主动攻击人的，只在它受到攻击时，才会本能地去蜇人的。如果遇到蜜蜂爬到你的身上，你不要惊慌，不要用手去挥打，只要用嘴轻轻对蜜蜂吹气，蜜蜂就会悄悄地离开。蜜蜂蜇了人，它就死了，生命就结束了。以后，你到养蜂场来，不要穿黄衣裳，不然蜜蜂会误认为你是花朵，会蜇你的。"我点了点头。

二叔亲热地拉过我的手，在我的鼻子、嘴上吹了吹气，好像有点不好意思。他为我涂上药膏消炎。他又为我戴上防护面具。这时，我的手、脚，就连我的眼睛、鼻子、嘴，都被纱网遮实了。

我故作坚强地说："二叔，没什么，没什么，小菜一碟。"我嘴里虽然这么说，可我的心里还是怨恨蜜蜂的。

我小心地靠近蜂箱，只见二叔轻轻打开一个蜂箱盖子，从里面取出一板蜂巢。只见蜂巢上布满了小六边形的巢穴，密密麻麻的蜜蜂们，正忙碌地酿着蜜。

二叔把木板抖落一下。在抖落的那一刻，那蜜蜂真是黑压压的一片。眨眼间，这些蜜蜂就向四面八方飞去。

蜜蜂飞走后，那些木板上只剩下一个个蜂巢。每个蜂巢里面装着黄澄澄的花粉、亮晶晶的蜂蜜、幼小的幼虫和已经结茧的小工蜂。

二叔指着这些蜂巢说："这是蜜蜂吐蜜的地方。蜜蜂就是在这里酿蜜的。"

　　二叔把蜂巢一板一板地放到大铁桶做成的架子上，开始甩蜜了。他手摇着齿轮传动装置，带动着蜂巢转动起来。在蜂巢不停地转动中，蜂巢里的蜜自动被甩了出来。他又把甩下的蜂蜜进行过滤，然后装在玻璃瓶子里。最后，他把瓶子包装好，等待销售。我在这里补充一句，二叔家的蜂蜜不掺水，不掺假，成色纯，一旦上市，非常抢手，总能卖出好价钱。

　　二叔用小勺从玻璃瓶里，舀出一些黄色的，有点黏的液体。他告诉我，这就是蜂蜜。我用小勺取出一点放进嘴里尝尝。唉，真甜。

　　二叔说油菜花蜜不错，但是槐花蜜最好，它是蜜中的精品。如果喝上枣花蜜，那你就会甜到心里的。

　　二叔慷慨地送了我两瓶菜花蜜。他嘱咐我，喝完了下次再来灌。他说等到下次来灌蜜的时候，槐花就会开了。我为了表示叔侄关系不生分，爽快地答应了二叔的要求。

　　二叔从蜂箱旁，搬出一个小马扎，让我坐下。我们叔侄俩攀谈起来。

　　二叔指着蜂箱说："蜂群是一个奇异的王国。群蜂组织齐全，管理严密。它有蜂王、工蜂和雄蜂三种类型的蜜蜂组成，蜂王和工蜂都是雌蜂。"

　　二叔指着那个儿大、身子短、淡黑色的蜜蜂说："这是蜂王。它是一只具有生殖能力的雌蜂，负责产卵繁殖后代，'统治'着蜂群这个大家族。工蜂们用蜂王浆来喂养它。一个蜂箱就是一个蜂群，里面只有一个蜂王。蜂群大了，是要分家的；蜂群弱小，就不要分家。要想让蜂群分家，就要培植蜂王。"听了二叔的话，我仔细端详着蜜蜂家族这个最高的统治者。

二叔指着那些"嗡嗡嗡"的蜜蜂说："蜂箱里密密麻麻的蜜蜂大多是工蜂。它们勤劳能干，要采花粉、要酿蜜，还要筑巢、喂幼虫、清洁环境、保卫蜂群等。一只蜜蜂要采一千克蜜，就得飞好几十万公里，这等于绕地球十圈左右！你说它辛苦不辛苦？它们的寿命不长，大约只有三四个月。"我望着这些小蜜蜂，心中顿时产生对它们的敬佩之情。

二叔指着一只雄蜂说："这些是雄蜂，它们是最懒惰的蜂。它们每天只吃不做，游手好闲。它一生只做一件事情，就是和蜂王交配。不过它只要交配，生命也就结束了。"我看着这些雄蜂，对它们的短暂生命感到惋惜。

二叔好像受到什么感染，情绪激动起来："你不能小看这些小东西，它们对人类太重要了。它们分工明确，为人类酿蜜，酿造最甜的生活。它们还能传授花粉，让自然界的瓜果作物孕育新的生命。"

二叔语调一转，似乎带有伤感："蜜蜂的生命是最脆弱的，它最怕下雨，下雨天蜜蜂死得最多。蜜蜂也有天敌，它最大天敌就是黄鼠狼。黄鼠狼经常在夜深人静的时候，偷偷钻进蜂窝，用它带有臭味的尾巴将蜂群赶开，将蜂蜜吃个一干二净，然后放一股臭屁，将蜜蜂们熏个半死。凡是黄鼠狼钻过的蜂窝，那蜂群过不了几天，就会死伤过半。"我不由得对黄鼠狼产生了怨恨。

不知什么时候，二叔眼角湿润了："养蜂实在不易。我就像一个陀螺，一生都在旋转。就打养蜂以来，我从来没有过过安稳的日子。蜜蜂离不了花。一年四季，我赶着驴车，一路追寻着花期，过着流浪生活。哪儿有花，哪儿就有我。我从一个花花世界，'飞'到另一个花花世界，闻花而动，遇花就止。"

二叔的眼泪流了下来："养蜂是有很大风险的。遇到暴风雨，蜜蜂就会被大量地淋死。蜜蜂的食物是花粉。适逢雨水多的年成，花不开了，花被大雨淋坏了，蜜蜂就没了'食粮'。蜜蜂忍饥挨饿，就酿不出蜜了。为了蜜蜂活命，我必须买白糖供蜜蜂吃。如果碰到这样年成，养蜂就要折大本了。"

那次回来，二叔一直到洋槐花凋谢的时候，才离开了家。故乡的村庄里，故乡的河堤上，栽种着大片的洋槐树。故乡到处是槐树林。"五一"左右，洋槐花开得旺旺的，故乡的洋槐花喂肥了二叔的蜜蜂。二叔火火地赚了一笔。

三十年过去了，二叔的驴车换成了卡车。二叔的卡车跑遍了大江南北，"飞"遍了祖国的角角落落。二叔的大半生与蜜蜂一起共进退，与蜜蜂一道共舞。

二叔的儿女们像小鸟一样，离开了老家，离开了二叔，都到大城市发展了。如今的二叔，脸上的皱纹多了，头发白了，背驼了，再也不能养蜂了。他与二婶成了空巢老人，一起坚守着曾经的"养蜂场"南徐庄。

回眸二叔的一生，就像一只蜜蜂，"采得百花成蜜后，为谁辛苦为谁甜？"

猪三叔

提起猪三叔，我们南徐庄无人不知，无人不晓。他就是我三叔。他自小就与猪打交道，不是放猪，就是养猪，庄上人都叫他"猪三叔"。

20世纪70年代后期，那时我正在金圩小学读书，国家政策允许社员种自留地，养牲口。

毛胡子队长说："以前哪，上面不给养猪，你们偷着养，现在上面有政策了，大家就放心大胆地养吧。"

猪这种东西好伺候，长得快，来钱快。于是，南徐庄掀起了养猪的热潮，我父亲顺大溜抓了一个猪秧子养。

大爷爷去世了，大叔拉扯着弟弟妹妹过日子。他看着庄上人养猪了，心里痒了。有一天，大叔召集弟弟妹妹们召开家庭会议。作为家主，他发布第一号家长令："人家都养猪

了，我们家也要养。小二子和我在队里挣工分，小四子和老
丫去念书。小三子，哪天上集逮两头小猪养，抽空到队里挣
点工分。"三叔"唔"了一声。

……

小满过后，油菜已经收割，麦田一片金黄，秧苗一片绿
油油的，布谷鸟"布谷，布谷"的叫声，催得农人插秧。马
唐、硬草、刺儿菜等野草野菜长起来了。三叔伙同东庄的假
大闺女，西庄的臭鸭蛋，前庄的五丫头，后庄的二憨子，与
队里老猪倌季大麻子……一起去西湖底放猪。领袖的威信是
在群众中树立的。长期的放猪生活使人们对三叔有了更多的
了解。大家觉得三叔为人仗义，做事公道，好讲好说，腿脚
勤快，推举他为召集人。时间长了，前后三庄的人都称三叔
为"猪三叔"。

星期天，母亲叫我跟着三叔去放猪。放猪，对于我来说，
是"大闺女上轿头一回"。临行前，母亲把三叔拉到一旁，叮
嘱三叔多帮衬帮衬我，三叔爽快地答应了。

每天早晨，三叔召集齐放猪的伙伴，站在路边的土堆上，
把鞭子甩得脆响，高声喊道："开路！"大家立即赶着上百头
猪浩浩荡荡地往湖里去；夕阳西下，猪儿的肚儿吃得溜圆，
三叔召集了伙伴，唤回了猪，又站在堤坝上，大声吆喝："回
家！"沐浴着夕阳的余晖，大家又赶着猪儿浩浩荡荡回家。
三叔是放猪队伍的司头，我是三叔的侄儿。我走路时挺起胸，
昂起头，心中自然升腾起一种自豪感。

"黄金铺地，老少弯腰。"赶上麦收大忙时，队里所有劳

力都要出工，三叔只得把猪关在圈里喂养。每天清早，三叔要在社员上工前喂猪。他的两个膀子上套着护袖，腰间围了围裙，锅上一把，锅下一把，烧猪食，和食，喂猪。他起早喂一次，中午散工喂一次，晚上散工喂一次，每天喂三次。三叔每天也抽时间把猪圈打扫干净。

　　夏秋季节昼长夜短，早晨天亮得早，傍晚太阳落得迟。三叔每天早晨队里出工前，晚上收工后，总要挤出时间去湖里挑些猪菜回来。他挑着两个大篮子，专门挑猪儿最喜欢吃的野苋菜、刺儿菜、薹秧、水田芥和猪耳菜等。三叔把挑回来的猪菜，淘一淘，切碎，倒点饭锅水，拌上麦麸。这是猪们的最爱。就这样，三叔一边干农活，一边喂猪。工分没有少挣，猪也没有少养。

　　大叔二叔挣工分挣钱，三叔边干活儿边养猪，家里的生活真是"芝麻开花节节高"，一天更比一天好，家人拉起了四间大草房。大叔、二叔这两个穷光棍，都娶上媳妇。三叔当时还不足十八岁，就与东庄老张家的二丫头订了亲。老张父女看中三叔会挣钱。

　　随着家庭经济实力的增强，三叔养猪技术的逐步提高，三叔养的猪越来越多，多到八九头，猪圈盖了两个。

　　三叔是个大老粗，斗大的字认识不了一笆斗。但是他肯动脑筋，逐步摸索出一套养猪的经验。他常跟我说："猪好喂，什么麦麸呀、稻糠呀、沙芋藤蔓呀、麦穰呀，豆秸呀，猪都吃。如果没有饲料了，夏天到沟里捞些苲草、苦草晒干了也行。"他还告诉我："喂猪不需要什么粮食，除非临出圈了，壮些膘，喂些大芦子、豆饼。"他对懒猪有独到的解释：
"有人说懒猪。什么是懒猪？猪食里长期没有油水，没有营
养。这样的猪食，猪吃了肯定不肯长，几个月长不了百十斤。
其实，这怎么怪猪懒呢，这应该是怪人懒的。"

三叔是个有心人。他经常观察猪吃食、猪行走、猪睡觉，
看看猪是否生病。他能够诊断不少种猪病。如果猪生病了，
他会给猪开药方子。凭多年的养猪经验，他对猪病的诊断说
起来一套一套的。如果不是知根知底的人，只听他大谈养猪
之道，一定会认为他是畜牧大学毕业的。

近几年，三叔的养猪事业越做越大，养了一百多头猪。
白墙红瓦的猪舍，盖了二十多间，办起了养猪场。猪场坐落
在南边的庄头，离楼尚公路北边一百多米，占地两亩左右。
我随着三叔进入猪场发现，偌大的养猪场一分为二，再分成
若干个对立的小猪舍。猪舍里条件好，夏天有纱门，蚊子进
不去；冬天有玻璃门，可以挡风。三叔把猪分隔得井井有
条，有的猪舍里都是小猪，有的猪舍里光是种猪，有的猪舍
里尽是半大的猪，有的猪舍里全是要出栏的猪。猪舍的最后
一间是一个大家伙，好大哟，足有三百多斤。这些猪大多是
圆滚滚的白猪，也有黑白相间的黑猪。它们的皮毛是油一般
的亮。

猪到"开饭"的时候了，三叔穿上蓝色的工作服，用手
推车推着加工好的猪食。他推起小车，一间一间地喂食。每
走过一间猪舍，我的耳畔不时响起食物倒进食槽"哗啦啦"
的声音，猪从水泥地上爬起"哼哧哼哧"的声音，猪吃食

"呼噜呼噜"的声音。

　　每当三叔向着猪槽倒食时，猪们立即抢着把嘴伸过来。这时，三叔一边倒猪食，一边说："别急，别急，人人有份，马上就管，马上就管。"他不像在喂猪食，倒像为幼儿喂饭。半小时时间，三叔才把所有的猪喂上了食。这时候，三叔才抽点时间坐下来歇息。

　　我细心观察这些吃过食的猪儿。它们一个个肚子圆鼓鼓的：有的在悠闲地踱着步，有的在东窜西窜，有的躺在地面上微闭着眼休息。

　　当我走进猪舍里，看见猪舍的水泥地面上打扫得干干净净，没有难闻的味道。三叔很勤快，每天手不闲着，不是加工猪食，给猪洗澡，就是打扫猪圈。去年，他在镇养猪技术员的指导下，在猪舍的后面，挖一个长方形的化粪池，打荡的粪便尿液都用木铲推进池子里，这样把粪便污染环境降到较低的程度。

　　三叔主张绿色养殖，他采用的饲料以粮食为主，辅以草糠、草料，决不采用瘦肉精。我有时问三叔："你养的猪，为什么不用瘦肉精？猪吃了瘦肉精，一天能长二三斤肉，就像吹气似的，几月几百斤。"三叔笑着说："二子，三叔挣钱，但绝对不挣那些伤天害理的昧良心钱！"

　　三叔靠着自己勤劳的双手，每年净挣十几万元，生活已提前迈入小康。三叔的几个孩子都成家立业，都在城里买了房子。女儿大学毕业，在城里上班。他儿孙满堂，其乐融融，尽享天伦之乐。

三叔养了五十多年的猪。这五十年来，三叔在不断地变，养殖方式从偷养、放养、圈养，变成了养殖场，养殖规模从两头、十几头，到一百多头，他的身份也从猪司令、专业户，转变成大老板。

蟹大哥

我哥已经养了二十多年螃蟹了，庄上的小年轻都亲切地叫他"蟹大哥"。

我的家乡龙集是大湖包裹着的小镇，广阔的滩涂水面，丰富的湿地资源，优良的水质，充足的水草，是鱼蟹理想的生活场所。

20世纪80年代末期，小镇上第一个"吃螃蟹"的人，摸石头过河，养起螃蟹来，一下子发了，腰包鼓了起来。"一石激起千层浪"，平静的小镇躁动起来。20世纪90年代，故乡刮起了养蟹风，数以百计的蟹塘转瞬间布满洪泽湖大堤内外，堤外是星罗棋布的网箱，堤内是纵横交错的精养塘。

南徐庄的追风族们纷纷护起了养蟹的塘口。哥哥也护了一面二十五亩的塘口。一天，他跑来学校找我商量养蟹，他负责人工，我筹措资金，父亲负责看守。我早有养蟹打算，哥哥一提议，我一拍即合。

说做就做，第二天正好是星期六，我和妻子不上课，哥哥带着我们来到洪泽湖边考察围栏。我们走近一看，这哪里是围栏呀，根本没有东西围着拦着，而是一边靠岸，四个角打着四根树桩的一片湖面。

当时正值初春，清清的湖水里，密密的枯苇间，点点绿色的苇尖，块块铜钱大小的嫩荷点缀其间，各种各样的水鸟"叽叽喳喳"地叫着，满含哀婉，大概为自己的安乐窝受到冲击而忧愁吧。

我抬头往远处望去，湖面上布满了高高低低的树桩，这大概都是各家的围栏标识吧。大哥一边指指点点，一边向我介绍围栏的情况，我装作懂行似的点点头。

周日清早，我坐在哥哥开的手扶拖拉机后面的车厢里去泗洪县城，购买养蟹用的树桩、玻璃钢、塑料网、塑料绳等用具。下午回来，哥哥立即找木匠打小船。利用家里现有的旧砖、麦穰和棍棍棒棒等材料，准备盖养蟹用的小房子。

周一早晨，哥哥请来了几个徐姓本家弟兄帮忙，把料子运到堤坝上。大家分工明确，盖小屋的盖小屋，绞围栏的绞围栏。绞围栏的人穿着皮衩站在水里，给围栏四围打桩，缝塑料网，绞玻璃钢。几个人满满地忙了一天，大家累得筋疲力尽，总算把围栏绞好了，小屋盖好了。晚上，大哥招呼大家一起喝顿庆功酒。在此后的几天里，老父老母帮我们拾掇小屋，安床，支锅，准备锅碗瓢盆等生活用品，小屋成了养蟹临时的家。

哥嫂撑着新买的小船，清理围栏里过密的芦苇与荷叶，栽些苲草、水游草，为蟹苗投放作准备。一家人虽然累些，但一想到螃蟹养殖收益颇丰，大家都不觉得累了。等到一切准备停当，大哥就联系几家新养蟹户，包了一辆面包车，去辽宁买了蟹苗，投放到围栏里。从此，全家人心有所系，在农闲时，把精力都放在螃蟹身上。这满塘游来游去的蜘蛛大小的蟹苗成了一家人发财致富的希望。

哥哥读过初中，是个半吊子读书人。他买了一套科学养蟹的图书。一有空，他就看书。他常跟我说：养蟹像种庄稼一样，不能蛮干，要讲究科学。我对养蟹也很好奇，常问他养蟹中的"为什么"。他慢条斯理地告诉我怎样挑选蟹苗，挑什么样的蟹苗成活率高，如何喂螃蟹，如何调节水温水质，螃蟹蜕壳要当心什么，年底清塘时如何消毒等。一次，我问他是不是要给螃蟹吃避孕药以增加蟹黄，他说："老二呀，做人要厚道。吃避孕药的蟹长得很快，蟹黄多了很多，产量高，卖价高，收入多。但是吃这样的蟹对人体是有害的，这种缺德钱是赚不得的。"他经常找乡里的水产养殖技术员，咨询养蟹中的难题如何解决。

现在既然养蟹了，我就不能做甩手掌柜了，要分担大哥养蟹的任务。我和妻子每逢双休日都要到蟹塘帮哥嫂干些活儿：捞水草呀，种水草，养螺蛳，煮蟹食，撒蟹食。

养蟹也是需要本钱的，有付出，才能有回报。在养蟹的几年时间里，别人家都用鱼、螺蛳等喂养，而我家为了省钱，平时只喂些小麦、大芦子，到了螃蟹成熟期才喂些黄豆。这样虽然节省了一些成本。但是别人家的螃蟹能长到三两多，而我家养的蟹只能长到二两左右。

养螃蟹事情较多，其中撒蟹食是最富有诗情的。夕阳斜照着水面，斜照着小船，斜照在撒蟹食的哥哥嫂嫂麦色的脸颊上。斗笠斜挎在嫂嫂的后背上，嫂嫂撑着长篙，划着小船，徐徐前行。哥哥头戴凉帽，白毛巾搭在肩上。他在专注地撒着蟹食，双手不停地伸缩，腰板不停地弯下。他望着那些如绿豆大小的蟹苗在水面上游来游去时，唇间不时地露出丝丝的微笑，宛如夕阳下一朵盛开的花。

养蟹是最辛苦的。哥哥那白净的皮肤被阳光烤得通红，满含着羞涩的嫂子，用裤褂把自己包裹得严实，但仍挡不住紫外线的侵袭，娇嫩的双手，白皙的脸，已被阳光晒得黝黑。我看着他们俩一个个像非洲人似的，内心不由得产生了一种负罪感。

随着时间的推移，蟹苗一天天长大，原先的大蜘蛛，变成了大蜗牛，进而变成大铜钱。

盛夏的早晨，我站在小船上，大口呼吸着湖面上清新的空气，闭上眼感受着早晨的清凉。蟹塘中田田的荷叶间，几点粉红、几点雪白，如鹤立鸡群般挺立着，蜻蜓呀、蝴蝶呀，在那粉嫩的花蕾上停歇。网箱上、水草上、堤岸边，全是铜钱大小的小螃蟹。它们的嘴巴时不时地吐着小泡泡，在阳光下像一串串珍珠晶莹透亮。我悄悄地抓一个放在手掌心上，只见它全身土黄色，肚子上雪白雪白的；眼球乌黑透亮，两只钳子不安分地舞动着。

"哎哟"，我稍不留神，手指头被小螃蟹的两只钳子钳住了，接着就是一阵针刺似的痛。小螃蟹也会钳人，这是我学习养蟹以来上交的第一笔学费。

有时，我也学着哥嫂一样，和妻子驾着小船给螃蟹投食。水面上静静的，时而有小燕子掠过水面，时而有几只牛背鹭在岸边踱步。一叶小船，穿梭其间，任意东西。船上小两口子，男的光着背，划着小船，女的站在船头，头上戴着斗笠，肩上披着粉黄的纱巾，身上穿着一袭粉红色的连衣裙，仿佛一朵盛开的红莲。在穿行的小船上，妻子从容稳当地抛着食，那一招一式的动作，轻盈熟练……多么浪漫，富有诗意啊。

螃蟹的一生是痛苦的，当中要经历五次蜕壳。每次蜕壳都是一次炼狱，都是一次生命的再生。每次蜕壳后，螃蟹壳都要大了一圈。正常情况下，清明过后，每经一次大的阴雨天，螃蟹要大了一些。蜕过壳的蟹壳是柔软的，这时的蟹是不能活动的，因为此时最容易受到龙虾、水蛇、水鸟等的攻击。如果长时间干旱就麻烦了，螃蟹蜕不了壳，赖着不长了，我们当地蟹农称这样的蟹叫小铜蟹。暴雨过后，水草上，岸边，留下了一个个大大小小的壳，这些壳是螃蟹蜕下来的，颜色有黄色的、褐色的。如果你手一碰，它就碎了，这些蜕壳是蟹成长的遗留物。

螃蟹是水生动物，当然离不了水喽。螃蟹蜕壳更离不了水。但是水过深，水温过低，不利于螃蟹蜕壳，也不利于螃蟹生长。当暴雨一连下几天，湖水汤汤，芦苇只露出青青的苇尖，荷叶没在水里，螃蟹在新鲜的雨水里游着。我们为了防止螃蟹漫过围栏跑掉，撑着小船要抢时间把围栏增加高度。水过浅，水温过高，也不利于螃蟹蜕壳，螃蟹当然也不能生长了。当干旱天气持续，除了大堆塘水深一些外，湖里只有尺把深的水。水草稠密，螃蟹在热突突的水草间艰难地游动。这时，我们必须捞出部分水草，让螃蟹活动的空间更大一些。有时需要挖一些水沟，贮存一些水，留给螃蟹容易生活的空间。螃蟹最适宜生存的环境：水深在三至四米，水温在十五摄氏度至二十五摄氏度之间。

秋风起、菊花黄，围栏四围的塑料网上爬满一只只张牙舞爪的大螃蟹。哦，螃蟹成熟了。看到这样丰收的景象，我们抑制不住内心的喜悦，会情不自禁地哼起顺口溜来："世人都晓养蟹好，蟹农辛苦无人晓！"

有时，我会静下心来，细心观察这些小家伙：它那扁圆的身体上，驮着一个大大的壳，活像一个身披铠甲的武士。成熟的蟹壳大多是青绿色，有些老蟹的壳是青紫色的。它那乳白色的腹部，好像穿着一件白衬衫。那小小的眼睛，像两颗黑色的米粒，一碰就缩回去。最可恶的是，它那两只前爪，像两个钳子。如果你用苇秆逗它玩，它就发怒了，两只"钳子"举得老高老高，好像要跟你一战到底似的。这时，你绝对不能与它一般见识。它的八条腿均匀分布在身体两侧，走起路来，一点都不文雅，用"横行霸道"来描述它，一点都不为过。

稻谷黄了，金桂飘香，蟹农们开始捕蟹了。"稻谷响，蟹脚痒"，螃蟹会自己爬到围栏上。河水涣涣的时候，采用笼捕的方法，每天傍晚，哥嫂摇着小船，把一船长长的地笼下在螃蟹容易出没的水域。地笼是蟹农的一种捕蟹工具，用长长的丝网编织的。清早，哥嫂摇着小船去倒地笼里的蟹。大蟹放进网兜里，小蟹放进水里当作苗蟹养，每天都会有不小的收获，倒过的地笼要再下到水里。中午，螃蟹倒完了，哥哥骑着自行车带着螃蟹到水产品市场卖，有时小贩们也会到塘口来收购螃蟹，不过价格一般要稍微低些。

每逢干旱的年成，洪泽湖里的水耗了几百米，湖面干涸了，只有低洼的小坑、靠岸的大堆塘里，蓄有一些积水，这是螃蟹仅有的活动空间。这时螃蟹白天大多躲在蟹洞里，晚上出来活动。

螃蟹上市时，晚上我和哥哥每人背上背着竹篓，手里攥着一把手电筒，到塘边捡螃蟹。湖里水草又高又密，蚊子特别多，咬到人身上疼痛难忍。我们临行前要把自己全副武装起来：用面纱罩住头，戴上手套，穿上长裤长褂、解放鞋，把裤脚衣袖扎紧、鞋带系牢。这样蚊子就无从插嘴了。螃蟹在白天一见到人就跑，灵活得很，可是一到了夜晚，就成了呆子，用手电筒一照就不动了。这时，你伸手就能捡起。

不过捉蟹也有讲究的。螃蟹蹲在水草上、苇秆间，我小心地伸开手，将五指张开，迅速地罩住螃蟹的壳。壳儿被罩住了，来不及逃走，螃蟹只得乖乖就擒。

捉蟹时手指要从上往下罩着捉，捏紧螃蟹的大钳子。因为大一点的螃蟹，那对大钳子会夹伤人的，有时会夹得手指鲜血直流。你不小心被螃蟹夹了，怎么办呢？这时你不能慌张。如果有水，你要赶快把手和蟹一起没入水中。螃蟹到了水里，蟹螯就自动松开了。如果没有水，你要把螃蟹放到地面上，任其自由爬行，这样钳着手指头的螃蟹就会自动松开蟹螯。螃蟹钳人，其实它是为了保护自己，并不是存心跟人过不去。只要你放了它，给它一条生路，它也就放了你。

塘边的缝穴中，藏的都是螃蟹，有的螃蟹在洞里就是不出来。这时你不能着急，要耐下心来，用小竹棍小心地挑逗它。你不断地逗它玩，时间久了，它就失去了耐心，就会被钓了出来。"心急吃不了热豆腐"，记住老人的话，你做起事情就会有准头。

捕到螃蟹不一定马上就要出手，碰上价格低时，要把螃蟹护在水里，搁一段时间再卖。瞧，这边小网箱里，护的都是螃蟹，等到行情好的时候再卖。网箱上聚满了密密麻麻的螃蟹，个个长得肥肥胖胖的，都在二两以上。

养蟹人家大多把养蟹当作一种职业，靠养蟹挣钱，来养家糊口。蟹农是舍不得吃自己养的蟹的，有时会吃卖不掉的残蟹来解馋。家乡的大闸蟹壳青、肚白、脚硬、螯黄……吃起来肉细，黄多，油多，畅销全国各地。

我和哥哥养了十几年，钱没有挣到多少，但是养蟹的酸甜苦辣都体验到了。现在养蟹并不是纯粹为了挣钱，而是分享养蟹过程中的种种乐事，修养身心，也是人生中一种很好的修炼。人的价值取向，本来就应该是多维的，何必被金钱紧紧束缚呢？

　　我家的蟹塘只是故乡成百上千蟹塘中的一面，哥哥只是故乡成百上千蟹农中的一员。故乡的一面面蟹塘，诉说着一个个动听的故事。河蟹养殖是故乡水产养殖百花园里盛开的一朵鲜花。故乡人敢立潮头，在"走水路，奔小康"的道路上，昂首阔步，奔向未来，奔向远方。

二 丫

　　我小时候，南徐庄各家猪不多，羊不多，粮食不多，就是孩子多。每家少则两个孩子，多则八九个。阳光下、月亮下，满眼是玩游戏的孩子。

　　南徐庄人口头上称小子为子，丫头为丫。大家习惯以序数称呼孩子，大小子叫大子，二小子叫二子，三丫头叫三丫，最小的丫头就叫老丫。孩子们尽管有很文艺的大名，但大人们很少叫。久而久之，孩子的大名就淡忘了。我在家里男孩中排行第二，大家就叫我二子。

　　"二丫，二丫！"二丫，是谁？一群女孩"嘻嘻哈哈"从你面前经过。当你喊二丫时，会有很多女孩把目光投向你，因为她们都叫二丫。

　　我今天说的二丫，姓李，是我的表侄女，我表哥的二女儿。二丫，叫什么名字，我因为长时间没有称呼她的大名，早就忘记了。

那次，我回金圩老家时，她正好回娘家，碰见她了，我问她的大名。她脸红了，略带着涩地说："表叔，你就不要喊我的大名，你就喊我二丫吧。我一听到人喊我大名，就觉得别扭。"

我笑着说："那怎么行呢，你已不是以前的小丫头了，都四十多岁了，怎么喊小名呢？"

她不再说话了，不好意思地低着头。

二丫是我姑母的孙女，表哥的二丫头。小时候，姑母经常带她来我家过一段日子。我与她在一起玩的时间很多。

我和二丫是同年同月出生的，听母亲说二丫大我一天，曾在一只碗里吃过饭，曾在一张床上睡过觉，曾为一把玩具手枪打过架。我们小时候，一起走羊窝、跳工程，一起挑荠菜、打猪草。我曾经和她的小弟二丑蛋，一起叫她二姐。

有一次，我正在喊二丫为二姐。这时，这话被从旁边经过的姑母听见了。姑母把我拉到一旁说："小苦鬼，乱套了，二丫叫你表叔，你怎么叫她二姐呢？二子，你以后做长辈的要有做长辈的样子，不能乱叫呀！"我向姑母点了点头，一溜烟地跑开了。

小时候，二丫比我长得快，个子比我高。那时，我是个矮地虎，趴在地上不长了。而二丫长得苗苗条条，秀秀气气的，脸白白净净的，扎着两条羊角辫子，挺讨人喜欢的。

八九岁时，我笨手笨脚的，干活儿没有窍头，被母亲赶到学校念书。二丫心灵手巧，干活儿麻利，被她父亲留在家里干活儿。我因为"笨"去读书，后来做了教师；二丫因为"巧"去干活儿，错失了上学的机会，做了一辈子农民。从此，我们两个同龄人，走上了不同的生活道路。

上次，我们见面时，提及小时候的事，二丫显得局促不安。她微带伤感地对我说："表叔啊，如果那时我也念书的话，我也会拿钱的。"

我认同地点了点头："是呀，那是一定的。"

二丫低着头，似乎为自己的命运不甘。如果小时候，二丫念书的话，凭着她的天资，一定会考上学校的。可是，人生错过去的这些"如果"，是无法追回了。

我念小学、念初中的那段日子，二丫在生产队干活儿挣工分，帮父亲放猪、养牛，帮母亲卖豆腐、卖馍子。她家因为二丫的帮衬，挣了不少钱。在 20 世纪 80 年代，她家就有上千块钱，成了南徐庄，甚至金圩大队有名的殷实户。

我念师范学校时，二丫成了大姑娘。她苗苗条条的身材，秀秀气气、白白净净的脸，两条大长辫子在身体前后甩来甩去，紫格子的白衬衣难以遮盖她胸前微微凸起的两点。她活脱脱是个美人坯子。家有小女初长成，何况是美女。表哥家来提亲的人真是络绎不绝。可是二丫一个都没有看中，因为我们的二丫心气高，看不上乡下俗人。

有年暑假，找回到了家，母亲偷偷告诉我："二丫，这个死丫头走了，她是跟街上一个小子走的。"

我心里一惊：一个十七八岁的农村女孩，在 20 世纪 80

年代初期的闭塞乡村，对于自己终身大事，奉行着父母之命，媒妁之言。她怎么有这么大的胆子，敢跟人走了呢？

母亲接着说："据说那男孩子人长得标标致致的，个子高高大大的，家里手头硬实。"我听到这里，心里又有些安慰，到这样的人家过日子，二丫是不会受罪的。

那天，我出去溜门，听蛮奶奶说：二丫不声不响走了，我表嫂气得在院子里大骂了一上午，表哥在床上睡了两天，也没有下湖干活儿。

二丫与她的父母关系僵了好长一段时间，她好几年没有回家。后来，我母亲劝解开导我表哥表嫂，二丫这才回了娘家。后来，我听说二丫男将能吃苦，二丫做点小生意，他们的日子过得不错。后来，又听说二丫生了一个小子。南徐庄的人都说："二丫呀，这丫头命不孬。"

我念书后，我与二丫就很少见面了。自从我到外地读书，二丫离开南徐庄，组建新的家庭以后，我就没有见过二丫的面。我知道关于二丫零零碎碎的一些信息，都是母亲从庄上老太太闲谈中得来的。

那年，我在龙集中学教书已有十来年了。那天是星期天，我在家休息，正躺在床上看电视。

"表叔在家吗？"门外传来年轻女人的叫声。

我赶紧下了床，趿拉着鞋，走到门口。我打开了门，只见一个年轻女人拉着一个小孩，站在门口。

我怔住了，仔细地端详起这个女人：她细挑挑的个头，白里透红的脸膛，一头乌发飘散在脑后，上身着一件蓝莹莹的翻领衬衫，下身着紫莹莹的短裙，脚穿一双白色的皮凉鞋。

再看那个孩子，大概六七岁，光着头，上身用三根襻带系住，下身穿开裆裤头，脚穿一双草绿色小皮鞋。

我望了望这女人，看起来好像在哪儿见过，又好像没有见过。我疑惑地问："请问，你是——"

"我是二丫呀，表叔，我是你的表侄女二丫。"那个年轻女人开腔了。

她就是二丫，我表哥的女儿，十多年没有见面，现在都不认识了。我慢慢想起来了，小时候，二丫的一幕幕往事浮现在我脑海里。

我把二丫母子招呼进门。我还没来得及搬板凳，二丫随手拖过凳子，一屁股就坐了下来。那个小男孩从锅台上拿起碗，往水桶舀了一碗生水"咕噜咕噜"喝了起来。

大概平心静气了吧，二丫话多了起来："表叔，这是你表外孙，我儿子虎子。"她拉着她的儿子，拽到我的面前。

那个孩子瞅了瞅我，一点不害羞："表爹好！"

"你好，你好！"我连忙回答。不用说，这是个乖孩子。

二丫摸着小男孩的头说："表叔，我家虎子七岁了，该念书了。表叔你在学校有熟人，帮我家虎子找个班念。"

我爽快地答应了："好的，我会尽力的。"我留他们母子在我家吃饭，二丫拒绝了。二丫像得到什么保证似的，带着孩子高高兴兴地回去了。

二丫走后，我打电话为二丫的儿子虎子联系好了班级，虎子入了学。后来，二丫给我打了一次电话，感谢我为虎子找了一个好老师。她说虎子的老师对虎子非常好。后来一段时间，我与二丫没有联系了。

以后，我每年回南徐庄，母亲都告诉我，二丫的孩子很聪明，成绩很好。

又过两年，我回家看望母亲，母亲告诉我，二丫的儿子考上泗洪县城中学。我心里一阵欢喜，二丫以前没有念书，她孩子这样优秀，将来能念成了书，这也是对二丫的安慰。

又过了两年，我放晚学回家，正在做饭。二丫带着她的孩子来到我家。

"表叔，做饭了。"声音非常低沉，若有若无的。原先说起话来掷地有声的二丫，现在变得毫无气力。

我望了望二丫无精打采的样子，我预感到她可能有什么事情发生。我温和地问道："她二姐，什么事？"

我一边说话，一边望着二丫：她瘦削的个儿，土黄的脸，稀疏的乱发随意堆在脑后，身上套着一身褪色裤褂，趿拉一双拖鞋。她面无表情，宛如一根电线杆。我再看看她的孩子虎子，多年不见，已经成了大人了。他像二十多年前的他爸爸一样，高高大大的，壮壮实实的。他穿着一身印有"志远中学"字样的蓝校服，脚穿一双白色运动鞋。他满脸肥肉，目无生气，愣愣地望着我。我做了一个手势，示意他们母子坐下。

"表叔，虎子想回龙集中学念书，你能帮帮忙吗？"二丫望着地面，声音低得只能自己听见。

我有点疑惑："虎子在城里念书念得好好的，回来干什么？"

二丫的脸立刻红了，低着头，不发出一点声音。

我回过头来，问了二丫儿子虎子几句，虎子像木雕似的站立着，一言不发。

我实在无法缓解当时尴尬气氛，自言自语道："那让我去学校看看吧。"

二丫母子俩似乎得到了保证，从凳子上缓缓站了起来，不声不响地走了。

二丫走后，我打电话联系了虎子就读的县城中学一位老师——我的朋友。从朋友的谈话中，我了解到：虎子一来到县城中学，成绩还是可以的，可是后来越来越差，再到后来直接不学习了，整天沉默寡言，有时还有过激行为。校长担心他出纰漏，于是就劝他退学了。

我心里一阵悸动，多聪明的一个孩子呀！

救救孩子，救救虎子，救救二丫，我的灵魂在呼唤。

第二天，我去找我校的校长，向他汇报我的外孙虎子的情况，请求校长给予虎子帮助。校长被我的真诚所感动，最终答应了我的请求，收下虎子。校长把虎子放在我的班级里，由我负责教育，当然出了问题，后果由我一个人承担。

我收下了虎子，肩上的担子陡然重了许多，像接受什么重大使命似的。我整天对虎子进行心理辅导，开导他的心智，试图走进他的心灵。可是，我尽管付出很多，但是最后都是徒劳的，虎子的心理问题越来越重。为了不耽误虎子心理疾病的诊疗，我不得不选择放弃。我打电话给二丫，表示我的歉意和无奈，建议她带虎子去大医院，找心理专家治疗。

对于我的建议，二丫很漠视。她跟我说，她家虎子很聪明，没有什么心理疾病，叫我不要乱说。我的心感到一阵阵的痛，我实在无话可说了。

去年，我回老家，遇见二丫的邻居。听她家邻居说，二丫家的虎子，已经不说话了，不与外界接触了，整天把自己关在家里。偶尔他看见人，就会露出凶狠的眼神，使人担心遭受他的突然攻击。每当人们从虎子身边经过，都远远躲避他。就是这样，二丫还是不愿带孩子去大医院治病，不肯接受孩子有病的现实。

后来，我又碰到那位邻居，他告诉我二丫家的一些事情。二丫的男将，好生生的，上星期，他坐手扶拖拉机去农场干活儿，走着走着，从拖拉机上摔了下来。他跌断了两根肋巴骨，卧在床上已两个月了，还不能下湖干活儿。这真是祸不单行哪！

自从虎子离开我校，我与二丫就没有见过面。

一天放晚学，我与妻子一起步行回家。我们来到学校前面的十字路口时，十字路口右侧聚集很多人。我们踮着脚跟，伸长脖子，好奇地往人窝里望。哦，原来是炸米花的。

只见一个老女人，身子微微前倾，左手拉着风箱，"呼哧呼哧"地响着，右手摇着葫芦样熏得发黑的小铁炉，炉火旺旺地烧着……"砰"，老女人将拖着长长尾巴的布袋口从黑乎乎圆鼓鼓的铁炉上取下来，将白花花的米花倒进塑料袋里。

米花装好了，总算缓了一口气，老女人抬起头望了望四周的人群。

我端详起这个老女人：稀疏的白发上绾着一条白毛巾，刻满皱纹的脸上、松树皮般的手上、泛白的灰裤褂上，"点缀"着一团一团的黑灰。她的脸上已经看不出任何表情了。

"这不是二丫吗？"妻子看看老女人的脸面，看看老女人的眼睛，肯定地说。

"这怎么可能呢？"眼前的这个老女人，怎么可能与当年美若天仙的二丫联系在一起。

我仔仔细细地端详这个女人，仔细观察她的脸面、她的眼睛、她的鼻子。是她，真的是她，是二丫，就是二丫。

"是，是二丫。"我也肯定地对妻子说。

一个五十来岁的人，未老先衰，呈现着与她年龄极不相称的容貌。现在看起来，都有七八十岁了。这就是当年的小美女吗？这就是当年门庭若市上门提亲的二丫吗？我不敢相信我的眼睛。

我们望老女人时，老女人也在望我们。她望了一会儿我们，大概望懂了什么。她低着头，不再望我们，不再望四周的人群，只顾干自己的活儿。

从那以后，我不再看见二丫在学校前面的十字路口炸米花了，大概转到别的地方了吧。那以后，我不再看见二丫了。

有天夜里，我做了一个奇怪的梦，二丫的儿子虎子病好了，虎子又背着书包上学了，二丫又年轻漂亮起来了。

是呀，虎子该好了，二丫的日子该好了，因为现在我们大家都好了。

老队长

两年前的一天夜里，老队长走了，走完了他八十五岁的人生。他走得无声无息，就像他来到这世界一样，静静的，静静的。

老队长姓张，出生于20世纪30年代初期。他有一个弟弟，我没有听说他还有其他亲人。在我记事时，没有听说他有父母亲，可以说，他的父母早就离开他们了。

老队长不是本地人。他从哪里逃荒到金圩，我没有听大人说过。他的女人姓什么，我也不知道，我也不知道他女人的娘家在哪儿。他的亲戚很少，他认了本地张姓为本家，他们走动得很多。

我们小队有三排房子，南徐庄在南边，社员们称为前庄，老队长住在后排庄子中，社员们称为后庄，中间还有一排房子。我家住在中间那排房子里，老队长住在我家的后面。

他家人口多，房子也多。他家拉个大院子，后面主屋有六间，两侧各有三间厢房，前屋四间作为厨房。不过，这些全是破旧的土房子。

老队长有七个孩子，五个儿子，两个女儿。他最小的女儿十几岁就离世了，是喝药自杀的。据说这个孩子与家人之间闹点矛盾，一时想不开，就喝了药。她是我以前的玩友，我们天天在一起玩。我听到她的死亡消息，心里非常难过。老队长一家好多天，没了言语。

老队长家的三儿，与我同龄，我们是形影不离的玩伴。那时，我经常去他家逗三儿玩，老队长经常拿东西给我吃。后来，我离开金圩，去外地读书，到外地工作。三儿也离开金圩，去外地当兵，在外地安家立业了。我与三儿就没有再见面了，没有了音信。前年，他回老家，参加了他堂兄的葬礼。我也回金圩参加三儿堂兄的葬礼。我们又匆匆见了一面。

我能记住事时，老队长四十来岁，比我父亲小两岁，眉粗眼大，中等个儿，长得敦敦实实，背阔腰圆。老队长身强体壮，浑身有力。他贵为一队之长，但干起农活不藏不掖。他是队里的好农家，拖拉滚打样样精通。

在我印象中，老队长一直是我们小队的队长。他为人正直，处事公正，做事能把握分寸，深受大家的喜爱。中老年人尊重他，年轻人敬畏他。他担任生产队长十几年，队里人都亲切地称他为老队长。

他是小队的最高"长官"，生产队的一切事情，都是他一人说了算。老队长虽然不识字，但他心思缜密。哪家生活怎样，哪人能干什么，生产队一百多口人都摆在他心里。哪家贫困，哪家富裕，他心中有数。谁能做会计，谁能做计分员，谁能做保管，他都能人尽其才。老队长干农活是个好把式，安排农事井井有条。什么季节干什么活儿，哪块地段用多少工，他都能拿捏合理。

老队长召集社员们干活儿、集会，都靠他那大嗓子。他的嗓门又高又长。人们只要听见老队长高声吆喝，就立即往队场奔去。老队长也有一把哨子，他平时是不常用的。如果他身体不舒服，嗓子出现了"故障"，他就会用他的哨子了。他的哨子挂在胸前，每次出工吹三下短音，每次收工吹两下长音，集会时就连续不断地吹。那时，哨声就是老队长的命令。

一九六〇年，是我们生产队最困难的一年。这一年，饥荒严重，粮食紧缺。社员们挑野菜，捋树叶，挖草根，扒树皮，能吃的东西似乎都吃光了。队里前后三庄都断了顿。人人面黄肌瘦，全身浮肿，手脚无力，眼看就要饿死人了。

老队长看见队里家家断顿，心里难受。这个性格一向坚强的汉子，眼泪簌簌地流了下来。为了保住全队人的性命，老队长召集了队委会成员商讨对策。不过，他们实在无法可想。后来，老队长打起了生产队粮种的主意。

他们拿出少部分粮种，分给各家各户，兑着野菜野草吃，让大家渡过难关。最后，老队长一再叮嘱大家注意"保密"。

当天夜里，队里分了粮食，各家的烟囱又冒了烟，各人的饥饿得到缓解。那年，我们生产队没有饿死一个人。

不知哪个冒失鬼，还是泄露了生产队分粮的消息。大队长对老队长合情不合法的分粮"事件"做出了处理。老队长独自一人承担了所有的责任，接受了大队的处分。他在小队会上作了检讨，免去了小队长的职务。

老队长在小队会检讨时，队里的男女老少都流了泪。此后，我队小队长的职务空了下来，一直空着。后来大队又组织了全体社员选举生产队长，老队长又全票当选了。从此，老队长在全队人的心里竖起了一座巍峨的丰碑。

20世纪60年代中期，我出生了，队里生活好了一点。到了我能记事的时候，大多数家庭不再挨饿了。不过，像我父母这样的老实人，家里粮食还是不够吃的。每当清明前后，青黄不接的时候，我家又断顿了，每个人没了气力。老队长知道后，他叫他家那口子，晚上偷偷送几碗细粮给我母亲，帮我家缓一缓眼前困难。可是，我母亲深深知道：老队长家孩子多，人口多，粮食也不多。于是母亲在再三推辞之后，只得留下两碗细粮，兑着野菜吃。后来，老队长又让队里的饲养员送了几回牛草苷里的土粮食给我父亲，也帮了我家不少忙。

那段日子，以及后来很长的一段时间，我父母只要提到老队长，都从心里表示感激。直到我母亲去世前，她一说到老队长，都说他是个好人。

20世纪80年代初期，农村实行家庭联产承包责任制，土地分到小组。原来老生产队一分为二，前庄自然成为一队，后庄成为一队。我与老队长就成了两个小队了。不过，那时我已经离开了家，去外地读书了。

生产队分成两队后，老队长向大队辞了职。他说，他年纪大了，精力跟不上了，不能再做小队长了。于是他推荐了队里品行端正的年轻人做了队长。老队长从此由前台转入幕后，默默地支持年轻队长的工作。

晚年，老队长患了脑血栓，后来病情加重，行动不自由了；再后来病情越来越重，卧病在床了。他的儿女们细心地照顾着他。他卧在床上，熬了好几年。

两年前，老队长终于熬完了自己的生命，悄悄地走了。他走得无声无息，就像他来到世界一样，静静的，静静的。

毛胡子

说起毛胡子，金圩大队无人不知，无人不晓，他可是金圩的"名人"。

毛胡子是我的家里弟兄，今年七十多岁了，比我大二十来岁。他年轻时爱留络腮胡子，毛头毛脑的，生产队的年轻人，就给他起了个"毛胡子"的外号。

毛胡子读过书，在临近大队应山读书，初小毕业。他很聪明，成绩也不错，但因家里没人干活儿，父母就让他回家干活儿。他念书时间不长，但识字不少，能看报纸，能读普通的来往信件。他的字写得也不孬，有模有样的，老队长就叫他帮会计记记工分、带人干活儿。

20 世纪 70 年代末，我们生产队因为人口多，就一分为二，分成了两个生产队：前庄生产队、后庄生产队。老队长年纪大了，不能干了，就向大队推荐毛胡子做队长。毛胡子当了队长，于是认识他的人又给他的外号添上"队长"两字，叫他"毛胡子队长"。

当时还是人民公社时期，生产方式是集体劳动。生产队是农村最基层的组织，生产队长是农村最小的官，可是它在生产队里却是最大的官。队里人的吃喝拉撒都是队长说了算。队长在队上，可是响当当的人物。我那时已到公社念初中了，每到星期天和放暑假的时候，就到生产队干些农活，给家里添点工分。

毛胡子当队长时，年龄三十出头了。他敦敦实实的，浑身充满着力量。他穿着很朴素，决不花里胡哨的。

不过，毛胡子有个癖好，就是抽烂烟。平日里，他的上衣口袋里总是装着塞满烟丝的布包。每到歇工的时候，他便坐在土埂上，撕块旧报纸，卷着烟丝，用洋火点燃，大口大口地抽着。

毛胡子有个突出特点，就是嗓门大。他一喊起来，半边庄子都能听得见。他办事风风火火的，从来不拖泥带水的。

"眼睛一睁，忙到熄灯""一年忙到头，没钱打火油"……这些口头禅真实写出了当时大集体生活。毛胡子一贯反对磨洋工。他做了生产队长，与队委们商量，采用奖勤罚懒的做法。有些活儿能用大包干的，就尽量用大包干。

毛胡子腿勤。他每天收工时，都要到队里各块地转转、看看，用铅笔在小本子上记记，哪块大芦该上肥了，哪块棉花该掐枝了，哪块稻地该下种了，哪块沙芋该浇水了，哪块豆子该锄草了，他做到心中有数。然后，他做出合理的安排。

毛胡子实地考察，给每块地确定工作量，然后再安排劳力，落实人头。拿割麦做个例子吧，毛胡子合计一块地需要多少工，记多少工分。干活儿时，谁割的地多，记的工分就多；谁割的地少，记的工分就少。大包干劳动，大家多劳多得，谁也不偷懒。队里农活干了，毛胡子给了社员自己的空间，大家可忙自留地，也可上街转转。

毛胡子是种田好手，在队里是数一数二的。他拖拉滚打，撒种、收割、栽秧、扬场，样样都会。他知道地的脾性。队里一百四五十口人，三百来亩地，有岗地，有湖地。哪块种小麦，哪块种大芦子，哪块种花生，哪块种稻子，都装在他的脑里。

毛胡子懂农谚，也懂农时，什么时候干什么活儿，明镜似的。"白露早，寒露迟，秋分种麦正当时。"小麦白露时种有点早了，寒露时种有点迟了，秋分正是种麦的好时候。"清明早，小满迟，谷雨种棉正适时。"棉花清明种早了，小满种迟了，谷雨正是种棉花的时候。"小满前后，种瓜种豆。"至于小瓜、黄豆，小满前后种正好。"小暑不种薯，立伏不种豆。"到了小暑，就不能种沙芋了；到了立伏，就不能种豆子了。

"黄金铺地，老少弯腰。"农忙时，毛胡子督促大家抢收抢种，不能错过农时。

"种地不施粪，等于瞎胡混""底肥不足苗不长，追肥不足苗不旺"，种庄稼不能没有肥料。农闲时，他提醒大家多积肥。大人孩子没事时背着粪箕拾粪，缴给生产队挣工分，人屎二斤一分，猪屎、狗屎三斤一分，牛粪五斤一分。各家挣了工分，队里积累了农家肥。夏天，队里建个大池子。农闲了，社员们割青草、割蒿子、薅稗子，扔到池子里沤绿肥。初冬，汪塘里的水干了，毛胡子就安排劳力用锹撂骚泥。骚泥晒干了，用布兜挑到田里，撒开来，做底肥。

"冬至副业忙，有钱又有粮。"湖里庄稼收清、种完了，肥积好了，毛胡子鼓励各家搞点副业，养猪、养鸡、养鸭、生豆芽、拐豆腐、打席子、切折子……增加家庭收入。这时，上面政策已经松动了，允许农民搞点小副业。

毛胡子说话耿直，不给人留情面。社员中有拈轻怕重的、出勤不出力的、敷衍了事的。一旦被他发现，就当着大伙的面大训一番。

在大集体年代，生产队长掌管着队里的财经大权，安排自家人干点轻快活儿，那是手到擒来的事。可毛胡子不是这样的人，他对人一视同仁，对自家人也不照顾。他的媳妇兰子和男壮劳力一起出沟打坝、抬河、挖骚泥；他闺女大丫和姊妹团一道挑牛粪、泼粪水；他的老父、老母都被安排到老年组，与老年人一起晒场、翻场。他家里人的工分，够上几分就评几分，从不搞特殊化。

有一次，他闺女大丫在生产队麦地拾了一把麦子，毛胡子发现了，夺过大丫手里的麦把，扔到生产队的麦堆上。有一回，他的母亲聋大娘起花生时，口袋里装了一小把花生，被他看见了。他先批评了聋大娘一顿，然后叫她在小队会上认错，并扣了两分工分。

毛胡子干活儿不奸不滑，总是走在群众前面，自己沤岗，撂骚泥自己下塘，抬河自己挖土、抬泥……决不像有的小队长那样"大衣一批，飞东飞西，活计不做，工分照记"。

毛胡子大公无私，大家都敬畏他。农闲时，姊妹团坐在大柳树下拉呱，一旦看毛胡子来，就不作声了；小媳妇待在巷口里一边补衣服，一边说家长里短，一看毛胡子过来，就纷纷站起身子散开。

毛胡子德高望重，大家都尊敬他。队里高家儿子要年命、李家闺女订亲、苗家来了客人，都请毛胡子陪客；谁家遇到红白喜事，都请毛胡子做知客、主事；哪家儿子带亲，请毛胡子做轿头，闺女出门，请毛胡子送亲。

毛胡子处理问题公平公正，社员们把他当作队里的"调解员"。小两口打架了，请毛胡子评理；婆媳间闹矛盾了，请毛胡子调解。毛胡子说理一套一套的，让人听得心服口服。即使有人一时半会儿想不通，也会给毛胡子面子，把矛盾暂时搁置起来。

毛胡子做了几年队长，生产队收入比以前明显增多，队里劳动日的单价由老队长时的七八分钱，涨到后来的二三毛钱。这在金圩大队是比较高的。劳力多的人家年终结算时，能分到好几百块钱，劳力少的人家也能分百把块钱。

队里每年除了缴齐军粮、留足种粮，夏秋两季每口人还能分上五六十斤小麦、七八十斤大芦子、三四百斤沙芋，再加上自留地的收成，各家大人孩子填饱肚子是不成问题的。

如果遇到天灾人祸，寒冬腊月或青黄不接时，大队发放些返销粮、救济粮，日子照样可以对付过去。

队里还喂十几头猪、养几亩鱼。过年时，毛胡子分些猪肉、鱼，让各家各户过个好年。

20 世纪 80 年代初期，上头下来红头文件，土地实行家庭联产承包责任制。这时，毛胡子把土地分到一家一户。社员们的生产积极性提高了，各家的粮食吃不了，钱用不尽。

土地分到户后，毛胡子又做了几年生产队长，维持了一阵子。后来，他年纪大了，就不干了，把队长位置让给了年轻人。队长不干了，他就一门心思种自己的责任田。随着年龄的增长，他地也不种了，分给了孩子们。

毛胡子的几个孩子都有出息，有的包了地，做了老板；有的在外边做了生意，发了财。他们都到城里买了房子，生活在城里面。

毛胡子的孩子都动员他去城里生活，可毛胡子却坚决不去。他说，哪里不如南徐庄好，人熟，地熟，生活方便。其实，毛胡子的心思儿女们懂：他恋着南徐庄，恋着这块土地。

赤脚邓大姐

提到"赤脚邓大姐",我们金圩人都知道。

邓大姐是个赤脚医生,曾经因为有个村民生了急病,她赤着脚忙着跑去看病,而忘记了穿鞋,村民们都叫她"赤脚邓大姐"。

邓大姐出生于20世纪50年代,蛇年生的,属小龙,我们金圩人在属相上不说蛇,都称叫小龙。我也是属小龙的,她比我大整整一旬。

1976年,公社放映队在大队部放映了反映农村题材的电影《春苗》。电影刻画了一心为贫下中农治病的女赤脚医生田春苗的形象,深受社员的喜爱。影片插曲《春苗出土迎朝阳》中有一段歌词:"春苗出土迎朝阳……身背红药箱阶级情谊长,千家万户留脚印,药箱泛着泥土香……"我们庄子上孩子都喜欢唱。孩子们唱这首歌曲时，就会想到"赤脚邓大姐"。

邓大姐是 20 世纪 70 年代初期做赤脚医生的。那时农村医生短缺，初中没毕业的她和大队袁姓、王姓两个小青年，一道被大队书记派到泗洪进行了四个月的乡村医生短期培训，学习一些简单的医学常识和常见病治疗方法。他们学成归来，回到大队做乡村医生。姓袁的男青年家住袁庄，姓王的女青年家住圩里，只有邓大姐家离南徐庄近。于是我们南徐庄人生病了，都找邓大姐看。

邓大姐是个赤脚医生，上面卫生部门有个备案，没有编制，不拿工资，只拿生产队的工分，有时大队发点补助。

平时，邓大姐和其他社员一样，穿着劳动布衣裳，拿镰刀、抱锄子，下地劳动，挣工分。轮到大队搞传染病防治了，她就走家串户，拿着小本本到各家各户登记，发放药丸、打疫苗，讲解预防知识。这段时间，她吃不上安生饭，睡不上安稳觉。

我记得那时防疫比较多的是流感、流脑、麻疹、疟疾什么的。疟疾又叫打摆子，南徐庄人叫作"老瘴病"。得"老瘴病"的人，一会儿怕冷，一会儿怕热，非常难受。那时得"老瘴病"的人很多，庄上的人大多有这段经历。我小时候就得过，邓大姐给我吃一种叫"奎宁"的药，非常苦，不过很管用。

如果庄上哪家人病了，就派人跑去找邓大姐，或跑到大队部，用大喇叭通知。邓大姐无论是在家，还是在湖底干活儿，听到通知，就赶快背着药箱跑去那家看病，正像有副对联写的那样："背起药箱出诊，放下药箱下地"。

那时邓大姐十八九岁，正值花季，中等身材，白里透红的脸颊，炯炯有神的眼睛，两条乌黑的大辫子总是拖在身后，走起路来，一甩一甩的。

邓大姐平时穿劳动服，等到搞防疫、上门看病的时候，就穿着洁白的工作服，肩上背着一个印有"红十字"标识的白色药箱。药箱里有碘酒、纱布、胶布、针剂、消炎药、止痛片、退烧药、打虫药，还有一支注射器、几个针头、一个听诊器。这些东西都是大队卫生室分发的。

南徐庄大人小孩有个头痛脑热、感冒咳嗽的小病，都跑去找邓大姐。看过病，有钱就给点，没钱先赊着，只收成本钱。

我那时已经十几岁了，免不了头疼感冒的，母亲就带我看邓大姐。看后，她就从药瓶子里倒些丸子，用纸袋包好，塞给我母亲。她告诉我母亲服药的方法。有时她也会给我打上一针。一般情况下，我吃两天丸子，打上一针、两针，病就会好了。

邓大姐跟公社医院一位姓陈的老医生学习助产知识。她成了金圩大队有名的接生婆。哪家闺女、媳妇生孩子了，都跑去喊她。河下的渔民生孩子了，也都跑来找她。渔民们说："邓医生接生，我们放心。"她接生技术好，从来没有闪失。

邓大姐做人厚道，从来不向人索钱，有时拒绝不了主家的执拗，只是象征性地拿点钱，收点东西。我老家有个习俗，小孩出生的胞衣，主家要拿回家埋在自家的院子里。听长舌的李婶说，有些生小孩的人家为了感谢邓大姐，自愿把婴儿的胞衣送给她。婴儿的胞衣在中药上叫紫河车，是治疗劳伤和虚弱的良药。邓大姐的爱人常年患病，身体虚弱，吃些胞衣，病慢慢就好了。

邓大姐待人亲热。只要哪家人生了病，派个人打个招呼，她随叫随到，哪怕刮风下雨，深更半夜，也不耽误。邓大姐知道自己医术不高，遇到疑难杂症，或者大病，自己治不了了，她就叫病人立即去大医院治。

有天夜里，后庄大牛媳妇二丫临盆了，疼得要命。大牛娘跑去找邓大姐。邓大姐跑到大牛家一看，啊呀，不得了了，二丫难产了。于是邓大姐绞尽了脑汁，捣鼓了半天，总算把胎儿捣鼓出来了，二丫母子还平平安安的。

邓大姐刚从二丫家回家，脱下鞋，衣服没来得及脱，就累倒到床上。这时下场的金大婶哭着跑来："小邓呀，小邓，快起床，你大爷毁了！"原来她家的老头子金大爷"死"了。这两天，金大爷的心口总是疼。

邓大姐二话没说，连鞋也没穿，背着药箱就往金大婶家跑。她跑到金大婶家，扒扒金大爷的眼珠子，望望舌根子，用听诊器听听心口，摸摸金大爷还有脉象，时断时续，她确信金大爷没有死。于是，邓大姐很快给金大爷打了一针强心剂。她与金大爷家人一起，连夜把金大爷送到公社医院。原来金大爷得了心肌梗死，由于抢救及时，保住了一条老命。

邓大姐直到第二天夜里，才回到自己的家，终于睡了一次安稳觉。金大爷病好了，回家了，金家人把邓大姐当作了救命恩人。邓大姐赤着脚，跑去给金大爷看病的消息，不久传遍了整个大队。村里的大人孩子，只要看到了邓大姐，都亲切地叫她"赤脚邓大姐"。

邓大姐做了十几年的赤脚医生，默默地为村民服务。20世纪80年代中期，上面有了新政策：赤脚医生参加考试，合格了转为正式医生，拿工资；考试不合格的，就取消医生资格，不准行医。

邓大姐虽然行医多年，但文化不高，年纪也不小了，最后没通过考试，没有取得行医的资格。但是她还像以前那样为村民认真看病，她的服务态度还像以前那样周到。但她没有行医许可证，所以只能私下里给人看病。

时间过得好快，说说讲讲，我都从师范院校毕业了，工作了，结婚了，甚至都有孩子了。我家孩子也像我小时候一样，经常头疼脑热的。在这期间，我母亲还像以前一样，找邓大姐。邓大姐听到我孩子病了，就背着药箱，来我家给孩子看病、打针、挂水。孩子的病慢慢好了。她每次还像以前那样，只收点成本费。她给我家带来很多方便。

邓大姐的小诊所刚开的时候，卫生部门不闻不问。后来，上面开始整顿无证行医，刚开始，小诊所还能勉强开；再过一段时间，上面下决心了，邓大姐的小诊所没办法干了，只能关门，安心种地了。

几年前，我回南徐庄，听毛胡子说，邓大姐的地不种了，跟儿女去了大城市，帮着儿女照管孩子。毛胡子还说，邓大姐拿钱了。国家落实了政策，像邓大姐这样的赤脚医生，县卫生局有备案，上面每月有二三百块的生活补贴。此时，我感到非常欣慰，像邓大姐这些为村民健康付出过的人，国家终归没有忘记他们。去年我又回了趟南徐庄，毛胡子说，现在邓大姐的生活补助已经涨到五六百元了。

时光荏苒，青春不再，邓大姐不再是"大姐"了，一晃，已经六十几岁了。上次我去泗洪，在公交车上看到了邓大姐。我一看到她，几乎认不出来了。她的脸上全是皱纹，头发大半白了，再也寻不出她当年的印象：那白里透红的脸颊，炯炯有神的眼睛，两条乌黑发亮的大辫子，走起路来，像一阵风似的。

邓大姐告诉我，她好长时间没回家了。她在大城市生活久了，她想老家，想回老家，看看老家的房子，看看老家的亲人，看看以前的庄邻。

赤脚医生在农村已消失好多年了，但他们在贫穷落后的年代里所作出的贡献，人们是无法忘记的。

"春苗出土迎朝阳……身背红药箱阶级情谊长，千家万户留脚印，药箱泛着泥土香……"每当听到这首歌，我就会想到邓大姐，想到了20世纪70年代末农村的赤脚医生，是他们为当地村民构筑起一道健康的防火墙。

许剃头

　　我小时候，南徐庄上如果谁家孩子调皮了，那家大人就会喊："许剃头来了，许剃头来了！"

　　许剃头是一个剃头匠，住在南徐庄后面的小许庄，南徐庄大人孩子的头都是他剃的。其实，许剃头待人并不凶，从来没有什么大言语。

　　听父亲说，许剃头是个孤儿。他几岁时父母就去世，由许家叔伯婶娘带大的，后来跟人学了剃头。

　　我记事时，许剃头有二十多岁，头发卷曲，个子矮，一米五左右，小鼻小脸，小手小脚的，就连眼珠子也小，但他的脸红润而富有光泽。他人虽然长得不咋样，但是他会手艺，能糊嘴，人家就给他凑合了一门亲事。听聋大娘说，那女的大高个子，有点傻，年纪比许剃头小了十岁。

　　由于媳妇不会过日子，因此他家比较穷。他没有一件周正的衣裳，每件衣裳都是补丁叠补丁。他家住在小许庄西尽头，两间茅草屋里，除了锅碗瓢盆，什么也没有。

　　俗话说："剃头匠挑子一头热"。剃头匠大多挑着挑子走街串巷，一头挑着椅子和剃头箱子，一头挑着燃着的小煤炉，冒着热气的大锡壶。可是许剃头不用这样，他靠在大队当副职干部的本家弟兄，承包了几个小队村民的头剃。

　　他每天早早地背着箱子，到各家门上剃头。剃完头，各家当时用不着给现钱。剃头钱一年一结算，大人每次一毛，一年一块二；小孩折半，一次五分，一年六毛。年底各家按人头累计剃头钱总数，按市价折算成粮食斤重。凑粮食时，许剃头背着口袋，跟在队长的后面，挨门挨户跑，人家给大芦（玉米）就要大芦，给小麦就要小麦。

　　每次许剃头来我家凑粮食，我从外面赶忙跑回家向大人报告："许剃头来了，许剃头来了！"这时母亲总是责备我："苦种，下次不能喊许剃头，你应该喊他表姑父才对。"

　　我当时一愣，母亲忙解释道："叙起来，许剃头的那口子是你父亲的远房表妹。"哦，原来那个傻大个子，还是我的表姑。

　　这时，父亲摸着我的小脑袋，接过了话头："表姑父是真的，假一赔十。你呀你，你出生时的毛头，就是表姑父剃的。那时，你刚满月，一屁股屎黏糊糊的，又是哭又是闹。你表姑父一手稳住你的头，一手拿着剃刀，花了几个钟头，才把你的毛头剃完。要不是你表姑父手艺高，非把你的小脑瓜子划拉几道口子不可。"此时，我抬起小手，摸了摸我脖子上的人头，心中陡然涌起了对这位表姑父的感激之情。

父亲没完没了地说："按我们此地习俗，孩子剃毛头，大人要给很多喜钱的。可你那次剃毛头，我给你表姑父钱，他一分钱都不要。"

母亲顺着父亲的话茬往下撵："他大（爸），你不要讲了，他表姑父没要我家喜钱，他要南徐庄哪家喜钱了？东门旁他大爷爷，七十多岁的老人了，也是他表姑父给剃的头。他大叔不管怎样给喜钱，他都不要。"

母亲向我进一步解释道："我们南徐庄这个地方，庄子不大，习俗可不少。小孩满月剃毛头要给喜钱，老人老了剃头也要给喜钱。当一个老人去世的时候，家里人要给死者剃最后一次头、刮最后一次胡须、修最后一次面。可是活人头容易剃，死人可就难剃了。死人没有任何意识，不知道配合，身体僵硬，翻动起来极其困难。皮肤没有弹性，容易划破。因此，给死人剃头的喜钱，是普通人的剃头钱十几倍还多呢。"

哎呀，这个许剃头，小孩剃毛头喜钱不要，老人老了剃头喜钱不要，这样的巧钱不挣，他到底想挣什么钱？他家能不穷吗？

我为许剃头的做法而感到困惑，是不是他的脑子进水了？不过随着时间的推移，我渐渐明白了……哦，原来许剃头是个重情重义、有自己做人底线的人。

想到这里，许剃头那矮小的身躯，在我的眼前似乎大了许多。

那时候，许剃头每月背着剃头箱子来我家一次。他一来，就远远叫唤开了："家有人吗？二嫂子剃头了。"这大概是在打招呼。

这时母亲围着围裙，忙不迭地从锅屋跑出来，一边把湿手朝围裙上擦了又擦，一边回答道："有人，有人，他表姑父来了。"

母亲把头转向堂屋，大声喊道："他大（爸）出来，他表姑爷来剃头了，出来。"

"哦，哦。"这时父亲趿拉着鞋，揉了揉眼睛出来了，显然刚才他躺在床上迷糊上了。

许剃头慢慢地放下剃头箱子，把箱子摆在我家门口的大槐树下。他打开箱子，里面露出梳子、剪子、剃刀、围布、推子、修面刀、耳扒子、荡刀布、刷子等工具。

这时他转过头来，对我母亲说："二嫂，麻烦你烧点水。"

母亲"哦"地应了一声，回锅屋烧热水去了。

许剃头将荡刀布挂在我家的门闩上，那荡刀布又黑又亮，已经失去了它的本色。他从我家堂屋搬出两个高腿凳子放在大槐树下，一个上面放脸盆，一个上面剃头时坐人。

待一切准备停当，他高声喊道："二哥，谁先剃？"

父亲爽爽快快地答道："我还有事，我先来吧。"

这时，许剃头从箱子里面拿出围布，围在父亲的脖子上，用手将布角往衣领里塞了塞，然后用手把围布抹了又抹。他把头转向锅屋，对我母亲说："二嫂，水烧好没？不要开，温水就行了。"

母亲随口答道："中了，他表姑父，你看看。"

许剃头拿起水瓢从锅里舀了一瓢热水倒进瓷盆里，然后用手指蘸着热水，感觉有点热，又从水缸里舀一点凉水兑进盆里，再用手指试了试，这次感觉适中了。

父亲的头在许剃头手指的引导下，转到瓷盆的上方。他将父亲的头按到水里，用双手将父亲的头发反复揉搓。揉搓一会儿，他取出玻璃瓶，倒一点碱面，放到自己的手心，捻了又捻，抹在父亲湿漉漉的头发上，又用手指反复揉了揉。本来一盆清水，经过父亲的头这么一洗，已经变黑了，冒着白色的沫子。

洗好了头，许剃头又重新将父亲的围布围好，让他在板凳上坐端正些，拿起梳子梳了梳，然后问："二哥，还剃光头？"

父亲脆生生回答道："剃就剃吧，光头舒服，省事，不用梳，不用洗的。"

这时，许剃头拿起推子"咔咔咔"虚推了几下，不知是测试一下推子呢，还是告诉我父亲马上开始了。

说来就来，许剃头用推子一下下地推掉父亲的头发。头上的头发越来越少，围布上的头发越来越多了。过了一会儿，父亲的头发几乎看不见了。这时，许剃头再用热毛巾把头皮茬子洗了洗，泡了泡。他拿出剃刀紧贴头皮，轻轻地刮。只听见"沙沙沙"的声音，看不见剃刀的运行。看样子头发刮干净了，许剃头用手在我父亲的光头上摸了摸，荡了荡，感

觉满意了，才停下了手。他又用湿毛巾将父亲的光头洗了
一遍。

轮到剃胡须了，许剃头拿起毛巾在开水中浸泡拧干，往
父亲的面部一焐，严严实实地罩住，只露出一双眼睛。过了
一会儿，他取下毛巾，拿出一个刷子，蘸上一些碱水，涂抹
在父亲的脸上。他把毛巾放在热水中浸泡一下，拧干水分，
再次覆盖在父亲的脸上。

大概胡须泡好了，许剃头拿起剃刀，在荡刀布上"嚓、
嚓、嚓"地荡了几次，掀掉脸上的毛巾。他一边慢慢刮着父
亲的胡须，用手轻轻地摸摸，一边用热毛巾轻轻擦拭着父亲
的脸颊和下巴。

刮完了胡须，许剃头给父亲修面了。剃刀经历一次长途
远行，从额头、眉毛、鼻翼、嘴唇、下巴到咽喉，轻轻地运
行着，然后转到脑后，就连鼻毛、耳轮和耳垂上的绒毛都不
放过。父亲的眼睛微闭着，嘴角现出微笑，看样子是在享受
修面这一过程。在微笑中，父亲的脸一点一点露出干净的模
样。完了，他没有忘记用毛巾擦拭着父亲的脸部和头部。

修面结束了，许剃头又拿出耳勺子，慢慢地伸进耳朵里，
在里面掏来掏去，轻轻刮动，不时从耳道里掏下一块块耳垢，
用镊子轻轻镊出。

许剃头轻轻放下镊子，打开一盒歪歪油子（一种劣质化
妆品），用手指取出一点，在自己的手掌心揉开，均匀地涂在
父亲的脸上，一股香气立刻传到我的鼻孔里。

这时，许剃头用一个长毛的刷子将父亲脖颈里的头发茬

子掸去，解开围布，又将衣领翻了过来，掸了掸身上的碎发。最后用手指朝父亲的后背轻轻拍了一下说："二哥，好了。"我望了望，理完发的父亲仿佛年轻了好多岁。

父亲剃完了，轮到母亲了。女人剪头比起男人来显然简单得多。围围巾，洗头，接着就是剪头了。许剃头用他的剪刀把母亲的长发修了修，用推子在后脑勺"咔嚓"推几下，用剃刀刮了刮……我的大脑还没有反应过来，母亲的剪头已经结束了，一切都是那么快速，但又并不马虎。母亲洗把脸，擦了擦手，又去忙饭了。

最后轮到我了。许剃头拿起剃刀，在荡刀布上来回地荡。我的心像揣了个小兔子，怦怦直跳，眼睛紧紧闭着。我担心他剃头时，一不小心，推子划伤我的头皮；我担心他的手一哆嗦，剃刀割破了我的喉咙；我担心……

在我天马行空的想象中，许剃头不知什么时候已帮我洗好头，围好围布，拿梳子正在为我梳头。他放下梳子，端详起我的头型。他一边端详，一边拿剪子剪，放下剪子，又拿起推子推……"沙沙沙沙""嘎嗒嘎嗒"，悦耳的声音不知什么时候停下来了。许剃头用掸子掸去围布上的碎发，拍了拍我的屁股说："二子，好了。"在不知不觉中，我的头发已经剪完了。此时，我才觉得，我之前的所有担心都是多余的。

许剃头拾掇好了剃头家伙，背起箱子就走，我母亲急忙拽住他的衣角："他表姑父，吃早饭了，在我家吃过饭再走吧。"

这时，许剃头笑了笑，没有客气，没有拒绝，放下箱子，坐在我家桌旁就吃了起来。尽管母亲只是用沙芋干馇的稀饭、咸萝卜干、大芦饼招待他，他照样吃得有滋有味。

许剃头平时一家一户上门剃头，并不忙。但赶上要过年了，就忙开了，庄户人都抢着去剃头，剪个漂漂亮亮的头过年。另外，老家有正月剃头克舅舅的说法，正月是不剃头的，因此小孩、大人都要赶在年前剃头。一过了正月能剃头了，剃头匠就忙得要命。因而许剃头正月闲得要死，年前、出正月忙得要死。

从出生到念小学这段时间，我的头一直都是许剃头剃的。后来，我离开了家，到外地读书、教书，找他剃头的次数越来越少了。许剃头手拿剃刀从一二十岁开始，到七十来岁结束，为别人剃了一辈子的头。他为我的父辈、我这辈、侄儿辈，以至为我的侄孙辈剃头。他忙碌了一辈子。

大概因为许剃头年纪越来越大的缘故吧，找他剃头的人越来越少了。他剃头的动作也不再像以前那样麻利，他的手不时地抖动着，使人看着有点不禁担心起来。

几年前的一次，我在学校大门口遇见了他。他模糊中还能认出我，叫出我的乳名，我端详了半天也认出了他。他的个子更小了，就像从小人国走来的。他当年的满头黑卷发，已经落满了繁霜，原先红润的脸庞，已变成古松的树皮。他穿的衣服还是那样拖沓，还是那样破旧。他把枯枝似的手指伸向我，我也连忙伸出我的手，他把我的手紧紧攥住。当我叫他表姑父时，他的老泪簌簌地流了下来。

当我问他来学校的原因时，他显得很为难，愣了半天，才吞吞吐吐地告诉我：他那不争气的孙子在学校闯了祸，打破了同学的头，班主任打电话叫他来学校。他接到电话，立马就坐公交车来了。

他羞惭地对我说："他二哥呀，家里出败子了，唉，怎么办呢？小孩不懂事，作为大人不能不懂事啊。我们不能像有的家长，孩子打了人，惹了祸，一走了之，一拖了事。我去找班主任，现在带人家孩子到医院看看，该检查检查，该挂水挂水。"

说到这里，他的声音越来越低沉。我看他的样子，我的鼻子一酸，我从上衣口袋里掏出一沓钱来。

这时，他连忙向我摆了摆手，从紧贴内衣的口袋里掏出一个布包，里面包着一把硬币，全是一块一块的，还有五毛的，这大概是他剃头的收入吧。他显然在向我示意：孩子，你不用担心，表姑父有钱。此时，我的心悲凉起来，泪珠在眼眶里打转。

他向我打了招呼，他说他要去找他孙子的班主任了。他向前走了几步，又回过头来，对我说："他二哥，下次回金圩找我玩。"我微笑着向他点了点头。他又转过头往前走去。望着他的背影，我觉得他渐渐高大起来。

去年，我在街上碰到小时候的玩友黑蛋，询问了许剃头的情况。他告诉我，现在，许剃头的手抖得很厉害了，已经没有人敢让他剃头了。他也许生病了吧，身体虚弱得很，什么活儿也不能干了，每天只能靠着墙角晒太阳。

许剃头剃了一辈子的头，年轻时一贫如洗，到年老时仍然一贫如洗。他那傻乎乎的老伴早已离开了人世。他的两个儿子，都像他们那傻乎乎的母亲那样傻乎乎。一个儿子虽然有个家，但是像他母亲那样不会过日子。另一个儿子至今单身，也不知道怎样挣钱。一家人只能靠政府低保补贴维持生活。曾经家喻户晓、驰名金圩的许剃头，老境竟如此凄凉。

　　哎，但愿许剃头拥有一个阳光的心态，在政府的帮助下，过好自己晚年的每一天。

放牛娃

我的老家龙集，是夹在洪泽湖与成子湖之间的一片冲积扇平原。在儿时的记忆里，这儿是个很大很大的平原。我曾东走走，南走走，西走走，北走走，试图走出这片平原，但是从未走出它的尽头。

这儿濒临两个大湖，土地肥沃，雨水充足，稻子呀、大芦子呀、小麦呀都能生长。两个大湖，水面宽阔，水质优良，草鱼呀、鲫鱼呀、螃蟹呀，到处都是的。如果说这里是"鱼米之乡"，一点都不为过。

我小时候，农村的土地还是大集体，生产队是最小的生产单位。社员们每天一起日出而作，日落而息。农户每家尽量多出劳力，多出勤，多挣工分，年终分得更多的钱和粮食。家家大人每天都要下地干活儿，孩子也不能闲着，周日呀、假期呀，要到队里干活儿挣工分。

故乡是著名的湖区，湿地多。每个生产队都有很多耕地，养了很多耕牛。你不要担心牛儿的饲料，这里草场多，草源丰富，本来就是天然的牧场。暑假里，对于我们这些孩子来说，放牛无疑是最好的差事了。

老队长真的是能掐会算，学校刚宣布放假，晚上队会上，他就拖着长长的语调，安排农活了："明天啊，放牧组的大人不要再去放牧了，都到西湖底锄地。学校已经放假了，孩子们在家闲着没事，明天都去放牛，把大人换下来。"然后他把脸转向墙角的老孙说："瘸子，你明天带着这群学生娃去放牛。"

被叫作"瘸子"的人，姓孙，大伙儿叫他老孙。小时候，他的左腿害了腿疾，病得很厉害，后来残废了。他走路时需拄着拐杖，所以有人喊他"三条腿"。他和老队长年纪相仿，又是玩友，老队长就谑称他为"瘸子"。我记事的时候，他已经三十多岁，个儿矮矮的，还没有老婆，有人称他老小子。他不能干重活儿，老队长照顾了他，安排他带着一群小毛孩子放牛。大家戏称他为"牛长"。

这时，坐在墙角的老孙，正捧着烟管抽着烟，被浓烈的烧烟呛得喘不过气，连声咳嗽起来。等到他缓过气来，才发出声来："哦，哦，哦。"大家闹了半天，都弄不明白他"哦"什么，都哄然大笑起来。

"快走，快走，放牛了，放牛了！"小伙伴们的叫声，惊醒了睡梦中的我。我连忙爬起来，揉了揉惺忪的睡眼。哦，原来太阳已经挂上树梢。父母趁着早凉，早已扛着锄头下湖底锄地去，锅里留下的饭已经没有热气了。我急急忙忙刨了两碗饭，从柳篮里抓了一把山芋干子，装在口袋里，就和小伙伴们一起往牛棚跑。

当我们气喘吁吁赶到牛棚时，老孙早已到了。我还是牵着那头老黄牛，金黄的毛儿布满全身，只有四蹄和耳朵间夹杂少许白色。我抚摸着老牛的头。老牛像个听话的孩子，乖乖地低下了头。我慢慢地沿着牛头爬上牛背，稳稳当当地骑在牛背上。

我们甩响牛鞭，牛儿轻盈迈出蹄儿，向湖底进发。我们牵着牛绳，牛铃"叮当叮当"地响起来了。晨风习习，晨鸟在枝头啁啾地唱，牛儿在晨曦里"哞哞"地叫，我们的心歌唱起来。

不知不觉，我们踏上了洪泽湖大堤。大堤上满是树，叫出名儿的有柳树呀、国槐呀、楝树呀、木槿呀，也有叫不出名儿的小杂树。阳光透过树叶照在地面的小草上，有牛筋草呀、马唐呀、画眉草呀，最多的还是不知害羞的爬根草，爬得满地都是的。草间不乏野花的点缀：金黄的是蒲公英，粉红的是打碗花，白色的是三叶草……蝴蝶在花间飞来飞去。

"莫言君行早，更有早行人"，长长的大堤上，树荫下，早已坐着一簇簇的人。他们是别的小队放牛娃，早晨把牛往湖里一赶，三五一窝坐下来尽情地耍，管它牸牛、牯牛怎么吃草，反正晚上回家牛肚儿总是鼓鼓的，湖里有的是草，有的是水。

　　我们赶着牛儿，翻过了大堤，把牛绳盘在牛角上，让牛儿自由活动。这儿是大湖湿地，草儿嫩绿甜美，目之所及的全是草。我们的牛向草地深处奔去，很快融入牛类大家族中。

　　我站在大堤上，往草地远处望去，远远近近，高高低低的都是牛，白的、黑的、黄的，仿佛一块绿色地毯上绣上一朵朵的小花。

　　这儿是牛儿的乐土，这儿是牛儿的王国。牛儿一会儿东，一会儿西，一会儿南，一会儿北，想去哪儿就去哪儿，想吃草就吃草，想喝水就喝水，想玩耍就玩耍，想睡觉就睡觉，它们才是这儿真正的主人。

　　我收回了目光，便与伙伴们坐到树荫下玩了起来。我和老孙四人打牌。老孙和我父亲年纪相仿，我平时称他孙大爷。他有时对人很凶，常常为鸡毛蒜皮的事训人、骂人。当他骂人时，我和小伙伴们会喊他"孙瘸子""三条腿"。其实他平时待我们总是和气的，和我们小孩能玩到一块儿。其实当我们和他发生矛盾的时候，大家都喊他"孙瘸子""三条腿"，他也不会计较的。

　　你看，大柳树下坐着几个打牌的人。坐南面北的那位小子，小白褂子塞进裤腰里，脸上粘满窄窄的长纸条，头顶上顶着一摞鞋底。当时打牌的游戏规则是输家脸上粘纸条，顶鞋底。你猜猜他是谁？噢，你问我？嗨，我怎么好意思告诉你呢，那就是我。因为我牌技太臭，输得多的自然是我了。

　　你瞧，槐树下的那几个人，看样子打牌打累了，索性躺在草地上歇歇，下面铺着厚厚的绿草，上方盖着蕾丝般的柳荫，嗅着淡淡的野花香味，听着鸟儿长一声短一声的鸣叫，多惬意啊！

睡够了怎么办？睡够了，就地打两个滚，翻两个跟头，带着浑身绿绿的草汁，晚上回家妈妈只是责骂了几句，绝不会挨打的。

楝树那边那几位小子，更有创意了，举办小型联欢会。你站起来随口背一首古诗，我扯起大嗓乱唱几段歌曲，他说了一段单口相声，惹得众人大笑起来。还是那位穿海军衫的小个子，掐了一片苇叶制作一支苇笛，吹了一段《我爱北京天安门》，真是有板有眼的，引得众人啧啧称赞。

玩够了，就睡；睡够了，就玩；玩饿了，再去吃，反正口袋里有的是吃的东西：沙芋干、大芦窝头，有的还有小麦面馒头呢。即使你没有带吃的，伙伴们也不会让你挨饿的，大伙会分东西给你吃。"有福同享，有难同当"，这个道理谁都懂。

即使大伙都不带吃的，也不会饿肚子，湖里有的是吃的。堤上队里的春大芦子即将成熟，你随手掰下几个棒子，用衣襟兜着回来，扯几根枯树枝，薅两把枯茅草。火柴吗，你不用担心，孙大爷是烂烟鬼，身上装的是火柴，你随要随到。只要火一点，冒会儿烟，大芦棒子就熟了，一人一个，大家都龇着牙啃，嘴唇上、脸颊上，甚至脑门上都是黑灰，都成了京剧里黑脸包公了。有两个好吃鬼，跑到草地里抓几个蚂蚱，揪掉腿，用莲叶一包，往火堆里一扔，一会儿就熟了，满鼻子香味，你不吃又怎么能忍得住呢？

人吃着玩着，牛儿也吃着玩着，一眨眼天要晚了，太阳要落山了。我们忙去吆喝牛。"喂喂喂……""哞哞哞……""啰啰啰……"，真好使，这些牛像训练有素的兵士，经这么一吆喝，都纷纷地聚拢来。孙大爷点数起来："老黄、小白、捣蛋鬼、大闺女……""一、二、三……"一个没丢。我们各自骑着自己的牛儿，宛如一个个凯旋的将军。晚霞染红了远方的天空，染红了远处的湖水，也染红了这些晚归的"将士"和他们的"坐骑"。"哞、哞……"一声接着一声，"撇呀、撇呀"，牧鞭一声声甩得脆响。

一晃几十年过去了，昔日的草场已经变成了良田、蟹塘、鱼塘，当年放牛的孙大爷早已不在了。故乡的那群放牛娃，为了生计浪迹天涯，如今都已满头银发。

孩提时那段放牛的生活，却成了人生中甜美的回忆，成为今生今世最富有的一笔精神食粮。

磅　猪

20世纪70年代后期，农村家家养猪，年年养猪。猪养到一二百斤，就出圈，拖到食品站卖。当时农村大多使用小秤，只能称几十斤。像称猪的大秤只有食品站有，只有称猪时用，农民把称猪的秤叫磅秤，把卖猪叫磅猪。

"老母猪小银行，吃肉养个小克郎。"这是现在农村流行的一句顺口溜，可我小时候不是这样。

我能记事时，农民养肥的猪都要拖到食品站卖。如果农民私下杀猪，被大队发现了，就要受到处罚。逢年过节家里吃猪肉，就拿着肉票到食品站买。

那些年，农村庄稼收成少，各家缺吃少喝的，但挣点人情来往、油盐火耗钱，还得养猪。春天，父亲买一头小猪秧子，母亲弄些麦麸、稻糠，兑饭锅水喂。夏秋，父亲拾些沙芋藤、捞些苲草，我挑些猪菜，凑合着喂猪。猪吃不上好食，长得慢。猪从买到卖十来月，只能长一百三四十斤。到了冬天，家里没了糠麸，野外没了青饲料，猪就"断顿"了，只能拖到食品站磅。

不过，磅猪前的十天八天，母亲会弄些好的给猪吃，在稻糠、麦麸、苲草糠里，兑些大芦子，增加"营养"。母亲说，这叫"催肥"。

猪长肥了，就要磅。磅猪前一天晚上，父亲联系跛腰叔、木匠伯几家一起去磅猪。他们讲妥了第二天动身的时间。

跛腰叔腰虽跛些，但脑子活泛。他跑到小店，买一包玫瑰烟，散给老队长抽，借队里的大车去磅猪。老队长笑眯眯接过烟。有道是"吃人嘴短，拿人手软"，他爽快答应。

第二天的早晨，天麻麻亮，母亲起床了，馇好了猪食。猪食里馇上大芦疙瘩、沙芋干子、黄豆饼子。这些可是猪最爱吃的。猪吃得"哼唧哼唧"的，肚子撑得圆鼓鼓的。这是猪名副其实的"最后早餐"。

母亲刚喂完猪，跛腰叔来了。他说，天不早了，叫父亲捆猪，准备走。那天，一向睡懒觉的我，也起得很早，跟着父亲去食品站磅猪。

跛腰叔召集几家磅猎人，一起逮猪、一起捆猪、一起装车。他们每到一家，都先把猪从圈里赶出来，让猪跑几圈，等猪跑不动了，才去捆绑。

木匠伯别看年纪大点，可身体结实，浑身有劲。每次捆猪时，他都能快速蹿上去，一手拽猪尾巴，一手扯猪后腿，

把猪甩到地上。我父亲跑过去，用腿抵住猪肚子，让猪动弹
不得。跪腰叔连忙拿起麻绳，把猪的四个蹄子两两绑起来。
大家一起动手，把猪搭到车厢里。自由惯了的猪失去了自由，
蜷在车厢里，"嗷嗷嗷嗷"叫个不停。

太阳露出脸来了，映红了东面的天际，也映红了高高矮
矮的茅草屋。

"赶快走，赶快走，还有十五六里的路呢！"这时，老队
长扛来了两面红旗，连声催促。

父亲把红旗扎在大车架上，木匠伯在车厢外贴上"农林
牧副渔，全面齐发展"红色标语。我们都坐在车架上，两条
腿放进车厢里，脸朝里，望着车厢里的猪。

跪腰叔套上大车，戴上牛笼头，系上牛绳。他坐在车
座上，甩起了大鞭，发着"噼呀噼呀"的脆响，赶着牛儿，
在乡间大道上，快速地走。他轻声唱起电影《青松岭》的
插曲：

长鞭哎，
那个一呀甩吨，
叭叭地响哎，
哎咳依呀。
赶起那个大车，
出了庄……

坐在车厢里的父亲、木匠伯等人也跟着跪腰叔唱了起来。

不知不觉，大车到了食品站门口，停了下来。我们下了车，寻了一块地把猪安顿好。

食品站外的空地上，到处是人，到处躺着猪，到处是猪屎、猪尿，到处是猪"嗷嗷嗷嗷"的叫声。四面八方的猪，还在不断地赶来，有大车拖的，有平车拉的，有独轮车推的，有几人抬的，还有前面牵的，后面赶的。

天快中午了，食品站的大铁门还没开，磅猎人在焦急地等待。猪在"嗷嗷嗷嗷"地叫，人在高声地喊，喊得人心惶惶。有的人在和旁边人说闲话，有的人在不声不响地抽闷烟，有的人问"几点了"，有的人说"快开门了"，有的人骂食品站收猪人"睡死觉，还不开门"……

食品站的大铁门终于开了，大家手忙脚乱地搭着自家的猪，往院子里挤，找个好地方排队。我朝四周望了望：这时食品站里的几个工作人员，慢慢腾腾地过来了，他们有的搬桌子，有的提板凳，有的抬磅秤，有的拎秤砣，有的捏剪刀，有的拿牌子……

"开始发牌子了！"磅猎人欢呼起来，我也叫了起来。发牌人大抵按照由近到远的顺序发牌，如果遇到熟人，有时也徇点"私情"，适当"照顾"点。当然了，先发到牌的猪先称，后发到牌的猪后称。人们耐心地等着发牌。个别心急的，从后面跑到前面插队，被旁边的人看见了，大家凶了几句，又回到原地，继续等待。

磅猎人因为等得太久了，心太急了，天虽然有点冷，可心里像着了火，有的头上冒汗，有的解开棉衣扣子，有的敞开了怀……

牌子发完了，开始按牌子的号码称猪了。叫到号的人脆脆地答应着，将自家的猪架到磅秤上；没叫到的，再耐心地等待。

那时候，称猪前先要验级，猪的价格是按级计算的。当时磅猪的标准斤重最低要 120 斤，然后再按肥瘦定级，分一级猪、二级猪、三级猪，一级猪价格最高，二级猪次之，三级猪价格最低。

验猪时，验级人先按按猪的脊背，捏捏猪的脖子，根据肥瘦程度定级；接着摸摸猪的肚皮，检查猪肚里残留的猪食，决定扣食的斤重。最后，验级人拿着长剪子，在猪背的鬃毛上剪上记号，表示猪膘的等级。听父亲说，剪一道杠表示一级，剪两道杠表示二级，剪三道杠表示三级。记号打上了，懂行的人一看杠杠，就知道自家的猪是几级了。

验级人验过猪的等级以后，就拿出收据，填上猪主人的名字，写上猪的等级和残留猪食的斤重。猪的主人拿着收据去食品站里的会计室排队拿钱。

验级人能够决定猪的等级，决定猪的价格，决定猪扣食斤重，对于磅猪人至关重要。因此，在当时农村，验级人是非常吃香的，走在街上，人们都另眼相待，逢年过节有人请、有人送的。

每次验级时，验级人耳朵上夹着烟，手里拿着烟，嘴里叼着烟。他手拿长剪刀在猪的身子，不紧不慢地"咔嚓、咔嚓"打着记号。验级人打记号时，周围人都目不转睛地盯着

272 ◀ 给心灵安个家

他的长剪刀。

验级是磅猎人最揪心的时刻。他们怕验级人压级、压秤。因此，验级时，每个磅猎人都揪着心，很紧张。他们希望验级人大发善心，给自家猪定个好级。

验级时，磅猎人有的笑眯眯望着验级人，想方设法给验级人说好话；有的拿香烟，散给验级人抽，并殷勤地点上火；有的默默地往验级人的上衣口袋里塞上一两包好烟；有的与验级人聊天，试图拉上关系……

面对"糖衣炮弹"的进攻，验级人有时自然会迷失方向，他会一高兴，笔头一歪，给磅猎人的猪多加一级，少扣斤把食。

磅猎人的猪级被打高了，喜笑颜开的；磅猎人的猪级被打低了，苦皮皱脸的。他们有的当时就骂："龟儿子，你压我家猪的级、扣我家猪的秤，你将来没好结果！"有的高声说："将来呀，我也找人让我儿子到食品站，做验级人。"

那天中午，我们几家磅猪巧得很，验级人是跪腰叔的亲外甥二狗，是跪腰叔大姐的二儿子，我们南徐庄的亲戚。验级时，跪腰叔走到二狗跟前，向他耳语几句，二狗微微点了点头。那天，跪腰叔家的猪验了一级，我们几家也跟着沾了光，猪都验了二级。

猪验过以后，各家就把猪架上过秤。之后，猪被送到食品站的圈里。等到食品站的猪收满了，就送到县食品站。

猪磅完了，跪腰叔、父亲、木匠伯等拿到了钱。这时，太阳已经西斜了，天也不早了，大家找个小吃铺吃个晚中饭，喝碗辣汤，吃两包子，父亲买根油鬼（油条）给我吃。

　　吃完饭，跪腰叔上街买了一双毛窝子，木匠伯为木匠婶买了两个包网子，父亲到供销社称了二斤盐，打了一斤煤油。

　　东西买好了，大家就拾掇拾掇准备回家。父亲又把红旗绑在大车的架上，木匠伯把东西撂到车厢里，大家又坐进车厢里。跪腰叔赶着牛，拉着大车，甩动着大鞭，向家进发。大家又不约而同地唱了起来：

> 长鞭哎
> 那个一呀甩吔，
> 叭叭地响哎，
> 哎咳依呀。
> 赶起那个大车
> 出了庄……

　　到了20世纪80年代，国家政策放宽了，允许私人宰杀生猪，人们再也不用去食品站卖猪了，"磅猪"这词慢慢被人们淡忘了。从此，热闹的食品站就清静下来，食品站里的大片房子也就闲置起来了。

逮虱子

虱子，在常人眼中是龌龊之物，让人心生厌恶。不过，在非常人眼中，也并不龌龊。

提到虱子，我想到鲁迅笔下的阿Q，因为自己身上的虱子不如王胡的多且大，咬在嘴里不如王胡的虱子响，竟生嫉妒之心。

提到虱子，我想到"……一面谈当世之事，扪虱而言，旁若无人"的王猛，"扪虱"并不有损他高雅的风度。

提到虱子，我想到"冷食充肠消永昼，禁声扪虱对山花"，这一诗句出自于陈毅同志所写的《野营》一诗。

提到虱子，我想起小时候在南徐庄时逮虱子的往事。

那是20世纪70年代初，我家里很穷，一年两身衣服，补丁摞着补丁。我没衣服换，没热水洗澡，秋冬时衣上生了很多虱子、虼子（跳蚤）。每当扒开衣缝，我们就看见很多虱子乱跑、虼子乱跳。

老人常说："虱多不痒，债多不愁。"其实不然，虱子乱爬乱咬，越多越痒。

虱子喜欢藏在棉袄的衣领、胳肢窝，棉裤的裤腰里，咬人吸血，浑身痒痒的。

有的虱子淡灰色，瘦瘦的，瘪瘪的，我们称它"瘪皮克朗"；有的虱子通体褐色，吃得饱饱的，肚子鼓鼓的，我们称它"老母猪"。衣缝里白色的虱子卵，密密麻麻的，我们称它"虮子"。这些虮子长大后，就成了虱子。

除了虱子，衣服上还有许多虼子一蹦一跳的，我们称它"跳三猴子"。虼子栗棕色的皮壳光滑坚硬，手指甲不好掐死。它上蹿下跳，来去无踪，比虱子难逮。

我们小孩子喜欢玩虱子。我和小伙伴一起比赛逮虱子。大家脱下棉袄，把逮到的虱子放在小板凳上，各数各的，看谁逮得多。胜利者有权拿着小石子，碾压虱子圆鼓鼓的肚子。听着一声一声"咯嘣、咯嘣"的响声，胜利者的脸上现出了笑容。

我经常把肥胖胖的虱子放在玻璃片上，数它有多少条腿，用小草棒子拨弄，让它爬行。玩够了，用瓦碴子碾死它，"啪"的一声，瓦碴上沾上了血。有时，我把虱子放进小玻璃瓶里，看着它们在瓶里打架。

那些年，每天晚上，我睡觉了，母亲就戴上眼镜，拿起我的棉衣，在煤油灯下逮虱子。她把逮到的虱子撂到炕着的火盆上烧。有时，母亲把买来的"灭虱灵"，涂在衣缝里，药死虱子、虼子、虮子。如果衣服上虱子、虮子、虼子实在太多了，母亲也会烧开水，把衣服丢在开水里烫，把虱子、虮子、虼子烫死。

初冬的正午，太阳暖暖的，庄上的人们都忙着逮虱子。

蹲在南墙根的老头们，一边晒太阳，一边解开棉袍，敞着胸脯，逮虱子。他们把逮到的虱子，放到嘴里咬，再"呸呸"地吐着口水。

坐在门槛上的老太太们，一边说家长里短，一边扒长襟棉袄里的虱子。密密麻麻的褐黑小虫，在阳光下慢悠悠爬行。老太太敏捷地捻起虱子，放到板凳上，然后两指甲尖掐紧，用力一捏，"啪"的一声，虱子当场毙命，指甲尖上留下一点血迹。

巷口里，打牌的小伙子，身上痒得受不住了，脱掉上衣，解开裤腰，站起来，背着人逮着虱子，不时搓捻着拇指和食指。

大柳树下，"走羊窝"的孩子，忽然丢下"羊子"，跑到大柳树下，紧贴树干，上下左右，蹭来蹭去。

老槐树下，"斗鸡"的孩子，捧着腿站立不动，手伸进裤裆里摸来摸去，不停地抓挠。

小媳妇显然有点拘谨，坐在自家院子里，关上了大门。她脱下内衣，穿着空棉袄，玩起逮虱子游戏。她不时翻转内衣，翻找虱子，不停双手发力，两个大指甲合并，一捏一挤，"啪啪"声不绝于耳。

大姑娘扭扭捏捏的，躲在闺房里，脱掉内衣，逮着虱子……她不断掐着虱子，指甲盖掐得生疼。

俗话说："秃子头上的虱子——明摆的"。秃子没头发，头上有虱子自然容易看见，那么其他人有头发，头上虱子就不容易看见了，特别是女人，长长的头发里面包着许多虱子，就更不容易看见了。

身上的虱子逮起来容易，头上的虱子逮起来就难了。

冬日，阳光下，四合院里，常常出现一家人关起门来，互相帮忙逮头上虱子场景：女人帮丈夫逮，父亲帮儿子逮，母亲帮闺女逮，闺女帮母亲逮，小姑子帮嫂子逮……

那时农村的女人随身带着梳子、篦子。

梳子是木头做的，梳齿是单面的，比较疏松，可用来梳头，让头发顺溜。

篦子是竹子做的，中间有梁儿，两侧有密齿，可紧贴头皮，篦隐藏在头皮上的虱子和虮子。

梳子用久了，梳齿会掉、会秃；篦子用久了，篦齿距离也会越来越大。当篦齿增大时，女人们用细线将篦齿勒紧。这样篦头时，虱子、虮子就很难逃脱了。

听大爷爷说，篦子是春秋时期有个叫陈七子的犯人在狱中发明的。他用篦子来清除头上的发垢和虱子。后来，理发师将陈七子奉为篦匠的祖师爷。到了明代，女人将篦子插在发髻上当作饰物，既美观又实用。

那时的农村，女人三三两两凑在一起篦头，是常有的事。她们，你帮我梳头，我帮你梳头，一边篦虱子，一边说笑话。

她们放开扎紧的辫子，长发飘飘然。她们揽着长发，让篦子从发根滑向发梢，虱子随着篦齿不断下移。最后，虱子、虮子，连同虱子，伴着头屑，一股脑儿落到桌面上，虱子笨拙地四处逃窜。女人快速用篦背无情碾压，篦背上，留下了虱子殷红的血污。

逮虱子这件事，说说讲讲已过去四五十年了。到了 20 世纪 90 年代初，虱子就越来越少了，如今很难看见人们逮虱子了。我想，随着人们的生活条件改善，虱子将慢慢远离了我们的生活。

大柳树

离开故乡四十多年了，但是我一直忘不了故乡的那棵大柳树。

我的故乡南徐庄是金圩村最东面的一个庄子。说是徐庄，也不全是徐姓，还有两家杂姓：一家苗姓，一家李姓。庄子里的人关系融洽，和和睦睦。

我小的时候南徐庄只有十几户人家，几十口人，三四十间草房从北向南一字排开。庄子被四围的高树所环抱。林梢袅袅升起的缕缕炊烟，林间传来的邈远鸡啼，告诉人们：原来那里有着人家。南徐庄最高的树是庄子中间的那棵大柳树，高十几米，树冠达几十平方米。如果给南徐庄设计一段广告词，那么大柳树是不可缺失的。大柳树是南徐庄的名片。

大柳树树龄多大，没有人知道它的年龄，甚至庄子上年纪最长的大爷爷也不知道。他说他小时候大柳树就这么老的。

大柳树树干凹凸不平，满身斑斑点点，显然饱经沧桑。它满身的皱皮上，布满了虫儿的洞穴，但是它顽强地生存下来。春天，柳条上趴满了游虫似的柳芽儿。接着，那嫩黄的叶片冒出来了，就像美女的披发上缀满一朵朵黄绿的花瓣。小小子、小丫头摘几枝柳条，扎成柳帽、编成柳环，戴在头顶上、挂在耳朵上，故意在大人面前扭扭脖子，伸伸舌头，挤挤眼睛，活像一个个美死鬼。夏天，柳叶由嫩绿变成深绿，像涂上一层绿漆。那油油的绿叶，宛如一只只长长的、窄窄的小舟。不知哪个手巧的爸爸折下一根根柔软的柳条，为娇嗔的乖女儿编制柳篮。秋天，浅黄的柳叶随着微风欢快地跳起舞来，轻柔舒展。冬日，一层层白雪镀在光秃秃的柳枝上，镀在高处的喜鹊窝上。有几只小喜鹊不知是挨饿，还是受冻，太阳一出来就站在枝头"喳喳，喳喳"地叫，呼唤着春天的到来。

大柳树坚强的个性，在盛夏尽情地张扬。

看到大柳树，你油然会想起"枝繁叶茂，生机勃勃"这些词语，里三层，外三层，密密匝匝全是叶子。正午的阳光从缝隙间洒落下来，地面上只能留下芝麻状的斑点。在当时农村还没有电扇空调的情况下，大柳树无疑成了庄上人纳凉的好去处。

小伙子在树荫下下着棋、打着牌。老爷爷们在树荫下，捧着大烟袋，旱烟一袋接一袋地抽着，拉起家常来，没完没了。老婆婆们端着簸箕一边剥着大芦棒子，一边聊着家长里短。小媳妇呢，手里拿着鞋底鞋帮呀，小孩的小裤小褂呀，一边做着针线活儿，一边说着笑着。最数小孩无赖，一会儿跑在爷爷奶奶腿上撒娇，一会儿扯扯爸爸妈妈的衣襟说着悄悄话。就连庄子上最年长的大爷爷，也来凑热闹，浓霜似的胡须在胸前飘动，身子半躺在睡椅上，努力地张开耳朵听着什么，可是什么也听不见，只看见一张张嘴唇在不时地颤动。家离大柳树最近的木匠大伯最懂得什么叫"近水楼台先得月"了，干脆把饭桌搬到树荫下，一家人一边吃饭，一边看热闹，真是优哉游哉。

夏夜，皎洁的月儿，疏朗的星儿，被挡在大柳树之上，只有萤火虫们提着灯笼在来回地飞。树下铺满席子，睡满了纳凉的人，竖着的，横着的。他们谈着，说着，笑着。随着夜越来越深，他们的声音越来越小，到后半夜，声音渐渐停息下来，进入了梦乡。如果说，大地是床的话，那么大柳树就成了他们天然的帷帐。

树冠庞大的大柳树，不仅是南徐庄人的避暑胜地，更是庄上人的小农贸市场。卖豆腐的、卖豆芽的、卖青菜的，甚至卖鱼卖肉的叫卖声，在树荫下此起彼伏。庄子上谁家来了亲戚，不用上街，照样能整几碗像样的菜，既方便，又快捷。

炸米花的老汉把鸡公车停在大柳树下，吸引了一大圈老人、孩子。他们端来一碗米，只花毛把钱，就能炸一大盆米花。

那个卖大郎货的老头，都胡子拉碴的了，把担子放在大柳树下，展出各色各样的生活用品。老奶奶从家里抱来一抱破鞋破衣裳，换针头线脑呀，换盐呀香胰子呀，乐得脸上的皱纹都舒展开了。小媳妇、大姑娘提两三个破盆旧伞，换雪花膏、发卡、头饰，还有塑料花呢，好打扮自己。小孩子呢，拎着爸爸喝完的酒瓶，去换麦芽糖，一边走，一边咬，嘴唇上都粘满糖屑。

历经沧桑的大柳树，见证着南徐庄的变迁，伴随着几代南徐庄人成长。可是就在几年前，有个南徐庄的后生，鬼使神差，财迷心窍，把大柳树卖掉了。

故乡的那棵大柳树虽然不在了，但是我每次回到故乡，一看到它生长过的地方，就会想起童年那段美好的时光。

故乡的那棵大柳树哟，此时此刻，你的根已经深深扎进我的心房。

老巷子

　　我小时候，老家南徐庄的两排房子，都是一字排开的，每家之间都共用一个山墙，很少留巷子。可是大爷爷与木匠伯两家却没有山墙，而是留着一个两三米宽、七八米长的大巷子。为什么别的家没有，唯独他两家留，而且留了这么一个大巷子呢？是两家有矛盾，合不来，但让三尺又何妨，还是别的缘由？知情的大爷爷、木匠伯早已不在了，年纪稍小一点的父亲也已经走了。现在对于我来说，就是个谜了。

　　这个巷子与普通的巷子没有什么两样，都是一般的泥土地面，只是这里人们活动多，地面踩得板结罢了。两家山墙的底下，由于长期受雨水冲击，形成了一个个小窝窝，给巷口增添了别样的风景。

　　这个大巷子，在当时的农村是非常普通的巷子，可是它却是我们南徐庄人重要的活动场所，成了我们孩子们小时候的乐园。

暮春，桃花早已落尽，化为春泥，茂密的桃叶深处藏着黄豆大小的小桃子。庄前地里的小麦已经秀穗，油菜花也已落去大半，结出了嫩绿的荚，庄头的小池塘里春水泱泱，青蛙"咕呱"地叫个不停，伯劳鸟在庄前的洋槐树上飞来飞去。此时，正值洋槐开花的时节，槐花浓浓的香味一阵阵随着清风飘进小巷深处，醉得巷里人飘飘欲仙了。卖大郎货的，卖麦芽糖的，铲刀磨剪子的……经常在巷子里叫卖，有时卖小鸡的也来凑凑热闹，不时地叫着："卖小鸡喽，卖小鸡喽！"此时的小巷子，成了小农贸市场了。

"有母鸡吗？我要买母鸡。"蛮奶奶人还没有见到影子，可她那尖尖的声音，早已飘进巷子深处。你不要看她的年龄七十多了，脚小得不足三寸，走起路来趔趔趄趄，可是嗓门却大得很。远远地听到卖货郎的吆喝，她摇摇晃晃地挪进巷子。

"大娘，来，不要急，有的是母鸡，我为你挑几只。你看，这只是母鸡，那只是公鸡。"

"真的是母鸡吗？"蛮奶奶显然有些狐疑。"大娘，我卖了十几年小鸡了，错不了，识别小鸡的公母是有学问的。首先听叫声，公鸡叫声大，母鸡声音小。然后看屁股，公鸡屁股尖、圆，母鸡屁股厚、扁平。最后看头部，公鸡头大，母鸡头小。"卖小鸡的说起经验来头头是道。他看似漫不经心，随随便便地抓了几只小鸡放进蛮奶奶的篮子里。

"我要几只公鸡。"不知什么时候，豆腐西施趿拉着一双拖鞋挤进巷子来。只见她，苗条的身子，软软的，绵绵的，胸前那格子衬衫包裹下的乳房高高隆起，实在是迷死人。人们把目光都纷纷投到她的身上，大家都感到纳闷：买母鸡下蛋，怎么她却要买公鸡，是不是她的脑子进水了？豆腐西施好像看穿了人们的心思："我家逮几只小公鸡，留八月半杀给孩子们吃。"卖鸡的抓了几只小鸡放到她的簸箕里……等到我母亲刷锅抹灶，家务活儿忙清，提着纸箱子，摇摇晃晃来到巷子里时，卖鸡的早已挑着空担子走了。母亲不禁埋怨自己几句，又提着纸箱子悻悻地回去了。

夏天到了，天气渐渐地热了起来。地里的蚕豆已经收了，小麦黄了，田旋花粉红的花儿缠绕在麦子的秸秆上，红蜻蜓、蓝蜻蜓在麦子上翻飞，布谷鸟在麦田上空叫唤，云雀在蓝天白云下歌唱，巷子后的那棵大楝树，花开得紫莹莹的，嫩旺旺的，散发的味儿甜腻腻的。劳动力们聚在巷子里，坐着小板凳，扇着扇子侃着大山。娘们端着针线匾子做着针线，小孩子在巷子里跑来跑去。老爷爷端着笆斗，在剥着陈年的大芦棒儿，老奶奶提着竹篮，在整理着今年新起的大蒜，精心地为大蒜编了一个个辫儿。

木匠伯把饭桌搬进巷子里，一家人一边听着别人说话，一边端着碗吃着饭。当我父亲问木匠伯："木匠哥，这中不中的，响不响的，你吃的是中饭，还是早饭？"木匠伯望着我父亲"嘿嘿，嘿嘿"地笑："你说中饭，就中饭；你说早饭，就早饭。"巷子里的人都"嘿嘿，嘿嘿"地笑起来。

大爷爷，这个老头子，都七十来岁了，还跑到巷子里凑热闹。他把躺椅拖到巷子里，放到人群中间，躺在躺椅上，眯着眼，竖起两个耳朵努力在听，还不时笑了又笑，好像听到什么开心事似的。

人们在不停地干着活儿，不停地聊着天，玩着，笑着，巷子里不时爆发出爽朗的笑声。

不觉地，中秋已悄然而至了，田里的稻子黄了，庄前的春花生已经起了，春黄豆也割完了上场。向日葵像一个个傻大闺女，整天对着太阳傻笑，木槿还在没头没脑地开着，斑鸠在一声一声叫唤着。巷子已经送走了秋老虎，迎来了凉爽。大人们在巷子里下象棋、打扑克，我们小孩家在巷子里拾瓦蛋、走羊窝、弹玻璃球……玩得最多的还是"过家家"。

我和二丑蛋、假大闺女、三丫玩"过家家"游戏。二丑蛋当"爸爸"，假大闺女当"妈妈"，三丫当"妹妹"，他们叫我当"弟弟"。二丑蛋、假大闺女是我堂哥的儿子，我是他俩的小叔，他们做"爸妈"，叫我做"儿子"，这不是乱套了吗？我不想做"弟弟"，可又没有别的角色，哎，实在没有办法，我只有当"弟弟"了。"爸爸"烧着锅，"妈妈"拿着勺子，"妹妹"去草堆扯草。"弟弟"吵着要吃"水饺"。当然了，这里烧的"锅"，拿的"勺子"，吃的"水饺"，都是黄泥做的。吃过"水饺"以后，"爸爸""妈妈"抱着我这个"娃娃"睡觉。我们一边做着过家家游戏，一边唱着儿歌："兰兰和花花，一起过家家。你撑锅，我掌勺，剩下妹妹抱草草。弟弟在旁不干了，也要吵着下水饺。"

做着做着，我越想越觉得憋屈，好好的一个小叔，怎么能做他俩的"儿子"呢，实在不想做了。这时，假大闺女拉着我的手说："小叔，这是玩的，又不是真的，管他呢。"于是，我反过来想一想，她的话也有些道理，又接着玩了下去……我们还模拟着大人结婚、照顾孩子、做饭、洗衣服、买菜、种地等。

有时，我和三丫玩"拉大锯"游戏。我们两个孩子面对面地对坐着，两腿伸得直直的，脚掌相互抵着，手指互相勾着。然后，我俯着，她仰着。过一会儿，她仰着，我俯着，俯仰时，尽可能低一些，仰卧起来时，脚不能离开地面。这样，一俯一仰，一仰一俯，犹如两个人对拉着大锯。我们一边做着游戏，一边唱："拉大锯，扯大锯，锯木头，盖房子……"我们的歌声吸引着巷子里玩游戏的其他小伙伴，他们也跟着唱起来。

有一次，我和三丫正玩得入迷，"姐姐，我也要拉大锯。"我们吓了一大跳，不知道什么时候，三丫的弟弟六子从哪儿冒出来了，站在他姐姐的旁边，正看着我们玩。只见他光着身子，赤着脚，清水鼻子稀稀啦啦的。我立刻转过脸去，三丫连忙用手掌捂住自己的眼睛："六子，赶快死去家，哪叫你来的。""我不，我就要……"六子"哇"地哭了起来，我们被弄得不知所措。

天气一天比一天冷，寒冬来了，梅花伴着雪花开了起来，外面是一片银装素裹的世界，各家的茅檐下挂着尺把长的冻铃铛，小河里结了厚厚的一层冰。我们身上单薄的棉衣张开了一个个大嘴，棉絮在风中飘着。我们聚拢在巷子里挤着暖，斗着拐……零下十几摄氏度的低温，冻不住我们的身体，更冻不住我们的欢笑声。

几十年过去了，巷子的两个家主都早已去世了，他们的后代都外出打工了，都到城里买了房子。老巷子在十几年前就已经拆了，但巷子里那段生活，我还时时记起。

扫盲班

前几天，几位发小难得有时间在一起小聚。我们品了小茶，喝了小酒，聊了小天。我们聊了工作，聊了家庭，聊了父母，聊了孩子。聊着聊着，不知谁聊到了小时候的扫盲班。大家说着，说着，越说越激动，眼眶都湿润起来。时间虽然已经过去几十年了，但是扫盲班里发生的一件件事情清晰地浮现在我眼前。

20世纪六七十年代，每个生产队都有扫盲班。那时候，队里识字人很少，念小学的本来就不多，读初中的就几个人，读高中的只有一两个。社员们大多是睁眼瞎。扫盲班是大队为响应国家"一定要扫除文盲"的号召而开办的。学员是本队的社员，他们白天干活儿，晚上上课。

在我的记忆中，我队的扫盲班原先设在队部的，队部离庄子远些，学员们上学放学不方便。后来我家盖了四间新房，老队长跟我父亲商量，说我家地方宽敞，就搬到我家了。

一天，老队长捧着大烟袋来到小田家："小田哪，你是我们队里唯一的高中生，大知识分子，原来的扫盲班老师小苗被抽到公社了，以后你就做扫盲班的老师吧。至于报酬吗，我不会亏待你的，按一个满劳力，每晚给你十个工分。你看怎么样？"小田望着老队长认真的劲儿，觉得自己受宠如惊，便愉快地应允下来。他羞涩地说："好呀，队长，我不一定能做好，但是我会尽力的。"老队长轻轻拍着小田的肩膀说："小伙子，你一定会做好的。"这时，老队长握着大烟袋，双手反叉在腰后走了。他走了几步，又回过头来，远远地大声喊道："哦，不要忘了，以后扫盲班搬到后庄的老徐家了，明天你抽空去拾掇拾掇。"

第二天一早，小田就来到我家，着手布置教室了。他用石灰水把我家墙壁的里里外外刷了一遍，然后用红漆在门楣上写上："贫下中农扫盲学校。"前面写着："好好学习，天天向上。"教室的内墙上挂着一块小黑板，小黑板的前面放着一张小桌子，桌子上放着粉笔、教棒、自制挂图等。白天做饭桌用时，母亲把教具堆放在墙角里。晚上做讲桌时，小田老师把教具重新摆放到讲桌上。房子前檐、后檐的二路桁条上各垂下一根绳子，分别吊着一只马灯。晚上上课前小田老师提前把灯油倒满，把马灯点好，屋里亮堂堂的。

晚饭后，老队长的大嗓子从庄头喊到庄尾："上课了，上课了，从今晚开始，扫盲班在后庄老徐家，快点，快点！"

学员们听到老队长的吆喝声，男男女女，老老少少，有的空着手，有的提着小板凳陆陆续续向我家走去。到了教室，带板凳的坐在自带的小板凳上。空手的，有的找我家的木头呀土坯呀砖头呀坐，有的随手把地面上的灰尘抹抹，就地坐下。

等到学员到齐了，老队长总是来个开场白："现在大家都来了，以后吃过晚饭赶快来，要快点。"老队长停了下来，眼睛四下扫视了一圈，清了清嗓子，把声音提高了八度，接着说，"现在把小红本本拿出来。"小红本本，当时指的是《毛主席语录》，那时社员们人手一册。大家纷纷从口袋里拿出红本本。

这时，老队长大声念："自己动手，丰衣足食。"大家跟着念："自己动手，丰衣足食。"老队长又念："一切反动派都是纸老虎。"大家又跟着念起来："一切反动派都是纸老虎"……很少有人看小红本本的，大家都是跟着念。

这时，调皮的李三娃站起来，问："队长，小红本本翻到第几页呀？"老队长睁着老眼看了看，原来自己的小本本拿反了，他自己笑了，大家也跟着大笑起来，整个扫盲班都荡漾着笑声。老队长愣了一会儿，微红着脸，不好意思说："管它几页，下课，休息一会儿。"大家又是一阵哄笑。

每晚，扫盲班第一节课，队里常常安排学毛选，学语录，学上级文件。有时，老队长利用这段时间开队会，总结上一天的工作，布置第二天的工作。

课间十分钟，是社员们最开心的时刻。说是十分钟，有时玩起来，就没有时间概念了，玩忘记了都超过半小时了。

中年男人来到门前的大柳树下，坐在自己脱下的鞋底上，每人手里捧着一杆长长的旱烟管，一袋一袋地抽着。老队长可是出了名的烂烟鬼，整天捧着个大烟袋。可是他毕竟是一队之长。这次，他不再捧大烟袋管了，为了显示自己的与众不同，不慌不忙地从烟袋里捏了一些烟丝，从小本本上裁下一小溜纸，把烟丝卷入长纸条里，用手指头蘸了些唾液粘牢烟卷，然后用火柴轻轻一划，烟卷点燃了。他嘴上叼着烟，烟卷一闪一闪的，腾起一缕缕烟雾。

几个老烟鬼不停地冒着烟火，间或谈论着家常。

大姑娘们不愿意浪费丁点时间，从针线包里掏出鞋底来，抽空纳几针，飞针走线的，是为父母的，为兄弟的，还是为自己的心上人的？她自己心里清楚。不知是哪个调皮鬼讲了什么话，你瞧，那个长辫子姑娘的脸上立刻飞上了红晕，不好意思地低下头来。

声音最大的那一簇，当然是小伙子喽，他们认为自己是最有活力的一代，从山南说到海北，从国内说到国外，乱吹一气。

那个矮墩墩的小子，和自己相好的——那位剪学生头的小女生，不知什么时候溜走了，在南墙根的草堆下，两人嘴对着嘴，耳朵靠着耳朵，咕咕唧唧说着什么。

我们小孩子每晚也跑来凑热闹，一会儿跑来屋里，一会儿跑到院外，一会儿摞到父母的腿上，一会儿扯着姐姐的辫子，时不时放开喉咙喊它几声，招惹大人的呵斥和驱赶，跑去疯一阵子，又回来缠着大人。

这时，老队长拖长了声调，又大声喊起来："上课了，上课了，快回到教室上课。"大家这才三三两两地走回教室里。

上课了，小田老师宣布开始上课。他拿出教学挂图，用小图钉按在黑板上。扫盲班一开始上的内容，大概和小学一年级语文课本差不多，有"人"呀，"土"呀，"水"呀等简单的字。老队长给每位学员发一支带有橡皮擦的铅笔和一个带有毛主席语录的小本子做作业。开始上课时，小田老师念"人"，大家跟着念"人"，他念"土"，大家跟着念"土"……几个字反反复复要教好多遍。

前几个晚上，我和几个小伙伴也都规规矩矩地坐在学员中间，和大家一起学习。我最早识字就是从扫盲班开始的。扫盲班激发了我学习的兴趣。

开始的时候，学员们学得很认真的，一边学，一边写。因为没有课桌，学员们写字时，都是把小本子垫在大腿上，词语一声一声地练读，字一笔一画地练写。

过了一段日子，就没有几个学员用心学习了。大家都觉得学习没有意义，就抱着打发时间的、取乐的心态来应付。

这时，小田老师在前面上课，下面的学员抽烟的抽烟，谈闲的谈闲，做针线的做针线，小孩子在课堂里窜来窜去，妇女哄着婴儿，奶着婴儿，哼着儿歌。不时地总有人从教室里进进出出的……课堂上乱糟糟的。

小田老师不时地把课停下来，提醒大家安静，老队长要求大家认真听课，但效果并不明显，过了一会儿声音又大了起来。小田老师只得无奈地往下上。

每天放学后，母亲扫地时，总会扫出不少烟灰。有时还能捡到几个铅笔头和作业本上撕下的纸。第二天一早，院外的南墙根下，我会发现前天晚上学员们拉下的一泡泡尿屎，母亲总要打扫一气。

尽管学员们学习应付着，但是小田老师教学一点都不是应付，仍然一丝不苟的。他想方设法找教具，买挂图，有时找不到、买不到就自己亲自制作。学到有关蔬菜类词语时，他自己用彩笔在白纸上画上白菜、辣椒、茄子等图画，像模像样的，很费一番心思。他每教一个词语都要把彩图张贴起来，用教棒指着挂图让学员一边认识图片，一边识字。一堂课上下来，他急得满头大汗，累得精疲力竭。不想学习的学员没学会什么，而那些想学习的学员坚持一段时间，的确能学到不少知识。

小田老师偶尔也会闹点笑话。有次，他教"辣椒"这个词时，他不会读"椒"这个字，把"辣椒"读成"辣叔"。大家都跟着读起来。我这时正巧从屋外跑进屋里，听见大家读的"辣叔"，感到十分别扭，看了前面黑板上的彩图，这不是辣椒吗？于是我随口读了一句："辣——椒——"。大家这时才认识到刚才读错了，都跟着我读"辣——椒——"。小田老师羞得满脸通红，也跟着我读了起来。大家都笑了起来。

我当时只有八岁。大家都夸我聪明，劝父母送我上学。当时我父亲还有点犹豫，小田老师说："老徐啊，你就让你家二小子上学吧，免得他每天晚上捣乱。"于是新学期一开学，我就被送去上学了，直接跳到二年级念，而且每次考试成绩都是班里前三名。老师都说我是天才。其实，我并不是天才，只是我在扫盲班里学了不少字词，有了一定的学习基础罢了。这些都是小田老师的功劳呀。

扫盲班在我家办了好几年，一直到扫盲班停办。小田老师教了三年就被大队推荐去读师范学校了，接任的是李老师。我始终是扫盲班的旁听生。在这里，我学到了在许多学校学不到的知识。

扫盲班的生活，离现在已经很遥远了，但是，扫盲班是我学习生涯启航的地方，是我童年时代快乐的港湾，是我追忆童年生活的牵线。

扫盲班，永远贮存在我的记忆深处。

老队场

今年我回老家，路过了老队场。原先的老牛屋早已被拆掉，没有一丝痕迹了。老队场原址上现在盖起了两排小棚舍，据说那是堂弟成远承包的养鸡场。我站在队场原址上，内心像打碎的五味瓶，酸甜苦辣咸，什么滋味都有了。记忆的闸门在不知不觉中被冲开了。

小时候，我所在的生产队是老二队，金圩大队人口比较多的小队，耕地多，耕牛也多。队场建在紧贴孙庄大队张马小队的一块空地上，形状近似正方形，方圆有一百多亩。队场的东北面是大路，大路的旁边是灌渠，这是标准的渠带路，是 20 世纪 60 年代兴修水利时修建的。

紧挨公路的有两排草屋，座西北面东南，一字儿排开，每排十间，后面的那排是生产队储存粮食和农具的仓库，前面的那排是牛屋。两排草房前后都有窗户，每个窗户上都有木条支撑着。天暖和的时候，窗户就打开；天冷了，窗户就用塑料布钉起来。每面墙都是思想教育的阵地。

庄稼人离不开队场，无论是夏收，还是秋收。特别是夏收，麦子要到场上晾晒，碾打。"田家少闲月，五月人倍忙。"社员们经过收割，肩扛，背背，将麦子运到场上，堆在队场中间。待天气晴好，老老少少、男男女女都到队场上打场。放场的放场、晒场的晒场、翻场的翻场、碾场的碾场、扬场的扬场、晾晒的晾晒、入库的入库、码草的码草……队场上秩序井然，人头攒动。人们摩肩接踵，挥汗如雨。一囤囤粮食进仓了，一垛垛小山似的麦垛码起来了。当一切拾掇得停当，缓过神来时，大家这才感觉浑身乏力。但一想到即将分享的劳动果实，喜悦之情油然升起。没有经历苦中苦，又怎能感受到甜中甜？

粮食进仓了，大人们总算有时间休息一下，此时孩子们倒成了队场的主人。

虽然是初夏，虽然是正午，但是老天并没有往日的暴戾，变得出奇温和。天空白云朵朵，凉风习习，阳光虽然直射，但照到人们身上，显得温柔。大人们早已回家歇息，队场成了我们小鬼们的天下。

孩子王假大闺女说："今天天公作美，天不怎么热，我们捉迷藏吧？"小伙伴们纷纷赞同。于是他做了分工，二丑蛋负责找，其余的都去藏。我这个小喽啰当然是藏了。

说来就来，游戏开始了。我们藏了起来，有的藏在门后，有的躲在灶前，有的趴在牛槽里，有的藏在饲养员的床底下……

此时，我的大脑突然开窍了，马上想了一个好主意，想到一个好地方。我迅速跑到麦穰堆边，掏了一个洞钻了进去，用草轻轻遮盖着，接着传来一阵又一阵的喊叫声。我蹲在麦穰堆里，一动不动，不禁自鸣得意起来。我想：我藏在这里，二丑蛋是找不到我的。外面的声音越来越小，最后终于静了下来。等我从麦穰堆里爬出来时，外面已没有一个人影，原来他们都回家吃饭了。这时我才知道上"鬼子"当了。

我回家了。爸妈没有找到我，已经吃过饭了。妈妈把我大训一顿，笑我太笨了。

白天，我们在队场上尽情地耍，晚上也没有消停下来。

夏夜本来是静谧的。你看，圆月高挂在空中，月光如牛乳般泻在队场的麦垛上，星星躲起来了，连夜鸟也隐藏了踪迹。此时，队场上却异常喧闹。大人们聚集一起纳凉，天南海北地侃着大山。孩子们在做着"赶月亮"的游戏。队场是这样的开阔，月光是这样的皎洁，我们都像被月光惊醒的夜鸟一样兴奋。大家手拉着手，围成一个大圈，冲着，跑着，追着……不知不觉中，月亮已被我们赶到了中天。这时，大人们的大山侃完了，我们的游戏也就结束了，父亲们背着我们回家睡觉。

社员的生活本来就是这样，这拨子忙得要命，那拨子闲得骨头疼。适逢农闲时间，大队常请公社放映队来放电影。我队队场场地大，视野开阔，就成了大队露天电影院了。

太阳还没有落山，晚霞已在西天烧起，队场上的电影屏幕早已搭好，屏幕前坐满看电影的人，里三层外三层，有老人，有孩子，有青壮年。你看，那边忸怩的一对，不用说，一定是正在谈情说爱的姑娘和小伙子。他们看见熟人时，眼神都不敢正视，不好意思地低下了头。看电影的大多是本大队的，也有临近大队的，甚至还有外公社的。

夜幕早已降临，放映员小康、老高在大队部啃足了小公鸡，灌足了酒，烧红了脸，摇摇晃晃地来到电影机旁，掌声立即响起来了。人们的眼球马上被吸引到电影里的故事中去。电影虽然还是上次放映的《南征北战》《地道战》，但是大家仍然看得入了迷。电影给当时的人们带来了许多欢乐。

说到老队场，牛屋是队场中不可或缺的建筑。十间牛屋的东西两头是草料室，里面堆放麦穰、稻草、豆秸、花生藤等草料；两头紧靠草料室的那间是饲养员的卧室；中间那六间才是名副其实的牛屋，是拴牛的地方。十间牛屋之间都有山门相通，出入方便。牛屋里，紧贴南北两面墙沿，用碌碡横卧着围成两排牛槽，里面放着牛草。槽壁上楔着一根根木橛，拴着大牛小牛。牛屋东西两旁山墙边放着粪箕和木桶，这是饲养员等牛屎牛尿用的。墙角堆着麦糠。假如牛拉屎尿尿，没有来得及等，地面弄脏了，饲养员马上打扫，铺上麦糠。每间牛屋房顶的二路桁条上分别吊着绳子，系着马灯。牛屋光线昏暗时，饲养员就会把马灯点亮。

那时的冬天比现在的冬天冷得多，风特别的猛，刮到脸上像刀子划似的疼，雪下得特别大，经常一连下了好几天，积雪一两尺厚，没了人的膝盖，屋檐上挂的冻铃铛都有尺把长，河里的冰层连铁锤也敲不开一条缝，这都是常事。

一到冬天，饲养员生怕牛被冻伤，牛屋的窗户和门就早早地挂上了厚厚的草帘。牛草渣呀、树枝呀、树根呀，燃起的几个大火盆，从早到晚，从不熄灭。整个牛屋仿佛一台中央空调。

那年代，家家都缺衣少被，缺草少粮，牛屋自然成了社员们取暖的好去处。人们把冰凉的裤裆架在火盆上烘烤，把手脚靠近火盆取暖，让热储存到衣服上，让热传递到身体里。牛屋里，从早上到夜里，从不断人。有的人只回家吃饭，其他时间都在牛屋里，甚至有的人夜里都在牛屋里和衣而睡，当地人叫作连身倒。

我家当时在队里是穷出名的，用老家话那叫"穷得叮当响"，房子的墙壁和屋顶都漏风，被褥薄得像一层厚纸，那真是彻夜难眠。我父亲是饲养员，我的冬天都是在牛屋里度过的。父亲的床是用土坯框子做的，里面填满稻草麦穰，软软的，暖暖的，真有点像今天的席梦思。

冬天，牛屋不仅是社员们的温暖港湾，也是大家的快乐老家。

青壮年喜欢打纸牌。有的从小店里买现成的扑克牌；有的买不起现成的，就找些空纸盒子，剪成硬纸卡片，上面画上图画，写上数字符号，自制一副扑克牌，打起来一样有意思。扑克牌有多种打法，当时老家有"四十分""对花""争上游"等。打牌时，常常四人打牌，一大圈人围着看，没有人遵守"观牌不语是君子"的规则,时不时点评一下。无论谁赢谁输,大家总是笑,牛屋里总是笑声不断的。

打牌大多是玩的,图个热闹,有的也有彩头。彩头不大,经常是一牌一分、二分、五分,有钱的一牌也有一毛、二毛的。大家玩得和和气气的,有时也会因为一分二分钱记不清,大吵大闹起来,甚至大打出手。但不管是吵也好,打也好,第二天,又照例到一起玩,绝不会有谁计较谁的。

老头子们常常捧着大烟管,拖着一只大烟袋,装满烟丝,一袋接一袋地抽,烟雾弥漫。你抽一袋我的,我抽一袋你的,谁都是那么客客气气的。不怕麻烦的人,从大队干部家拿点旧报纸,撕成一条一条的,裹上烟丝,卷成纸烟抽。条件好的人,跑到小店里买包纸烟抽,那是摆阔。他们一边抽着烟,一边吹着,侃着。

老婆婆们的手总是闲不住,她们端着针线匾,或挎着针线篮子,里面放着针线、布头、衣料。她们无论坐在哪儿,手里不停做着针线活儿,家长里短的,谈得没完没了。

大人们在听说书,孩子们跑到牛槽里扒牛草渣,捡黄豆粒,捡到的豆粒放在火盆里烧灰豆吃。豆没吃上几粒,可是我们每个人脸上全是黑灰。二丫头从家中带来一把大芦粒子,二丑蛋带来几块沙芋干子,埋进火盆里烧。不一会儿,一大捧白白胖胖的大芦花子、香喷喷的烤沙芋干子,从火盆里变魔术般地请出来。我们每人都有份,都在享受着品尝的快感。

老队场,过去是我们这代人快乐的大本营。可是现在呢,生产队没有了，牛屋早就拆除了，老队场消失了，远离了人们的生活。

不知不觉中，我离开故乡越来越久了，可是我对老队场的思念情结却越来越浓，因为那儿是我追忆童年，怀念故乡的根。

小水塘

　　四五十年前，老家南徐庄的西庄头有片小水塘，东西长，南北窄，面积有三四亩，水也不很深。它的东南两面是菜地，西面是一条宽阔的砂礓公路，北边是一条连接村庄与公路的烂泥路。

　　小水塘的形状不规则，说它是长方形，又有点圆；说它是椭圆，又有点狭长。它的边缘或钝或直，有点似锯齿。

　　那时候金圩还没有通自来水，小水塘承载着南徐庄的生命之水。人渴了喝它，小鸡小鸭渴了喝它，小狗小猫渴了喝它，牛渴了喝它，就连庄上的蔬菜、庄稼渴了也喝它。

　　冬雪还没有散去，春雪已匆匆赶来，一场接着一场地下着。你别恼，春雪比冬雪孱弱得多。雪停了，春阳暖暖地一照，菜地里的积雪就会渐渐地融化，漏出斑斑点点绿绿的过寒菜和油油的葱蒜。

天晴了数日，春阳越发有力，气温升高，菜地里的雪融化将尽，雪水汇成一股股细流，汩汩地流进小水塘里，塘沿挂起一个个小瀑布。

不知不觉，垂柳鼓破了嫩黄的芽苞，宛如一根根金项链柔和地垂挂下来，戏着塘面上的春水。南徐庄的小男子汉们手套柳镯，耳吊柳坠，头戴柳帽，腰别柳木刻制的小手枪，排着整齐的队伍在塘畔巡逻。那美丽的身影连同倒挂的垂柳，连同蓝天白云，一同倒映在清清的塘水里。

塘畔的桃树鼓芽了，开花了，犹如一片粉红的云彩。紫花槐不知什么时候也开出了一簇簇深紫色的花穗。不久，牛筋草、硬草、马唐、爬根草，盘着根，错着节，相互纠缠在一起。牵牛花、蒲公英、田旋花、酢浆草这些叫出名的花开了，那些叫不出名的花也开了，满眼望去，一团团绯红、一片片金黄、一簇簇粉白。

夏日，本来就是属于孩子们的，游泳是必需的。这些小男人一点都不知道害羞，把自己脱得一丝不挂，从塘岸的歪脖子树丫上，一个一个地跳进水里，"咕咚咕咚"，赛扎猛子，赛踩水，赛狗刨……

最有趣的是打水仗了，大家互相用手掌击打水面，尽力朝对方脸上溅水，让他眼睛看不清楚，无法反击。有时，用污泥涂满对方全身，让他只剩下两只眼睛，活像一个非洲黑人。回过头来再看看自己，也被别人涂成黑人。大家都不约而同地笑了，不亦乐乎！

晚上的小水塘，别有一番情趣。皎洁的月夜，满满的圆月，稀疏的星斗，倒映在小水塘粼粼波光中。萤火虫提着灯笼在树下、水面上来往穿梭。我们在塘畔追抓萤火虫，好像在追寻天上的星星。我们每抓住一只，就放进玻璃瓶里。半瓶子的萤火虫，照得四围亮亮的，照着我们回家的路。一只萤火虫，在我们的心里，它就是一盏明灯。

盛夏时节，几场暴雨让小水塘爆满。塘畔十分泥泞，我们玩着烂泥，用黄泥捏泥人、捏泥房子。每次雨后，塘畔上总会留下一座座泥房子。

雨后的塘畔上也会有一处一处的小水瘪子（小水坑），我们会趁小伙伴不注意，用自己的小脚朝小伙伴的方向猛击小水瘪子，溅得他们浑身都是带有黄黄黑黑的泥水。受到突然袭击的小伙伴也绝不是省油的灯，他们也会用同样的方式还击你。你溅我，我溅你，一丝不挂的身上都溅满泥水。你看看我，我看看你，再看看自己狼狈不堪的样子，接着是开心地笑，然后"呼啦"一蹦，大家跳进水塘里，打了一个猛子，再爬上岸来，浑身又是干干净净的。

秋天悄悄地来临。清晨，小水塘的上空罩着一层白蒙蒙的雾气，把小水塘装点得如仙境一般。缓缓升起的秋阳，驱散了晨雾。

中午，小水塘边的柳树、桃树、紫花槐的黄叶，伴着风儿蝴蝶般舞着。鸡儿啄着草丛里的蚂蚱，蝴蝶跟着蚂蚱不停地飞。秋风乍起，吹皱一塘秋水，燕子低翔，掠起水纹。鸭儿、鹅儿在塘里快乐地觅着食，蹼儿过处，留下一道道波纹，一道荡过去，一道又荡过来。

　　傍晚，放学归来的我们没有来得及回家放下书包，就径直来到塘边比赛打水漂儿。塘水满盈盈的，正是打水漂儿的好时候。我们一边喊着"水漂起呀水漂落，一下打个六七八"，一边将薄薄的土片沿着水面低低地甩出去。土片紧贴水面"刺溜"飞跃着，跳动着，水面上荡开了一圈圈的涟漪。

　　月明星稀的秋夜，大老爷们聚集在庄子中间的大柳树下大摆龙门阵。女人们端着洗衣桶，蹲在塘边青砖上洗衣服，一字排开。她们先把衣服放在水里泡泡，打上香胰子，然后再把衣服平放在洗衣石上，用洗衣棒一下一下地捶打着。洗衣棒时而抡起，时而落下，"嘀嗒嘀嗒"的浣洗声，伴随着女人阵阵笑声，在寂静的夜空传得很远很远。

　　家乡的秋天，大多是风调雨顺的，但有的年成也会出现旱涝。

　　有时，一连多天不下雨，闹起了秋旱，菜地裂了口子，大人们从水塘里挑水浇菜、浇庄稼。适逢秋天大旱，塘底已经干涸了，人们只有用牛车到洪泽湖里拖水。这时，人们把塘底的淤泥清理出来，撂到岸边，晾干了做肥料。在撂淤泥的过程中，我们小孩子常常去拾河蚌，捡螺蛳，从淤泥里扒泥鳅，找黑鱼。

　　有时，秋雨霖霖，一连下了好几天，小水塘灌满了水。雨还在下，我和小伙伴们就迫不及待地拎着水笼，背着鱼篓去小水塘逮鱼。我们塞紧水笼尾部的塞子，把水笼安在小水塘豁口处，在水笼两侧堵好烂泥。等待中，我们的眼睛望着鱼儿随着水流冲进水笼里。过一会儿，我们拎起水笼，打开塞子，把鱼倒进鱼篓里，大多是罗非鱼和泥鳅，也有黄鳝。不到半天时间，我们就能逮一篓仔鱼。假如谁逮的鱼少一些，大家都会匀一些给他。晚上，各家的饭桌上，都会喝上一盆新鲜的鱼汤，大人们的脸上现出少有的笑。

　　冬天的小水塘，换上别样的冬装。来自西伯利亚的寒流，让冬风吹皱的水面，一夜之间变成了墨绿色的大冰镜，晶莹透亮。孩子们脚穿毛窝子，在冰面上比赛溜冰，谁都不怕摔，争当第一。"咔嚓"一声，远处的冰面裂了一道缝隙，大伙儿立刻向岸边滑去。

　　适逢天气持续寒冷，水塘上结上一层厚厚的冰，各家储备的水用完了。我们随着父亲们用石头砸开水塘的冰面取水。破碎的冰片处，微波颤动，憋闷在冰层下的鱼儿们，趁此机会浮出水面透透气，顺便在阳光下打个挺儿，然后"哗啦"一下落入水中。这时，我们轻而易举地就能顺手牵鱼了，这是一笔意外的收获。如果冰层敲不开，女人们就用铲子铲起冰面上的积雪，用木桶提回家，倒进锅里，用文火焐着慢慢融化。

　　家乡的小水塘伴随我长大。后来，我到了公社读初中，到大城市里上师范学校，告别了小水塘，回家的次数越来越少。再后来，我分配到外地工作，不再有时间回老家看望小水塘了。前几年，我回了一趟老家，拜访了这位年过古稀的小水塘：她的"肌肉"已经萎缩，原先方圆几亩，由于泥土的淤积，现在成了一道狭窄的小沟。但是，我心中的小水塘永远是昔日那样的阔大。

　　家乡的小水塘哟，不管我走多远，走多久，永远不会把你忘怀！